一品指婚

1

風文創 328

狐天八月 著

風 文創
328

目錄

序

狐天八月

我所見過的女孩，大多都有一個公主夢。夢裡會有疼寵她們的父母，與她們心心相印的戀人；當時光匆匆過去，優秀的孩子會成為她們的驕傲，讓她們寬慰而自豪。

在夢中，沒有什麼波折和劫難，所有的一切都顯得那麼美好。

作夢的人裡，也包括了我。

然而，現實生活往往不像美夢裡的場景，讓人能永遠稱心如意。現實是殘酷的，不是每一個家庭都溫馨幸福，不是每一段感情都浪漫圓滿，也不是每一個結局都完美感人。人生路上要面臨的困難，常常比想像中要多得多，甚至有的困難的出現，讓人只能眼睜睜看著自己手中微弱的抵抗力量而喟然嘆息。

抵抗不了，就只有束手就擒這一條路嗎？

懷抱著這種疑問，我開始構思了這個故事。

沒有選擇地成為另一個人的鄔陵梔，始終堅持本心地頑強生活。故事的背景是架空的，故事中的人是架空的，但他們的情感是真實的，是照進現實中的一面鏡子，他們的種種選擇都是在既定的事件發生之後，由他們的性格和情感所決定的。

寫這個故事的時候，我一直在思考和驗證著，換一個不同性格的角色處於這樣的環境當中，面對讓人連抵抗都生不出來的困難，會不會有不同的結果？會不會到半途，這樣的主角便已經泯滅消失？

我想，每個人的心裡都應該有個答案。

透過這個故事，我想告訴自己也告訴所有人，永遠不要放棄希望。因為真正的失敗與毀滅並不是來自於與己對立的對象有多強大，而是往往來自於對自己的低估和放棄。

恰如故事裡的主角鄔陵梔。她柔弱卻不懦弱，即便處在極端惡劣的情況下，她都沒有放棄過希望，堅強從未在她身上消失。如果她在一開始就認了命，或許就真的丟了命。然而她頑強地生活了下來，並且在與命運抵抗的時候，收穫了一份真摯的感情。這份感情不但填補了她心靈上的空缺，還幫助她走出困境，面對苦難，最終化解了難題……

或許會有人覺得這樣的設定，顯得女主角真的太好命。寫這個故事的過程中，我也反覆思索這個問題，也曾一度迷茫而懷疑。直到敲了「全書完」三個字，我才恍惚意識到，即便沒有出現高辰複這個男主角，女主角也未必會就此黯淡無光。因為，「性格決定命運」，她的性格注定了她會有一個柔韌不屈的人生。

我一向認為，樂觀的人，命運之神是不會虧待他（她）的。

要知道，人生的道路都是由心來描繪的，無論自己處於多麼嚴酷的境遇之中，心頭都不應該讓悲觀的思想縈繞。太陽上尚且還有黑點，人世間的事就更不可能沒有缺憾。

永不氣餒，懷一顆樂觀之心，笑著面對困境——或許，烏雲的後面有一個燦爛的晴天。

第一章

八月的燕京城，驕陽似火，酷暑難當。

自乞巧節下了連續兩日的傾盆大雨後，整個燕京已被籠罩在煩悶的盛夏足有二十餘日。夏日炎炎，炙烤得整個燕京城的百姓都失了聲，行動疲懶，喘息連連，多走兩步便汗流浹背，更有遇事不順者，動輒指天唾罵。

不同於市井百姓的煩躁與焦灼，清風園中的貴人們卻悠閒自得、逍遙無比。

清風園乃是大夏皇親貴戚、世家勛貴們避暑的勝地，從大夏開朝起便開始營建，歷經三朝，如今已規模成熟。山湖、州島、堤岸、橋樑將清風園的大致分布間隔開，圍繞其中的各所宮殿、苑景美輪美奐，直讓人嘆為觀止。

即使是在這盛夏之季，清風園也如它的名字一般，給人清風拂面、沁人心脾的舒爽感受。

擱了銀峭冰盆的致爽齋中，鄔八月盤著腿，手拈著西域進貢的葡萄，吃了一手的紫色汁液。

身邊跪坐著的丫鬟抬起臉細聲勸道：「四姑娘，您已經吃了大半串了。二老爺走前提醒過，飲食需節制，要四姑娘即便嘴饞也緩和著吃，當心鬧了肚子。」

鄔八月吮掉了手上的葡萄汁，伸手摸了摸肚子，將剩下的小半串擱回了嵌銀絲小冰盆裡，又抹了一把冒著冷氣、亮湛湛的冰塊，笑嘆道：「不愧是西域朝貢、快馬加鞭送來的，甚是甜香。朝霞，妳也揣幾顆散落下來的到兜裡去，同暮靄分著吃了，嚐嚐鮮。」

朝霞身著煙雲蝴蝶的青色衣裙，聞言一邊笑著替同為鄔八月貼身丫鬟的暮靄道了謝，一邊起身伺候鄔八月淨手擦嘴，方才端著小冰盆退了出去。

聽得屋門「嘎吱」一聲闔上的聲音，鄔八月才鬆了盤著的腿，躺倒在架子床上。

粗使丫鬟都在外屋守著，清風園中伺候的人本來就少，鄔八月不由自主地放鬆了些，幽幽一嘆。

原來是真的啊……她如今，已經不是活在平等自由社會的鄔八月了。

眼前那所謂的西域葡萄，就比現代自己買過的、幾十塊一斤的葡萄要甜得多。

鄔陵梔，鄔家四姑娘，小名喚八月……

月初時，剛被接到清風園的鄔四姑娘因貪戀湖景，在致爽齋中失足落水，整整病了五、六日，幾次命懸一線，差點救不過來。所幸吉人自有天相，鄔四姑娘到底是承了輔國公府和鄔府的福澤，捱過了這一劫。

雖然殼子裡換了個芯。

鄔八月側了身子，頭枕著散發著淡淡草藥味的青緞素錦枕，心道：其實如今的日子也不錯的。

世家嫡女，父寵母愛，只要她自己不找死，想必這輩子過得就不會太差。

至於婚姻？順其自然，隨遇而安——母親絕對不會害她就是了。

鄔八月想了一會兒，便聽見朝霞和暮靄踮著腳尖走了進來。她偷瞄了一眼，見兩人穿著一致，暮靄頭上卻是多簪了兩朵絹花，顯得活潑靈動。

暮靄聲音細小，猶帶著歡快。「朝霞姊姊，紫葡萄真甜，貢品就是比咱們這兒自己栽的要好吃許多，怪道每年西域都要進貢來呢。」

聽得聲音近了，鄔八月趕緊裝作淺眠的模樣，將眼睛合了起來。

朝霞伸頭瞧了瞧在架子床上側臥著，明眸微閉、呼吸勻亭的鄔八月，伸了食指比在唇間，小聲地道：「噤聲，四姑娘睡了。」

暮靄點了點頭，踮著步子走過去，將藕荷色花帳從銅鈎上取了下來，輕輕拉動，一層薄薄的紗簾擋住了簾外的低聲細語。

「四姑娘自病好之後，感覺像換了個人似的。」暮靄跪坐在簾外軟榻上，同朝霞一起疊著鄔八月的小衣。「說話細聲細氣多了，對咱們也不會動不動就嬌斥了，連二老爺都說四姑娘變得和氣敦厚了許多。」

朝霞低低「嗯」了一聲，道：「做事吧，一會兒四姑娘該起了。」

未時三刻，朝霞喚鄔八月起了身，暮靄指揮著小丫鬟捧了痰盂、巾帕、漱盂和寶鏡進來，同朝霞一起伺候鄔八月穿衣淨面。

朝霞輕聲道：「四姑娘這會兒該是去給老太太和二太太請安了。」

鄔八月點了個頭，讓朝霞給她梳了個簡單的垂髻，裹了錦茜紅明花抹胸，外罩素白錦綾軟煙羅裙，蹬了一雙秋香色繡花鞋，帶著朝霞出屋乘了小艇，朝致爽齋的正房划游而去。

致爽齋是太后特意在當今宣德帝跟前提了，撥了給祖父鄔國梁一家的住處。這處懸在湖上的三進院落可划水而至，往來各院落皆可乘小艇悠然翩往。盛夏時節，推開窗櫺，入目便是接天蓮葉無窮碧、映日荷花別樣紅的美景。水光瀲灩、鶯歌燕舞，江南的風韻撲面而來。

清風園並不是什麼達官顯貴都能隨當今聖上前來避暑的地方，只有皇家親眷、頗受聖寵的世家勛貴，和天子身邊的重臣、近臣、寵臣方有攜家眷前來清風園伴駕的資格。天子點誰，誰才能跟來。每年盛夏，聖上讓近侍魏公公宣詔伴駕臣子名冊、下達聖旨時，所有王公貴族無不支起了耳朵，滿懷期待地盯著魏公公手裡的詔書。

得到欽點，那是無上榮耀；得不到欽點，多少都算是件丟人之事。尤其是對世家大族來說。比如說那與鄔府只有一牆之隔的輔國公府。

船娘划得很穩，不過半炷香的工夫便將鄔八月穩妥地送到了正房旁的耳房。

鄔八月搭著朝霞的手上岸，祖母段氏身邊的陳嬤嬤已經在等著了。

但與往常不一樣的是，陳嬤嬤以往見了她都是一副喜笑顏開的模樣，今日卻是臉色微白，強作笑顏。

就算見到鄔八月喜慶又不失清雅的打扮，陳嬤嬤也沒有同以往一樣眼露讚賞，誇獎兩句。她正待詢問出了何事，陳嬤嬤已經蹲身福禮，快速地道：「四姑娘萬福，三姑娘這會兒正在屋內啼哭，老太太讓老奴請四姑娘去抱廈那兒稍候片刻。」

鄔八月微微一想便明白了過來。

原來的鄔八月同自己的三姊向來不大對盤，姊妹倆湊一起總要耍幾句嘴皮子才痛快。如今也不知道她三姊為什麼哭，祖母這是怕她進去瞧見三姊哭了，笑話她三姊、吵鬧起來，未免使兩姊妹失了和氣。

如今的鄔八月也並不是喜歡跟人吵鬧的人，且她向來敬重祖母，連帶著對祖母身邊的陳嬤嬤也有兩分敬意，當然也樂得做個聽話的孫女。

鄔八月點點頭說道：「那我去抱廈那兒等陳嬤嬤來叫我。」

陳嬤嬤忙點頭，面色一鬆——鄔八月知道，她這是怕自己不答應，偏要進去瞧呢！

說到這兒，鄔八月倒是有了些好奇。

「嬤嬤，三姊姊為什麼哭啊？」鄔八月偏頭問道。

陳嬤嬤臉上頓時一黯，瞧了瞧鄔八月，又望了望正房內廳，猶豫了片刻方才小聲地道：「四姑娘知道就好，別在三姑娘跟前說……前頭傳來消息，高家二爺伴駕圍獵時摔了馬，如今還人事不省呢……二老爺都已經去瞧了，就是不知道……」

鄔八月心裡頓時咯噔一下。父親是正四品太醫院同知，此次能得了聖恩，攜妻帶女前來清風園伴駕，除了是仗了祖父的臉面，還因為父親在骨科頗有建樹，除了替人調理身體乃醫中翹楚之外，就數在骨傷醫治上最為出彩，若有人跌馬或為畜牲所傷，父親正好可以出手救治。

倘若傷勢不嚴重，是萬萬輪不到父親出馬的。

鄔八月抿唇朝著正房內廳看了看，小聲問陳嬤嬤道：「還沒個信兒，三姊姊哭什麼啊？」

陳嬤嬤抿唇。她這個做奴婢的，可就不好多嘴。

鄔八月略想了想，忽然就明白了過來。

她正要開口，餘光卻瞄到湖面上快速駛來一艘小艇。鄔八月定睛一看，站在船首的是母親賀氏身邊的丫鬟巧蔓。

待小艇停下，巧蔓疾步跨了上來，匆匆忙忙給鄔八月行了個禮。
陳嬤嬤趕緊小聲地問道：「怎麼樣了？」
巧蔓搖了搖頭，陳嬤嬤倒吸了一口氣。「沒挺過來？」
巧蔓「嗚」的一聲，卻仍是搖頭。「高家二爺摔斷了腿，二老爺使出渾身解數，也沒能保住……高家二爺的右腿可從此廢了！」
巧蔓說到這兒，頓時帶著哭腔道：「三姑娘可怎麼辦啊……」
「廢、廢了？」
從內廳裡飛奔而出的鄔三姑娘鄔陵桃恰好聽到了，當即順著手扶的那扇門滑坐了下去。眾人忙將人扶進了屋。
梅花式洋漆小几上擱著的錦匣中是細碎的冰渣，中間按照顏色和種類排列數種水果。
「太后那邊賞了今夏最新鮮的果子，紫青葡萄、黃梨、丹荔、龍眼，還有這個金罌，品類繁，不過量不多，本打算等妳們姊妹倆來嚐嚐鮮的，這下可倒好，果子沒吃上，傷胃倒也省了，如今卻是著實傷了心。」
祖母段氏穿著蓮青色夾金線繡百子榴花緞裳，頭上插了根金累絲嵌紅寶石雙鸞點翠步搖，頭髮已然白了一半。
屋裡清香陣陣。段氏身體不算好，纏枝牡丹翠葉薰爐裡的薰料中被父親多添了幾味藥材，並沒有蓋過原本的薰香香氣。
身邊的丫鬟執著牡丹薄紗菱扇給段氏驅暑，個個垂首低目，不敢發出一丁點不該有的聲響。

鄔八月乖乖坐在錦杌上，也是一言不發。

怪不得午後父親來給她送紫葡萄，話還沒說上兩句便有小僕焦急地喚他，原來竟然是為了高家二爺摔馬一事。

而如今，高二爺腿廢了……想到這兒，鄔八月不由自主地將視線投到一副失魂落魄模樣的嫡姊鄔陵桃身上。

十六歲的鄔陵桃完全承襲了母親賀氏秀美端麗的相貌，一舉一動如弱柳扶風、楚楚堪憐。十四歲時，鄔陵桃與蘭陵侯次子高辰書訂立婚盟。以鄔陵桃醫官之女的身分相配侯門望族，本是高攀之婚，婚約訂下時，鄔陵桃頗有幾分自得之意。

不僅是因為這門婚事讓鄔陵桃覺得長了臉面，更因為這樁婚事讓她看到了有朝一日能踩在鄔家大姑娘鄔陵桐頭上的希望。

此事說起來，不得不提起輔國公府和鄔府這東、西兩府。

鄔八月暗暗嘆了口氣——世家大族啊，人太多，免不了就有那麼多貓膩。

「妳這副樣子，做給誰看？」

段氏忽然大聲喝問，屋內的丫鬟婆子當即跪了下來。

鄔八月也是嚇了一跳，忙不迭站起，不知所措地捏著股邊裙裾，烏溜溜的雙眼在段氏和鄔陵桃身上來回掃望。

其實，鄔八月能理解鄔陵桃現在的悲苦心情。

眼瞧著再過數月便要嫁的如意夫婿，現如今卻成了一個殘廢之人，鄔陵桃向來心高氣傲，處處喜歡壓人一頭，如何能接受得了自己的婚姻蒙上一層陰影？

何況……高二爺殘廢了，便再也沒有承繼蘭陵侯爵位的可能。

相對地，鄔陵桃也絕無可能成為未來的蘭陵侯夫人。

除非鄔陵桐失寵，位分被貶，否則她的品級永遠也不可能高過鄔陵桐。

依著她這位嫡姊的性子，是絕對不甘心接受這現實的。

「祖母……」鄔八月正想著，便聽鄔陵桃幽幽地開口說道：「孫女想問祖母一事，還望祖母據實以告。」

段氏輕輕擺了擺手，長嘆一聲，似是對鄔陵桃很失望。她無奈地應允道：「妳要問什麼便問吧。」

猶豫了片刻，鄔陵桃方才低聲地開口。「高二爺……還有承繼爵位的希望嗎？」

鄔陵桃猶帶著一絲希望巴巴地瞧著段氏，雙手緊緊地拽著她手裡的絹帕。鄔八月懷疑，只要祖母說了一個「無」字，三姊姊就會將絹帕給撕毀了。

鄔八月同樣瞧住了段氏。

即便段氏老邁，鄔八月仍能從她的臉上依稀瞧出自己的模樣。她和祖母長得極像。

段氏緩緩搖頭，頗有些語重心長地對鄔陵桃道：「在這個時候，妳該做的，是詢問高家二爺的傷勢，憂心他的身體狀況，必要時還得親自前往安慰，讓人知道妳這蘭陵侯府未來的媳婦兒是何等的識大體。妳該端出妳是高家未來媳婦的風範來，絕對不是開口便問這些不相干的事，也絕對不是懦弱得當即暈厥在地。」

鄔陵桃臉色發青，似乎只瞧見了段氏的搖頭，並沒有將段氏所說的話聽進耳裡。

鄔八月頓覺著急。她這嫡姊哪樣都好，就是好面子，愛鑽牛角尖。

鄔八月當即便開口道：「三姊姊，祖母說——」

「妳閉嘴！」

鄔八月的開口似乎讓鄔陵桃找到了發洩的對象，她雙目微紅地睨視著鄔八月，口齒清脆地斥道：「鄔陵梔，我和祖母說話，妳插什麼嘴！」

換作往常，鄔八月的反應定然是立刻頂了回去。

陳嬤嬤等人都露出了擔憂的神情。

鄔八月並沒有動怒，反倒是段氏聽了這喝問的話，頓時氣怒道：「妳吼妳四妹妹做什麼？此事與她有何相干？妳瞧瞧妳現在，哪裡稱得上是個大家閨秀該有的樣子！」

鄔陵桃頓時「嗚嗚」地哭了起來，掩面泣道：「祖母偏疼她，哪次不幫著她說話？怨只怨孫女命苦，攤上這樣一樁婚事……」

「妳可別忘了，當初訂下婚約的時候，最高興的人就數妳了。」段氏冷冷地駁了她一句，可到底還是憐愛孫女，斂下了怒氣說道：「高家二爺如今究竟是個什麼境況還不得而知，單憑巧蔓來傳的話，哪裡就能斷定了事？且等妳父親回來，咱們仔細詢問過後再說不遲。妳先回妳那邊去，我現在瞧著妳便頭疼。」

段氏是真的疲於應付孫女的哭鬧，當即便支了額頭閉了眼睛，一副不想再說的模樣。

鄔陵桃卻不肯走，道：「祖母不想瞧見孫女，孫女就到旁邊抱廈去避一避。父親回來肯定會先來祖母這裡請安的。」

說著便站起身，臨走之前還瞪了鄔八月一眼。

鄔八月立刻衝她笑笑。鄔陵桃臉色古怪，輕哼一聲跨出門去。

鄔八月心中一嘆。其實她三姊姊心地不壞，對她這個妹妹也並沒有什麼惡意，只不過兩姊妹一個針尖，一個麥芒，都是得理不饒人的主兒，在一起時就難免針鋒相對。如今身體裡換了個不喜爭端的內在，往後多讓著自己這三姊姊便是了。

畢竟，現在的鄔陵桃也是個可憐人啊……

鄔陵桃一走，段氏面上的緊繃便鬆了下來。陳嬤嬤上前給她捏肩，輕聲說道：「老太太莫氣三姑娘，她年輕不經事，喜怒形於色也是難免，好好教便是了。」

「再幾個月她就出閣了，她那性子……唉！」

段氏搖頭擺手，抬頭看向鄔八月，方才露了個笑臉，喚她上前去吃果子。

「八月呀，快來，祖母這兒有好吃的。」

段氏仍舊將鄔八月當作孩童，對她的疼寵並不掩飾。闔府上下，誰都知道鄔八月是段氏的心肝肉，得罪誰也不能得罪鄔四姑娘。

四姑娘鄔陵梔最肖似段氏年輕時的模樣，因段氏生辰在八月，鄔四姑娘也生在八月，段氏憐愛，為她親取了小名「八月」。自她出生起，段氏對她的偏愛和寵溺遠勝於其餘孫子孫女，這也讓鄔八月的同母姊姊鄔陵桃頗為吃味。

段氏將鄔八月摟在懷裡。或許是因高家二爺的事而心中有了些觸動，她一邊拿了丫鬟手裡的菱扇給鄔八月搧著，一邊在她耳邊輕聲說道：「八月啊，能來清風園伴駕可是好機會。前幾日妳病了，妳父親憂心妳，給太后娘娘請平安脈的時候露了些愁苦情緒來，引得太后娘娘詢問。聽了妳的名，太后娘娘開了玉口，說待妳好轉了，讓妳母親帶妳去給她瞧瞧。」

段氏細細同鄔八月說著。「若妳能在太后娘娘面前得了青眼，妳母親再在婕妤娘娘跟前提上兩句，妳的婚事可就算穩妥了。妳十四了，也不小了，還能在祖母面前留多長時間？總要為將來打算不是？」

鄔八月低低地應了一聲。

其實想通了倒也覺得這種婚姻沒什麼不好，她不是個慣會惹事、性子極差的，自問能做到和夫婿相敬如賓。何況她有娘家撐腰，若還能得了太后青眼，夫家定然不敢慢待、虧待她。

一輩子也就是吃吃喝喝罷了，心放寬些，活得長久些。

段氏滿意地笑，對陳嬤嬤道：「八月這丫頭，病好了之後就轉了性子，安安靜靜的，我瞧著真高興。」

「四姑娘是長大了。」陳嬤嬤笑著附和說道。

鄔八月乖乖地吃果子，雖然午睡前她已吃了紫葡萄，但祖母這兒的果子更多，少不得一一嚐過去。

陪著段氏閒話了大概有一個時辰，其間，抱廈那邊來問了好幾次二老爺是否回來了。

鄔陵桃是真的心急。

臨近晚膳時分，方才有丫鬟急急忙忙來報，卻是二太太從婕妤娘娘那兒回來了。

賀氏身穿雲霏妝花緞織彩百花飛蝶錦衣，面上掛著得體的笑，一時之間倒看不出來是真歡喜還是裝歡喜。

進得屋來，賀氏當即便給段氏行了禮，鄔八月也趕緊給賀氏行禮。

段氏笑著讓賀氏起身，問自己的長媳道：「婕妤娘娘身體可安康？」

賀氏表情微微頓了頓，方才低聲道：「婕妤娘娘得蒙聖寵，今日被診出了喜脈。」頓了頓，賀氏道：「太醫不敢耽誤，上稟皇后娘娘，皇上正巧也在，聽了消息當即便御輦親至。婕妤娘娘本留了兒媳用晚膳，皇上來了，兒媳只得避嫌，這才趕了回來。」

段氏微微恍了會兒神。

賀氏聲音更低。「兒媳無意間聽得，皇上同婕妤娘娘承諾，會升婕妤娘娘的位分……」

正此時，門外卻有丫鬟出聲喚道：「三姑娘……」

緊接著，原本在抱廈間的鄔陵桃邁步進來，不待所有人反應便「撲通」一聲跪在段氏和賀氏跟前，聲音不大卻十分堅決地道：「祖母、母親，陵桃想同高家退婚，還請祖母和母親成全！」

第二章

鄔陵桃的請求荒謬至極。

段氏頓時喝止道：「妳這說的是什麼話?!」

賀氏連忙跪下，一邊摟了鄔陵桃去捂她的嘴，生怕她再說些混帳話，一邊同段氏求情道：「母親息怒，陵桃年紀小不懂事，兒媳定當嚴苛管教！」

賀氏竭力阻止鄔陵桃在段氏跟前放肆，但鄔陵桃卻不懂母親的良苦用心，拚盡全力掙脫了她的箝制，膝行著爬向段氏去扯祖母的裙襬，聲音裡竟帶了兩分淒厲。「祖母，高二爺成了殘廢，孫女如何能嫁他？」

賀氏忙厲聲道：「陵桃，不得胡言！巧蔓、巧珍，妳們還愣著幹什麼？還不趕緊把三姑娘拉開！」

兩個被點到名的丫鬟忙上前，一左一右架了鄔陵桃退後幾步。

段氏收斂著怒氣，快速吩咐賀氏道：「讓人把她帶下去，把她拘在屋子裡，遣了人好好看著。等居正回來了，我們再商量。」

賀氏連忙應了，給巧蔓、巧珍使了眼色，讓她們帶鄔陵桃下去。

鄔八月在一旁看傻了眼。

段氏瞅了她一眼，臉色微微緩和了些，道：「八月不怕，妳三姊姊不過是魔怔了。」

鄔八月僵硬地點了點頭，知道祖母和母親要單獨商量事情，她乖巧地告退了。

臨出門時，聽得段氏對賀氏道：「以前覺得八月性子張狂，如今瞧著，倒是比陵桃要好些，至少能沈得住氣。」

鄔八月帶著貼身丫鬟朝霞，乘坐小艇回了致爽齋東次間，心裡到底放不下鄔陵桃，便讓朝霞去打聽她那邊的情況。

朝霞回來稟報說道：「三姑娘那邊有人盯著，連門都不讓人進。守門婆子說是二太太下的令。」

這是禁足了。

先是得了自己未婚夫婿殘廢的「噩耗」，後又是婕妤娘娘有孕、升位分在望的「喜訊」，原本便讓她覺得晴天霹靂，偏偏又是雪上加霜，她那性子不「魔怔」才怪呢……

想來三姊姊也是自覺比不過婕妤娘娘，有些心灰意冷，這才抱著最後一絲希望，迫切地在祖母和母親面前懇求，只是言行太過無狀了。

朝霞小聲提醒道：「四姑娘，該是時候用晚膳了。」

鄔八月點點頭，讓朝霞去安排。

暮靄讓小丫鬟幫著打理桌杌。因她沒去致爽齋正房，並不知道到底發生了什麼事，且她性子活潑，聽了這麼一耳朵，難免心裡癢癢，見朝霞出去了，她忙問鄔八月道：「四姑娘，三姑娘怎麼被二太太關起來了？她是哪兒得罪二太太了嗎？」

鄔八月微微一頓。

鄔陵桐和鄔陵桃，一個是輔國公府嫡長孫女，一個是鄔府嫡長孫女，都是一等一的得意人兒，不在一府住著，並沒有什麼衝突的地方，鄔八月雖然同鄔陵桐交集不多，但也不討厭這個大姊姊。

可三姊姊卻視大姊姊為死敵，原因就是兩府之間的一些貓膩恩怨。

鄔家姊妹的曾祖父鄔慶克乃是跟隨太祖皇帝打江山的開國功臣，更在太祖皇帝臨危之際挺身而出，擋在太祖皇帝身前做了箭靶子，以一臂換了太祖一命。江山一定，論功封賞，鄔慶克一躍成為開朝最為風光的一等輔國公，世襲罔替。

鄔慶克只得兩子，長子鄔國棟，次子鄔國梁；老輔國公百年之後，鄔國棟承繼輔國公爵位，原本的輔國公府一分為二，分為東、西兩府。東府稱為輔國公府，西府稱為鄔府。

有爵位與沒爵位，這當中可是天壤之別。

沒想到鄔國梁雖無爵位，竟憑著錦心繡腸和博學多才，仰仗著承襲國公之位的大哥鄔國棟的助益，入皇城任太子太傅，教授當年的太子、如今的宣德帝讀書。

宣德帝即位，尊鄔國梁為帝師，仍行師生之禮。鄔國梁之幸，盛譽全朝。

鄔國梁老當益壯，但也因在朝堂多年，頗為厭倦，自請致仕。宣德帝感念，卻揮手批了他一個翰林侍講的閒職，仍留他在朝中供職。官位雖不高，但舉朝皆要尊稱其一聲「鄔老」，以示尊重。

鄔國梁的風光，遠勝其親兄輔國公鄔國棟，東、西兩府，如今倒不好說誰比誰更風光了。

可不管誰風光，都是鄔家人的風光不是？偏偏鄔陵桃就要爭個高下。

兩年前，輔國公鄔國棟的嫡長孫女、東府嫡長女，鄔家大姑娘鄔陵桐被宣德帝召入宮中伴駕。

鄔陵桃與蘭陵侯次子高辰書訂下婚約的前十天，也就是鄔陵桐入宮僅僅兩個月後，她被封為四品婕妤的聖旨下達了鄔家，東府西府備香案，攜全府上下跪了一地，承接聖旨隆恩。

這一幕深深刺入了鄔陵桃的眼裡。

蘭陵侯長子高辰複遠征漠北，經年未還，或許待蘭陵侯百年之後，次子高辰書會有繼承蘭陵侯爵位的可能。到那時，她便是正正經經的蘭陵侯夫人，品級高過鄔婕妤。

鄔陵桃面上不顯，內裡卻是極為心高氣傲。祖父雖因長幼有序，承繼不了曾祖父的輔國公爵位，但祖父仍舊憑自身之努力，穩穩地站在朝堂之上，「鄔老」二字遠勝伯祖父乾癟的「國公爺」名號。

她乃是祖父的嫡長孫女，必定也要勝過伯祖父的嫡長孫女才是！

來清風園之前，鄔陵桃還曾暗地裡取笑東府，說他們即便出了個還算受寵的婕妤娘娘，卻也沒得到皇上欽點隨行伴駕。

可風水輪流轉，當初她笑了，如今輪到她哭了。

鄔八月暗嘆一聲，故作不喜道：「主子的事是妳該打聽的嗎？當心被人聽了傳到母親那兒去，讓人打妳板子。」

鄔八月說著便做了個拍打的動作，暮靄非但沒怕，反倒格格笑了起來。「四姑娘就會嚇奴婢。」

「我可不是嚇妳。」鄔八月認真地說道：「妳想想，以往可曾有這樣的事發生過？」暮靄嬉笑的臉緩緩僵住，再不敢多問。

用過晚膳，鄔八月喚了朝霞，往鄔陵桃的屋子而去。

姊妹兩人住得近，並不需要坐小艇。鄔八月一路疾行過去，剛到鄔陵桃住的地方，卻聽見一個溫潤的聲音喊她道：「八月。」

鄔八月笑著回頭，匆忙間行了個古怪的禮，銀鈴般地道：「父親回來了！」

鄔居正穿了一身四品文官的鴛鴦補服，戴了雀翎官帽，老銀酥鑲藍寶石腰扣別在腰上，立在船頭時，那儒雅駢儷的風采比起年輕時也不遑多讓。

鄔八月甜甜地笑著迎了上去，扶著鄔居正的手下來，這才看到父親身後還有母親。

鄔八月鬧了個大紅臉，結結巴巴地道：「母親安……」

「妳父親這樣把妳整個魂兒都吸引過去了？」賀氏好笑地瞪了她一眼。「竟沒瞧見我這個母親。」

鄔八月趕緊賴上去撒嬌。

見她這樣，鄔居正便笑了起來，眼角的細紋讓他瞧著更為成熟睿智。

「八月來妳三姊姊這兒，可是跟她吵架來了？」鄔居正打趣她道：「聽妳祖母說，今兒個妳三姊姊吼妳了？」

鄔八月摸了摸耳朵說道：「三姊姊聽了高家二哥的消息心情不好，她也只是發洩兩句，沒什麼的。」

聽了這話，鄔居正便是輕輕一嘆。

鄔八月湊上前小聲問道：「父親，高家二哥的腿真的廢了嗎？」

鄔居正微微點了點頭。

「這是為何？」鄔八月百思不得其解。「即便是摔下馬，腿折了，接骨就好了啊。父親不是很擅長這個嗎？株哥兒頑皮，爬樹摔了下來，也是父親給他接好的啊？」

鄔居正搖了搖頭。「不一樣的。」他微微頓了頓，拍了拍鄔八月道：「我們進去瞧瞧妳三姊姊。」

鄔八月只得斂下心思，跟在鄔居正和賀氏身後，朝鄔陵桃的臥房進去。

鄔陵桃面容憔悴地迎了上來，連給鄔居正和賀氏行禮請安都忘記了，開口便問高家二爺的事。

鄔居正據實以告道：「高二爺摔下馬的時候，腿正巧被地上一塊尖銳的石頭刺穿了。若只是傷了骨頭，養上一段時日便能好，但高二爺卻被那石頭刺斷了筋。」

鄔八月頓感心驚——接筋手術在如今的條件下是做不了的，這樣的話，高家二爺腿是瘸定了。

賀氏看了鄔陵桃頓時又蒼白了幾分的臉，心中微微不忍。

但段氏的話她還是要帶到。

「陵桃，婚盟既訂，若是在如今高二爺墜馬摔了腿的時候出爾反爾，說要退婚，且不論蘭陵侯會是何等怒火中燒，單是妳父親的官譽就會因此遭到質疑，遑論對府裡同妳一輩的弟弟妹妹將來的婚配也會產生影響，甚至還會波及東府。所以，退婚的念頭，妳絕對不能有。」

鄔陵桃心中不由一涼。

她對高辰書的滿意更多是來自於他身後權大勢大的蘭陵侯府，而非高辰書這個人。

鄔陵桃想要退婚，接受不了自己未來夫婿是個殘廢，只是其中一個原因，更重要的原因在蘭陵侯的爵位上。

行動不便的蘭陵侯次子，幾乎是已喪失了繼承蘭陵侯爵位的資格。

鄔陵桃怔怔地聽著，面白唇青、眼睛浮腫，整個人似乎已經魂遊天外。

賀氏暗暗嘆息一聲，上前握了她的手，柔聲道：「陵桃，這其中的利害關係，母親已經跟妳講得很明白了。妳是個聰明的孩子，該如何做，妳應當知道，對嗎？」

鄔八月沈默地坐到了鄔陵桃旁邊，微垂著頭看著自己交握著放在腿上的手。

她彷彿從自己三姊姊的現狀看到了自己的將來。

古代的婚姻就是一錘定音。嫁得好，皆大歡喜；嫁得不好，也只能忍氣吞聲。鄔陵桃還是不幸中的萬幸——若是高辰書摔下馬來直接翹辮子了，鄔陵桃沒出嫁就成了寡婦，少不得還要揹個「剋夫」的名聲，豈不是更慘？

易地而處，若她是鄔陵桃，想必也會心生惶恐吧……

「三姊姊。」鄔陵桃一直未曾出聲，鄔八月側頭喚了她一句，認真地道：「萬幸高家二哥只是摔了腿，要是摔了頭，那就更嚴重了。他這時候肯定很沮喪傷心，我們去探望探望高家二哥吧，他也一定很想見三姊姊的。」

鄔陵桃聽穎，鄔八月想借著這話點醒她，她該慶幸高辰書沒有摔了腦子，更沒有摔死，即便將來腿腳不便，到底還是蘭陵侯次子。她是高辰書的未婚妻，未婚夫儒雅謙謙，既然改變不了要嫁給他的命運，那不如從現在起就為自己多多打算——在這個時候去探望高辰書，表達她的關心，在高辰書的心裡定然留下深刻的一筆，將來她嫁過去，高辰書想起她的不離不棄，一定會寵愛於她。

鄔八月想得不錯，但她錯估了一點——鄔陵桃正是在極度絕望的狀態下，根本就不會深思她話中的意思。

鄔陵桃頓時瞪大雙目，朝著鄔八月低吼道：「妳就只會在一邊說好話！換做妳遇到這樣的境況，我不信妳能做到！探望他？妳那麼為他著想，不如稟明了祖父祖母和父親母親，把我的婚約改給妳，妳嫁他去！我還求之不得呢！」

「胡鬧！」鄔居正厲聲喝止道。

雖然祖父乃開朝大功臣，父親鄔國梁又是朝中股肱，鄔居正卻與祖父和父親走武道、文道不同，他獨闢蹊徑，走了醫路。因看家的本事便是養身，中醫最忌上火，是以鄔居正向來性子溫和，與他相對自然如沐春風。

能讓他發怒呵斥，必然是他已經怒到了極致。

鄔陵桃立刻跪了下來，身體微微哆嗦。

鄔八月也跟著跪了下來，暗暗心驚。

父親鮮少發怒，她們二人都知道，父親這是真的生氣了。

可鄔陵桃覺得委屈，不認為自己說錯。她們嫡親的三姊妹當中，就數四妹妹鄔陵梔最得祖母喜歡，父親母親也最喜她。東府、西府同輩的姊妹有六個，也只有鄔陵梔有小名，祖母老是「八月、八月」地喚她。

鄔八月就是整個鄔府的掌上明珠，她這個嫡長姊要讓著她，就是他們大房唯一的嫡子株哥兒也越不過她去。

此次清風園伴駕，她鄔八月本是來不了的，要不是她磨著祖母說要來見識見識，哪能跟來？跟來了又不老老實實待著，偏要看什麼湖景天鵝，栽下了水，一病就到了現在。

從小，她闖的禍數都數不清，祖母偏袒護著她，次次幫她收拾爛攤子。

這次之事，如果出事的是她鄔八月的未婚夫，她任性說要退婚，想必祖母也會儘量幫她達成願望吧？

鄔陵桃鑽進了死胡同，偏執地認定了自己的假想。

鄔居正官帽上的雀翎微微晃著，賀氏拍撫著他的胸口給他順氣，柔聲細語地勸道：「老爺莫要生氣，孩子不懂事，好好教便是……」

鄔陵桃手絞著帕子。若是換了往常，她便是認個錯也沒什麼，可這次她犯了執拗，一言不發地跪著，倒像是在和鄔居正對抗。

鄔八月道了句「父親息怒」，暗暗伸手去扯鄔陵桃的袖子，被鄔陵桃猛地躲開了。

「三姊姊……」鄔八月焦急地喚了一聲。「妳要想父親給妳出主意，就不能和父親擰著！」

鄔陵桃微微一愣。鄔八月又去拉扯了她一下，壓低聲音說：「父親母親豈會害妳？必然會在不利的情況下為妳周旋出最好的法子。妳是要讓父親心冷，不再管妳嗎？」

這話鄔陵桃總算是聽了進去。

她深吸一口氣，緩緩拜服下去道：「女兒言語無狀，父親息怒。」

賀氏見她肯低頭認錯，終是鬆了口氣。

女兒既然服軟，鄔居正也不好再多苛責。

「陵桃，收拾一下，同我們去看看高家二爺。」鄔居正正了面容道：「妳明明就在清風園，得了消息卻不過去探望，侯爺和侯爺夫人心裡定會不喜。不論妳心裡如何想的，面上的功夫還是要做到位，絕不能讓人說我鄔家的女兒不明事理。」

鄔陵桃頓時挺了挺胸，深吸一口氣，應道：「是，父親。」

她要爭的，不就是那麼一口氣嗎？

賀氏見她應了下來，臉上便現了兩分寬慰，上前扶著兩個女兒站了起來，給她們拍了拍膝蓋上的細灰，柔聲道：「妳們姊妹不許再打嘴仗，平時吵吵鬧鬧的也就罷了，這般傷人的話，陵桃妳怎能說出口？」

鄔陵桃面上露了兩分愧疚，但說出去的話如潑出去的水，她這麼心高氣傲的人，要她同自己的妹妹道歉，還是當著父親母親的面……她可做不到。

鄔八月也清楚鄔陵桃的性子，她主動開口道：「母親，是我不對，我說的話不妥當，惹三姊姊傷心了。」

鄔八月伸手拉了鄔陵桃，眼巴巴地瞧著她。「三姊姊不會生我的氣的，對不對？」

鄔陵桃微微一怔，古怪地盯了她一眼，悻悻地小聲道：「當然不會……」也順了鄔八月的意，任由她高興地挽住了自己的手臂。

賀氏甚是寬慰。

鄔陵桃在丫鬟的伺候下去淨面、換衣。鄔八月聽得賀氏和鄔居正小聲道：「婕妤娘娘此番有孕，皇上又如此重視，說起來在清風園裡，婕妤娘娘也只有我們算是最近的娘家人，等明兒個婕妤娘娘身懷龍裔的消息曉諭後宮，我還是帶著陵桃她們姊妹去祝賀一番吧？」

賀氏微微頓了片刻。「這面上功夫，還是要做的。」

鄔居正皺了眉，卻是搖了搖頭道：「不必去，太招眼了。送份禮過去，就說不去打擾了婕妤娘娘安胎。妳今兒才過去請過安，倒也不算慢待。」

賀氏忙低聲應了，片刻後卻是低嘆道：「等回了府，東府那邊又該張狂起來了。」

兩府面和心不和，大家早已心照不宣。

鄔陵桃收拾妥當，正色肅容，準備去探望高辰書。

賀氏先同鄔八月一起回了致爽齋東次間。

鄔八月半挽半扶著賀氏的手臂，見賀氏臉上有愁容，便說些討喜的笑話給賀氏聽。

「妳這張小嘴，說著倒是不停了。」賀氏覷了鄔八月一眼，拉開她的手認真地道：「太后娘娘開了玉口，妳如今身體已經大好了，也該去見太后娘娘鳳駕，謝太后娘娘關切之恩。」

賀氏拍了拍鄔八月的手。「明兒個我就帶妳到太后娘娘的悅性居去。妳今兒晚上好好休息，明日覲見太后，可不能露了疲態，在太后娘娘鳳駕前失儀。」

鄔八月無奈地點了點頭，卻是忍不住地嘆了口氣。

賀氏好笑道：「妳才多大，倒學著大人嘆起氣來了。」

說到這兒，賀氏倒是若有所思。「也對，妳已年滿十四，不是小孩子了。妳三姊姊十四歲的時候已經訂下了親事，妳的婚姻大事，倒也該安排了。」

「母親！」鄔八月不由輕輕跺腳，那副著急模樣落在賀氏眼中，倒更像是似嗔似喜。

賀氏斂眸微笑道：「放心，母親定然給妳挑個好人家。」

賀氏心中顯然有事，鄔八月湊近她低聲詢問道：「母親，可是有哪兒不妥？」

賀氏低應了一聲。「妳祖母向來疼愛妳，對妳的婚事也是十分上心。這燕京城中皇親貴冑、世家公子哥兒也不少，妳祖母想讓妳攀個上等家世的好兒郎。」

賀氏看向鄔八月，眸光微閃，似乎是在看鄔八月的反應。

「想必妳祖母已經同妳說過，要妳在太后娘娘面前討她老人家的喜歡。妳祖母也吩咐了我，讓我在婕妤娘娘跟前提兩句妳的親事。如今婕妤娘娘有孕，正是在皇上面前說得上話的時候，若能讓太后娘娘和皇上對妳的親事上心，得蒙天家賜婚，妳未來夫婿不管門第高低，也必然不會虧待妳。妳祖母是這個意思。」

賀氏微微頓了頓。「母親想問，八月妳的意思呢？」

鄔八月微訝地張了張口，有些不知所措。

按道理來說，身為母親的賀氏可以全權作主她的親事，根本不用來問她，但聽著賀氏的話，倒是在問她的意見。

鄔八月略想了想，知機地答道：「祖母為八月好，八月心裡感念。婚姻大事，父母之命，媒妁之言，八月自然是聽長輩的。」

這「長輩」中，當然包括賀氏。

賀氏欣慰地笑了笑，誇她道：「妳這嘴啊，是越來越會說話了。跟妳三姊姊也不再針鋒相對、牙尖嘴利的，這樣挺好。」

賀氏微微低頭，聲音微低。「母親不打算按妳祖母說的，在婕妤娘娘那兒提妳的親事。明日去覲見太后，妳也無須表現得太出挑，規規矩矩的就行。」

鄔八月應了一聲，心裡琢磨著賀氏的心思。

「妳也不用猜母親的心思。」賀氏莞爾一笑，輕聲道：「母親不希望妳的婚事讓太后娘娘作主。妳三姊姊的婚事，母親沒能插上手，妳的婚事，可不能再讓旁人左右。」

鄔八月自顧自地想了想，抬頭試探地問道：「舅母從前提過要和我們結親家……母親該不會是想要我嫁到舅父家去吧？」

「胡說八道。」賀氏瞪她一眼。「我與妳舅父血脈相同，賀家若是娶妳回去做媳婦兒，那是回頭婚，骨血倒流是大忌。妳舅母所說的和我們結親家，是想讓妳嫵兒妹妹同株哥兒結親，跟妳沒關係。」

「那也不行，不行的。」鄔八月趕緊擺手道。

「妳慌什麼？」賀氏好笑地道：「母親已經婉拒妳舅母了。」

鄔八月微愣。「為什麼？」

「株哥兒是長子長孫，妳祖父絕對不會允許株哥兒的婚事隨隨便便就被訂下。」賀氏淡淡地道：「況且妳父親也曾提過，血脈太近，子嗣不豐，多有不如意處。妳父親說的，自然是有道理的。」

鄔八月心裡暗讚了一聲。父親學醫多年還是有些本事的，近親通婚生的孩子易出問題，在古代雖然沒有辦法解釋原因，可父親能悟出這樣的道理，當真是了不得。

賀氏拍了拍鄔八月的背，站起身道：「妳祖母自是為妳好，但有妳三姊姊的前車之鑑，母親到底不放心。母親寧願尋個寒門子弟給妳做夫君，也不想妳同妳三姊姊一樣去攀高門第。」

賀氏幽幽地看了眼廊架下碧波蕩漾的湖，輕輕攥起拳頭。「絕對不行。」

鄔八月恭恭敬敬地送走了賀氏，看著賀氏乘了小艇離開，才喚朝霞給她準備溫湯沐浴。除了衣裳，泡進浴桶裡，鄔八月不由想起今日賀氏說的話。

母親的意思是，不希望她走三姊姊的老路。

鄔家和蘭陵侯高家的婚事……的確是鄔家高攀。

當初這門婚事，還是東府大太太金氏說合的。

輔國公府和蘭陵侯府本身沒什麼交集，倒是大太太金氏的娘家——承恩公府和蘭陵侯府交好，金氏想和蘭陵侯府搭上關係，恰巧承恩公府沒有適齡的女兒，這便宜便讓金氏撿去了。

承恩公府肯讓出嫁的女兒撿這個便宜，有一個不能宣之於口的原因，而蘭陵侯府肯讓金氏占這麼一個便宜，也同樣是為了這原因。

不過，因為輔國公府除了宮裡的婕妤娘娘鄔陵桐之外，便只剩一個庶女——二姑娘鄔陵柳——蘭陵侯府總不能讓嫡子去娶一個庶女，所以退而求其次，這樁婚事讓東府「忍痛割愛」給了西府，鄔陵桃才是那個撿大便宜的人。

即便如此，因鄔陵桃不知道這其中的根本原因，所以明知這樁婚事是東府讓給她的機會，她還是欣然受了。

鄔八月微瞇著眼睛。那個不能宣之於口的原因，她卻很巧地知道了。

第三章

事情還得回到她高熱退去，剛剛醒來的時候。

見過了家人後，她惶恐地又睡了下去，卻是在假寐，精神是萬分不敢鬆懈，注意力更是前所未有的專注。

她聽到朝霞小聲說：「四姑娘睡了。」

鄔居正吩咐她道：「妳們好好伺候著。」

朝霞和暮靄應了一聲，鄔居正又對段氏派來瞧鄔八月的陳嬤嬤道：「嬤嬤回去也勸勸母親，讓她不要心憂。八月的病已經不驚險了，再養傷兩、三日便又會活蹦亂跳的，到時候母親少不得還要嫌她黏人黏得煩。」

「四姑娘活潑可愛，老太太怎麼會嫌四姑娘煩？」陳嬤嬤笑著應了一聲，卻是說道：「倒是三姑娘，今兒早晨老太太還提起，說高家二爺也來了清風園伴駕，蘭陵侯爺住的南山館離致爽齋不算遠，咱們兩家合該多走動走動。」

鄔居正沈默著沒作聲，賀氏溫溫柔柔地笑著說道：「母親就是喜歡操心，嬤嬤在一邊還要多多勸著母親，別為這些事費了心神。」

陳嬤嬤微微頓了頓，誠懇地道：「二太太，老奴多嘴說句話，還希望二太太不要怪罪。」

「嬤嬤說哪裡話？我若有什麼不妥當的地方，嬤嬤儘管提便是。」賀氏道。

「那老奴就斗膽說了。」陳嬤嬤正了正容，聲音微微低了下來。「雖然三姑娘和蘭陵侯府的婚事早就已經訂下來了，可以三姑娘的身分匹配蘭陵侯嫡子，到底是欠了那麼點火候。四姑娘的婚事，將來少不得也要仰仗婕妤娘娘和蘭陵侯府。這門親事是東府那邊讓給咱們西府的，二太太好強是好事，但同東府那頭，還是不要鬧得太僵得好。對三姑娘、對婕妤娘娘，甚至將來對四姑娘，都不好……」

陳嬤嬤的話說出來顯然有些逾越身分，但賀氏卻沒有動怒。

她仍舊是用那種溫柔的聲音說道：「嬤嬤，從西府接了東府給的『好意』開始，西府便已經和蘭陵侯府、承恩公府，還有輔國公府成為了拴在一條繩上的螞蚱了，這是毋庸置疑的。我也明白，一切為的不都是婕妤娘娘嗎？不過嬤嬤別忘記了，這門親事不是我們去求來的，而是東府硬塞給我們的，我們沒必要做那承恩的姿態，視東府為恩人。至於蘭陵侯府，更不需要我們去討好。陵桃將來嫁過去，難道蘭陵侯府還會苛待了八抬大轎抬進門去的嫡妻不成？御史可不是只拿俸祿的庸人。至於八月，我不求她也嫁個豪門世家，日子能過得富足、無憂無慮，即便門第低一些又如何？」

鄔八月躺在床上仔細地聽著，為賀氏最後一句真心替女兒打算的話而感動，也對賀氏那句「一切為的都是婕妤娘娘」而感到疑惑。

她腦子裡還有原主的記憶，知道這位婕妤娘娘是東府的大姊姊鄔陵桐。

可三姊姊的婚事，與大姊姊有什麼相干？鄔八月心裡暗暗嘀咕，陳嬤嬤已經在那邊著急了。

「二太太對婕妤娘娘不也是恭恭敬敬的，若真如了輔國公爺和大老爺的願，婕妤娘娘能夠產下龍嗣，那麼——」

「嬤嬤僭越了。」賀氏冷然提醒了一聲，窩在被中的鄔八月冷不丁地打了個哆嗦。

「老奴知錯……」陳嬤嬤低首斂目，不敢去看賀氏那雙冷清清寒粼粼的眼。

鄔居正打圓場道：「嬤嬤來這邊也耽誤不少時候了，母親那兒怕是還等著嬤嬤回去伺候著。這裡有丫鬟看著，嬤嬤不用擔心。」

陳嬤嬤告了罪，福禮離開了。

鄔八月聽得鄔居正同賀氏道：「陳嬤嬤是母親跟前的老人了，妳借陳嬤嬤同母親透這些話，會不會不大妥當？」

賀氏道：「自從陵桃的婚事訂下，母親便有意要和東府修好。不是我不願家族和睦，只是，我們何苦去巴結著東府？婕妤娘娘隆寵不衰不假，但她入宮年淺，資歷不夠，如今也還沒有任何好消息，且上面還有皇后娘娘和四皇子……東府打的主意，未免想得太美了些。」

鄔八月聽到這裡便是一驚。

鄔居正嘆了口氣，鄔八月只聽得他道：「我們回去說，別擾了八月休息。」談話聲漸漸遠去了。鄔八月出了一身的冷汗。

怪不得東府和西府一向只是表面上和睦，內裡彎彎繞繞的膈應事多得不勝枚舉，卻能給鄔陵桃這麼好的一門親事，原來他們打的竟然是這樣的主意！

拿鄔陵桃套住蘭陵侯府，輔國公府和承恩公府本就結有秦晉之好，這樣，三府聯合，便成為了鄔婕妤最大的靠山。

一旦鄔婕妤產下皇子，三門公卿的勢力，再加上西府鄔老在朝堂上的影響力，憑藉著宣德帝對鄔婕妤的寵愛，鄔婕妤所生的皇子完全可以和當今蕭皇后所出的皇子相抗衡。

到時候，這儲位歸屬就有得爭了。

尤其是現在，鄔婕妤已確診有孕，距離三府的打算更近了一步。

只是如今，事情有了變故，鄔陵桃若是執意不肯嫁給蘭陵侯次子高辰書，那麼，輔國公府和承恩公府要聯合蘭陵侯府的如意算盤，打起來就難了。

鄔八月一夜淺眠，卯時初，便被賀氏催人來叫起。

朝霞和暮靄仔仔細細給鄔八月梳妝打扮了一番，既要衣著得體，又不能失了少女的活潑。

段氏對鄔八月覲見太后一事看得十分重，賀氏派的人才到不久，陳嬤嬤便也早早來了，指點朝霞和暮靄替鄔八月梳妝。

菱花寶鏡中映照出的少女綰了芙蓉歸雲髻，鵝蛋臉柔和，細長的柳眉下嵌了兩丸黑葡萄一般的眼珠，鼻如玉蔥，唇若櫻桃，雙耳上掛著一對藍寶石南洋珍珠耳環，映襯著瓷白的臉，更顯得光華暖溢，如照水姣花。

陳嬤嬤站在鄔八月身後替她攏了一下鬢角散下的碎髮，忍不住輕聲嘆道：「四姑娘真是長大了，瞧著越發像老太太年輕的時候……」

鄔八月伸手抿了抿垂在臉頰邊的碎髮，聞聲笑道：「都說我和祖母長得極像，府裡頭可有祖母年輕時候的畫像？嬤嬤不如拿來與八月比對比對，讓我瞧瞧到底有幾分相似？」

陳嬤嬤頓時笑起來，道：「老太太年輕時的畫像倒是有好幾幅，不過四姑娘怕是沒能耐去瞧。」

鄔八月疑道：「為何？」

陳嬤嬤掩嘴笑，神情似是驕傲似是欣慰。「那幾幅可都是老太爺親手替老太太畫的，老太爺珍藏起來，等閒不讓人瞧呢。」

鄔八月嘿嘿笑了起來。「祖父和祖母相敬如賓，真讓人羨慕。」

鄔國梁受傳統儒學影響甚深，醉心詩書，在女色一事上並不沈迷。娶了段氏為嫡妻後，只納了兩個姨娘，段氏倒也對得起鄔國梁的愛重，待兩個妾室並不刻薄，對庶子庶女也是視如己出。

西府闔府和睦，比起東府的爾虞我詐、陽奉陰違，更顯段氏治家之賢良。

也正因為有段氏為鄔國梁打理這個家，鄔國梁無後宅之憂，身無顧慮，方能在朝堂上揮斥方遒，如魚得水。

可以說，沒有段氏，鄔國梁難有如今的地位。

也正因為如此，鄔國梁對段氏向來親厚，給了嫡妻足夠的尊重。

就連朝堂之上，士大夫們都要稱讚鄔老一家和睦，乃大夏之表率。

雖然鄔八月自落水之後，還未曾見過自己祖父，但她心裡對祖父卻一直有孺慕之情。曾經她還同段氏笑言，說將來要尋一個同祖父一般的夫君，做祖母一樣的妻子，惹得段氏頻頻點頭，莞爾微笑。

划艇而至，賀氏和鄔八月上了岸堤，乘了翠幄青紬小轎到了悅性居。

當朝太后姜氏乃蘇州人，並非上等世家之女，但她能步步為營，坐到如今當朝太后的位置，手段可見一斑。

賀氏不敢怠慢，鄔八月更加不敢小覷這個大夏最尊貴的女人。

鄔陵桃曾拜見過太后。鄔八月同鄔陵桃閒話時聽她說過，姜太后不過五十年紀，身材高眺、肌膚微豐。先帝在時，姜太后憑著江南女子婉約秀美的身段和吳儂軟語的嗓音取悅帝王，曾一度寵冠後宮。也因其甚得帝寵，在中宮皇后無所出的情況下，先帝將姜氏所出之皇子立為太子，便是後來的宣德帝。

鄔八月曾陰暗地揣測過，不知道那位無子的中宮皇后會怎麼恨姜太后呢……

先帝的慈莊皇后還沒等坐上太后的尊位便一病而逝，宣德帝即位後，姜太后在後宮中一家獨大，就連蕭皇后也不能和她抗衡。

賀氏在路上也沒停下對鄔八月的耳提面命。

「在太后面前，儘量不要多說話。妳那抹了蜜似的嘴給我乖乖閉上，聽到了沒有？」

鄔八月連連點頭。

姜太后不喜熱鬧，最愛湖光山色的美景。悅性居位於矮山半坡之上，俯瞰而下，湖光瀲灩、碧波微微，矮坡之上草地菁菁，時而可見鹿兒三、兩隻地奔跑其間。湖邊偶有白鶴臨水起舞，映著朝陽，恬淡而適意。

後宮的寂寥生活沒有磨掉姜太后對生活的追求，得益於太醫院研製的種種保養秘方，玉團兒似的臉上仍舊是眉如墨畫、睛若秋波，舉手投足之間，尊貴又顧盼神飛。

賀氏和鄔八月直等到各位娘娘給姜太后請過安之後，方才被悅性居的嬤嬤請了進去。

「臣婦鄔府賀氏，見過太后娘娘，娘娘萬福金安。」

賀氏帶著鄔八月屈膝下跪，姜太后忙笑著叫起，道：「今兒早上皇后提到鄔婕妤的喜事時，哀家還想著妳們家八月呢。聽說和妳們老太太長得極為相似，也不知是個怎樣漂亮的姑娘。快近前來，給哀家仔細瞧瞧。」

姜太后的聲音帶著一股江南女子的酥軟之氣，聽在耳裡只覺得麻麻的，很舒服。

鄔八月恭恭敬敬地上前，照著賀氏曾經提點她的，垂首斂目，儘量不出聲。

姜太后塗了蔻丹的手白淨細嫩，手腕上的伽南香木嵌金珠壽字手鐲滑了下來，翡翠雕蝠壽戒指翠盈盈地映在鄔八月眼裡。

姜太后輕輕抓住鄔八月的手，溫溫軟軟地道：「抬起頭給哀家看看。」

鄔八月微微抬了下巴，依舊沒有去看姜太后的臉。

耳邊只聽到姜太后道：「果真是個漂亮的丫頭。妳的病可好些了？妳父親憂心妳得緊，辦差都恍神呢。」

鄔八月抿唇道：「父親回來同八月說，太后娘娘慈心仁愛，非但未曾怪罪父親，還關切詢問八月的病情。八月謝過太后娘娘關切之恩。」

姜太后抿唇一笑，對賀氏誇道：「妳家的姑娘，倒都是有副玲瓏心肝的。鄔婕妤是一個，蘭陵侯家未來的媳婦兒又是一個，如今哀家面前還站了一個。京中各家夫人可要羨慕妳們，教出的女兒個個都好。」

賀氏臉上的笑微微有兩分勉強。「太后娘娘謬讚。」

「哪裡是謬讚。」姜太后笑道：「昨日蘭陵侯家的小子摔下馬來，妳家姑娘聽說了便立刻趕去瞧了。單就是這份關切之情，便可讓蘭陵侯夫人高看一眼。」

賀氏臉上陡然一凜，鄔八月也暗暗心驚。姜太后這話難道是在暗示什麼不成？

還未等賀氏和鄔八月揣摩清楚姜太后的意思，便聽姜太后輕笑了起來。

姜太后放開了鄔八月的手，讓女官給賀氏和鄔八月看座。

姜太后道：「雖然蘭陵侯家的小子出了這檔子事，但從此事中倒也看真切了妳們家姑娘的品性。寧嬪早上同哀家說，昨兒個她去探望她姑母，她姑母提到自己未來兒媳，一個勁兒地誇呢。」

寧嬪的姑母便是蘭陵侯夫人淳于氏。

賀氏下拜道：「侯爺夫人謬讚了。」

「鄔太太真是謙虛。」

姜太后臉露贊同，眼神真摯，鄔八月悄悄瞄了她一眼，突然覺得她這個人並不像表現出來的那樣慈祥。

能在後宮立足幾十年不倒的女人，哪裡會是什麼簡單的角色？

她正惴惴地想著，便聽到有女官打了簾子進來稟報道：「稟太后，皇上和鄔老前來給太后請安了。」

流蘇帳子被女官挑了開，打頭進來一個器宇軒昂的明黃男子，頭戴珠冠，胸口的五爪金龍似要騰飛欲出。

賀氏和鄔八月側身跪到一邊。

鄔八月暗暗叫苦。早不來晚不來，皇帝怎麼這個時候來了？還有祖父……對了，祖父！

鄔八月趕緊朝宣德帝身後望去，只看見一雙玄青官靴。

「皇帝怎麼來了？」姜太后語帶欣喜，讓女官給宣德帝和鄔國梁設座，一邊笑道：「哀家正和鄔老的兒媳和孫女閒聊呢。」

一邊落坐，宣德帝一邊叫了起。

「朕剛歇了早朝，便和鄔老一同來瞧瞧母后。」宣德帝聲音朗朗，不過才過而立之年，正是年富力強的時候。

姜太后轉向鄔國梁笑道：「鄔老為我大夏殫精竭慮，我大夏能有鄔老坐鎮，真是大夏之幸。」

「太后謬讚，老臣實不敢當。」

鄔國梁面色紅潤，瞧著不似已過知天命的年紀。他拱手一拜，聲音清朗中微微帶了絲沙啞。

姜太后掩唇笑道：「鄔老一家子倒都是這般謙虛。方才哀家誇讚你那個要嫁入蘭陵侯府的孫女，鄔夫人也如鄔老這般不肯受讚。」

鄔國梁看向一側垂首站著的賀氏和鄔八月，笑言道：「老臣倒是不知她們也在太后這兒。八月性子桀驁，若有哪兒得罪了太后，還望太后不要怪罪。」

姜太后輕笑一聲。「瞧鄔老說的這話，哀家哪是那樣的人？」

宣德帝應景地笑了兩聲，鄔國梁道：「皇上要同太后說話，老臣這就帶她們告退，不擾太后和皇上閒聊了。」

鄔國梁站起身拱手一拜，給賀氏使了眼色，賀氏忙攜了鄔八月下拜道：「臣婦告退。」

「臣女告退。」

姜太后笑道：「八月這丫頭，哀家瞧著怪喜歡的。鄔老，以後讓你這孫女常常來哀家這悅性居，陪哀家說說話。」

鄔國梁面上微微一頓，方才低聲應了下來。

回到致爽齋，鄔八月忙吩咐朝霞備湯浴。

雖然在悅性居並沒有待多久，但鄔八月覺得自己出了一身的汗，身上黏膩。

泡在浴桶中，水溫剛剛好，可她仍舊覺得身上冷淋淋的。

「瞧鄔老說的這話，哀家哪是那樣的人？」

姜太后對著祖父說的這句話，一直在鄔八月腦海裡盤旋。

她覺得這句話聽著不對勁，可哪兒不對勁，她卻想不出來。

朝霞站在浴桶邊，注意到鄔八月眉頭緊鎖，一副心事煩擾的樣子，不由出口問道：「四姑娘可是有什麼心事？難道今日面見太后，出了差池？」

聽朝霞提到這個，鄔八月不由更加皺眉。

同母親從悅性居回來，母親隨祖父一同去了致爽齋正房。

她躲了祖母的詢問，可母親是躲不過的，也不知道母親會如何同祖母提今日覲見太后的事。

鄔八月嘆了口氣，起來擦乾了身子，換上一身素白的紗衣常服。

剛出浴房，暮靄便上前來道：「四姑娘，三姑娘來了，在您房裡等了有一會兒了。」

鄔八月一愣，趕緊去見鄔陵桃。

比起從前的神采飛揚，鄔陵桃如今當得上「憔悴」兩字。

見到鄔八月進來，原本要開口的鄔陵桃忽然就皺了眉頭，尖聲道：「穿這麼一身衣裳給誰看？」

鄔八月頓時怔住，低頭掃了一眼自己的衣裳。

沒什麼不對勁的，大概只是這素白的顏色礙了鄔陵桃的眼。

鄔八月也不生氣，甜笑著迎了上去。「天兒熱，這顏色的衣裳瞧著清爽。三姊姊怎麼來了？」

只要鄔八月笑臉迎人，鄔陵桃的氣就發不出來。

她悶悶地哼了一聲，撇開頭道：「知道妳今兒去見太后娘娘，我過來問問妳情況。」

鄔八月便老實地將事情說了一遍。

鄔陵桃聽到鄔八月說「寧嬪娘娘告訴太后，侯爺夫人一個勁兒地誇三姊姊」時，臉色就黑了下來。

「哼，侯爺夫人……」鄔陵桃撇了撇嘴，忽然奇怪地看向鄔八月。「怪哉，妳病了一場，當真轉了性子，居然還能跟我好聲好氣說話。往常我若是問妳什麼，妳會這麼聽話地告訴我才怪。」

鄔陵桃一邊說著，左手壓住右手的袖口就往鄔八月額頭探。「讓我瞧瞧妳是不是病糊塗了。」

鄔八月沒躲，笑嘻嘻地讓鄔陵桃探額溫。

「沒燒啊……」鄔陵桃放下手，沒好氣地道：「妳趕緊變回原來那性子，這般討巧懂事，我真不習慣。」

鄔八月輕聲笑了起來，伸手挽住鄔陵桃的手撒嬌般地搖了搖，嬌聲道：「三姊姊是說我以前不懂事了？八月以前有哪兒得罪三姊姊的，三姊姊可別記在心上，怪罪於我。」

「真怪罪妳，還搭理妳做什麼。」鄔陵桃冷哼一聲，伸手撥開鄔八月。

但她臉上的表情卻更加緩和了些。

第四章

鄔八月壓著心裡對姜太后那句話的違和感，又笑嘻嘻地湊近鄔陵桃。

「三姊姊問我什麼，我可都老老實實告訴妳了。」鄔八月道。「三姊姊還要問什麼嗎？」

鄔陵桃搖了搖頭。

鄔八月便輕聲問道：「昨兒個三姊姊和父親去瞧高二哥，高二哥怎麼樣了？」

一提到這個，鄔陵桃的臉色就陰沈了下來。

「要死不死地躺在床上，我連看都不想多看他一眼！」

鄔陵桃低聲發洩了一句，鄔八月按住她的手，揚聲讓朝霞和暮靄出去。

朝霞領會鄔八月的意思，支開了在門外等著伺候的丫鬟，和暮靄在門口替她們姊妹守著。

「三姊姊，高二哥遭逢巨變，沮喪也是很正常的，相信過一段時間之後，高二哥就會緩和下來。」鄔八月勸道。「寧嬪娘娘都跟太后娘娘說，侯爺夫人誇讚三姊姊，三姊姊將來——」

「侯爺夫人？」鄔陵桃冷笑一聲，反扣住鄔八月的手，輕聲說道：「四妹妹，咱們姊妹倆雖說從前一直喜歡拌嘴吵架，但那都是關起門的事；對外，咱們可是嫡親的姊妹倆。三姊姊今兒跟妳說句真心話。若說在這之前，父親母親勸我不要再提退婚之事，我還有所鬆動的話，瞧了高辰書之後，這婚事我是退定了！」

鄔八月的心跳頓時漏了半拍。

「為何？」她面露焦急之色。「太后娘娘都誇妳懂事識大體，要是這門婚事有什麼差池——」

「父親母親乃至我們鄔府名譽都會受損，甚至還累及東府，對嗎？」鄔陵桃冷哼一聲，聲音有些陰陽怪氣的。「如今可不一樣了，鄔陵桐不是已經懷上龍裔了嗎？東府這會兒指不定尾巴都已經翹上了天，怎麼可能累及東府？」

「三姊姊，妳別鑽牛角尖。」鄔八月肅容勸了一句，但到底是無法將「妳的婚事是三府權衡之後互相妥協的結果」說出口。

鄔陵桃若是知道了，更加不會善罷甘休。她的親事在輔國公府、承恩公府和蘭陵侯府看來，斷不能出一點差池的。

鄔陵桃搖了搖頭。「我不是鑽牛角尖。」鄔陵桃深深地嘆了口氣。「四妹妹，蘭陵侯府水太深，蘭陵侯夫人可不是什麼簡單人物。高辰書也就那樣了，我若嫁給他，今後還能有什麼指望？興許一輩子要被蘭陵侯夫人給壓著。」

「不會吧……」她印象裡，蘭陵侯夫人總是笑呵呵的，一副親切溫潤的模樣。鄔八月不由喃喃。「她兒子廢了一條腿，三姊姊還肯嫁給她兒子，她心裡應該是感激妳的啊……」

「感激？」鄔陵桃笑了笑，不知道該羨慕鄔八月的天真，還是該斥責她的單純。「感激或許有那麼一點，但更重要的是要將權力給握在手裡，否則讓一個貪戀權勢的兒媳掌控了整個蘭陵侯府內宅，她如何自處？」

鄔八月還是頭一次從鄔陵桃嘴裡聽到她承認自己「貪戀權勢」，一時之間頗有些呆滯地看著她。

鄔陵桃笑著刮了刮她的鼻子。「行了，妳管好妳自己，在太后娘娘面前多露露臉，讓太后娘娘喜歡妳，好給妳尋個如意佳婿，這才是妳該做的事。」鄔陵桃落寞地撫了撫潔白皓腕上的金臂釧。「我是沒這個指望了。」

鄔陵桃說到這兒，忽然抓住鄔八月的手，盯住她道：「我這輩子大概是鬥不過鄔陵桐了，妳要給我爭口氣。」

鄔八月愣神地看了鄔陵桃半晌，沈吟片刻後，果斷地拂開了鄔陵桃的手。

「三姊姊，婚姻不是兒戲，也不是鬥氣的工具。誰位高權重，誰品級高貴，爭這些沒有意思。像父親母親那樣和和睦睦的不好嗎？我寧願嫁個寒門清貧子弟，沒有大家族裡那麼多彎彎繞繞、勾心鬥角，日子過得平順快樂就足夠了。」

鄔八月緩緩地道：「三姊姊單看到大姊姊的風光，妳怎麼知道，夜深人靜的時候，大姊姊不會暗自垂淚？」

鄔陵桃很長時間沒有言語。

姊妹倆相對沈默著，忽然，鄔陵桃從錦杌上站了起來。

「八月，妳說的話，母親也對我說過，可是我過不去我心裡這道坎兒。」

鄔陵桃拿瑩白的指尖點著自己的胸口，一字一頓地道：「鄔陵柳對我說過，她那嫡姊曾在她面前蔑視地說我不過是個醫官之女，嫁也只能嫁寒門子弟。蘭陵侯府遣了媒婆來說親，我知道是東府沒合適的姑娘才塞給我的，但我忍，我應下了，我就是要告訴鄔陵桐，即便我是醫官之女，也能嫁高門望族！」

鄔八月立刻急道：「三姊姊，妳明知道二姊姊那個人……」

「我知道，鄔陵柳最喜歡挑撥離間，她見不得她嫡姊好，也見不得我們西府的人好。」鄔陵桃冷笑一聲。「不過那又怎麼樣？她一介庶女，不可能嫁高門做嫡妻，即便大太太大發善心給她找個高門夫婿，她要麼是填房，要麼是妾室，要麼嫁庶子，我再如何也比她強。」

鄔八月聽著這話覺得揪心。

「三姊姊，妳活得太累了……」

「八月，妳不懂。」鄔陵桃緩緩嘆息一聲，又坐了回去。「我不會那麼愚蠢，聽鄔陵柳兩句挑唆之言就去和鄔陵桐鬧。我能做的，就是嫁得比她們好，過得比她們好，讓這個現實狠狠給她們一個耳光。」

鄔八月搖頭。「三姊姊沒必要這麼做。妳要知道，我們的父親母親比她們的父親母親，要好太多了。」

「是啊……」鄔陵桃點頭。「可是，我不滿足。」

鄔陵桃牽起鄔八月的手。「鄔陵桐和鄔陵柳是面和心不和的姊妹，一個嫡出，一個庶出，一個瞧不起庶出的妹妹，一個嫉妒憎恨嫡出的姊姊，她們中間還橫亙著自己的親娘，永遠不可能有真正的姊妹之情，但我們不一樣。我、妳，還有陵梅，我們是一母同胞的姊妹。」

鄔陵桃流光滿溢的眼裡露著絕對的堅決。「八月，答應我，絕對不能輸給鄔陵桐。」

鄔八月最後也沒有回應鄔陵桃。

朝霞送鄔陵桃離開的時候，鄔陵桃撂下一句話。

「八月，我們只有株哥兒一個弟弟，即便是為了株哥兒，我們也不能得過且過。」

鄔居正和賀氏成親十八載，育有三女一子。長女鄔陵桃，次女鄔陵梔，也就是鄔八月，三女鄔陵梅。株哥兒是他們唯一的兒子，也是西府大房裡唯一的小爺，今年也有十二歲年紀。

父親只有株哥兒一個獨子，從小悉心照顧，言傳身教，祖父也十分看重株哥兒，雖然他不是西府的長孫，祖父也時時垂詢他的功課。株哥兒年紀雖幼，已學有所成，怎麼到了鄔陵桃眼裡，若是她們姊妹不能嫁個高門望族，株哥兒的前程就會斷了呢？

鄔八月很想再勸勸鄔陵桃，但她知道，鄔陵桃是聽不進去了。她執意要退婚。

她只有這個想法，卻不知道她會如何將這門親事退掉。

一旦鬧出退婚之事，蘭陵侯府必然恨極了鄔府，東府也肯定不會善罷甘休。

鄔八月胸口憋悶，讓朝霞吩咐廚下給她做一碗碧澗羹。

朝霞應聲去了，暮靄趁著這時候湊到了鄔八月跟前，雙眼亮晶晶地對鄔八月道：「四姑娘，三姑娘走的時候，眼睛都似乎冒著火呢！」

鄔八月覷了她一眼，淡淡道：「高家二哥出了這樣的事，三姊姊心焦也是正常。」

暮靄嘆道：「三姑娘也是命苦，眼瞧著就要出閣了，未婚夫居然出了這樣的事……別說三姑娘，就是蘭陵侯夫人，這會兒也沒了指望。高二爺都這般了，鐵定是不能繼承侯爺爵位了……」

暮靄嘀嘀咕咕說了一通，見鄔八月清粼粼的眼睛注視著她，不由就收了口。

「四姑娘，奴婢是不是多嘴了？」暮靄訕訕地道。

鄔八月抿唇。「私下裡妳跟我說說就行了，若是傳到別人耳朵裡去，可沒妳好果子吃。」

暮靄趕緊點頭，退了出去，不一會兒後，朝霞便端著碧澗羹進來了。

擱到鄔八月跟前，朝霞幫著打著涼扇，好讓熱氣散得快一些。

鄔八月攪了兩下密瓷羹勺，忽然又覺得失了胃口。

朝霞看在眼裡，柔聲道：「四姑娘好歹吃一些，廚下的人緊趕慢趕地做呢。」

鄔八月便抿了兩口。

「高家二哥墜馬的事，可有什麼消息傳出來？」鄔八月擱下羹勺，問朝霞道。

朝霞搖搖頭。「二太太下了令，讓致爽齋裡的人不得談這件事。」

鄔八月暗嘆一聲。

朝霞勸道：「四姑娘也別唉聲嘆氣的，凡事都有二老爺和二太太作主呢。」

她是沒辦法改變局面，可就怕連父親母親也作不了三姊姊的主……

鄔陵桃執拗起來，誰能拉得回來？

鄔八月定了定神。「不行，我得去同母親透個底。」

鄔八月站起身，催促朝霞去讓人划小艇過來，帶她去見賀氏。

在小艇上，鄔八月不斷地斟酌著措辭。

她不想讓自己和鄔陵桃好不容易修復一些的關係，因為「告密」而又毀於一旦，也不希望鄔陵桃做出出格的事情。

她必須在三姊姊進行瘋狂的抗婚之舉前，將這個可能給徹底掐死。

鄔陵桃可以不想嫁，但「悔婚」的惡名卻不能讓她一個姑娘來扛。

清風園不是鄔府，她若鬧將起來，根本就瞞不住！

「再划快點！」鄔八月催促著划船的粗使丫鬟。

「四姑娘別慌，划快了不穩，會摔下去的。」划船的丫鬟一本正經地道：「四姑娘病才好全，可別又掉下湖裡去了。」

鄔八月不由看了她一眼。「妳叫什麼名字？」

「奴婢晴雲。」粗使丫鬟衝著鄔八月笑了笑，提醒她道：「四姑娘坐穩，擔心摔了。」

晴雲臉圓圓的，顯得很喜慶，膀大腰圓，瞧著便是做粗活的，整個人很憨實。

鄔八月這才想起來，好像每次她出去，都是這丫鬟划的船。

朝霞察言觀色，遞了一個銀錁子過去，笑道：「四姑娘賞妳的。」

晴雲頓時露了笑臉，憨笑著接了，道：「謝四姑娘賞。」

上了岸，守門的丫鬟說，正房那兒來了人，二太太便匆匆忙忙去正房了，沒在房裡。

鄔八月心裡一咯噔，忙問：「老太太房裡來的人說了什麼？」

「奴婢沒聽真切，隱約聽到了一句三姑娘。」丫鬟老實答道。

鄔八月的背上陡然冒出了冷汗。

她趕緊又跑回了小艇上，迭聲讓晴雲趕緊去正房。晴雲不敢耽擱，划船的速度提了一些，儘量使小艇保持著平穩。

鄔八月一直站著，伸長脖子往前探看。

離正房還有一段距離，鄔八月已經聽到了鄔陵桃的哭聲。

完了。鄔八月驟然跌坐了下去，引得小艇晃了兩晃。

連給自己「告密」的時間都不留，鄔陵桃已經鬧到祖母跟前了……

晴雲讓小艇穩穩地靠岸。

朝霞扶著鄔八月，遲疑道：「四姑娘，我們……還是回東次間去吧？」

「不。」鄔八月搖了搖頭，吸了口氣。

事關三姊姊，她如何能置身事外？

「我進去看看。」

鄔八月提著裙裾，快步朝著正房飛奔進去。

丫鬟婆子們皆不敢攔著，鄔八月暢通無阻地跨進正房。

鄔國梁和段氏坐在主位，神情肅穆。鄔居正低頭站在一邊，賀氏陪著鄔陵桃跪在地上。

鄔陵桃背對著鄔八月，髮髻散亂。碎髮遮蔽著，鄔八月看不見她的臉，但隱約看見她身前不遠的地上有暗紅的一灘血跡。必然是她磕頭磕出來的。

這場景，觸目驚心。

「我寧願學平樂翁主做姑子去，也絕對不嫁進蘭陵侯府！」

鄔八月腳步剛頓住，鄔陵桃便說了這麼一句決絕的話。

鄔國梁大喝道：「放肆！」

朝堂之上受文武百官敬重的鄔老一直以謙和示人，在鄔八月的印象裡，祖父從來沒有這樣憤怒地斥責過誰。他是動了真怒了。

鄔居正二話不說，當即跪了下去。

鄔八月也來不及細想，三步併作兩步地快步行到鄔陵桃身邊，跪了下去。

她偏頭用眼角的餘光瞄了一眼鄔陵桃，心裡頓時就犯了疼。

三姊姊何曾這般狼狽過？

「平樂翁主此人乃是禁忌，妳竟然也敢堂而皇之掛在嘴邊，就不怕招來禍患？」鄔國梁面色沈沈。「和蘭陵侯府的婚事當初既已應下，就沒有再反悔的餘地。妳若真要抗婚，那便等回了府裡，以死明志去，對外自會說妳是得了急病驟逝的，也不會累了我鄔府的名聲！」

鄔陵桃和鄔八月皆不可置信地抬頭望向鄔國梁。

「父親，陵桃執拗，兒子一定會好好勸說她……還望父親息怒！」

鄔居正雙手扣地，誠懇地哀求。

「你教出的好閨女，都逼迫長輩到了這個分上，我還怎麼息怒？」

鄔國梁不為所動，看定鄔陵桃。「妳吃我鄔家的糧，姓我鄔家的姓，享受了我鄔家的一切，鄔家上下可有誰苛待過妳？如今可倒好，辛辛苦苦養育妳長大，竟是養了一隻白眼狼！」

「祖父……」鄔陵桃說話的時候嘴唇一直都在抖。「孫女……不願嫁個廢人，也、也不願讓蘭陵侯夫人騎在頭上，孫女——」

「擺在妳面前只有兩條路。」鄔國梁不欲聽鄔陵桃再多說。「要麼，妳乖乖地等著上花轎嫁進蘭陵侯府，從此以後，妳的興衰榮辱都和蘭陵侯府掛上鈎，我鄔家是妳的娘家後盾，這永遠不會改變，今日之事，也可以既往不咎。要麼——」

鄔國梁頓了頓，乾脆地道：「妳端好妳鄔三姑娘的儀態，待回府之後，我讓人送妳上路。養妳十六載，妳總也該為鄔家著想兩分，到死，妳都不能辱沒了我鄔家的名聲。」

鄔國梁說完，筆直地站了起來，大步朝屋外走去。

路過鄔陵桃身邊時，他頓住了步子。

「當初這樁婚事能訂下，也是妳自己應允了的。我們祖孫一場，我如今再給妳一次選擇的權利。記住，要生，妳就忍氣吞聲；要死，妳也要乾脆俐落。祖父母老了，妳可以不在意，但妳父親母親、妳弟弟和妹妹，妳總不能忘恩負義到不替他們考慮。」

鄔國梁言盡於此，不再多說，出了屋門轉眼間便瞧不見人影。

鄔陵桃癱軟地跪坐在地。賀氏扶著她，一臉灰敗。

鄔居正長嘆一聲，站起身上前道：「母親，兒子不孝……」

段氏擺著手，推開鄔居正和陳嬤嬤上前要來攙扶她的手，道：「八月啊，到祖母這兒來……」

鄔八月忙從地上爬站了起來，踉蹌地撲到段氏的身邊。

她渾身冰冷，手也直抖。

段氏緊緊地抓住了鄔八月的手，許是察覺到鄔八月的心驚膽戰，段氏不由將她擁在了懷裡。

「八月別怕……」段氏輕聲在她耳邊喃喃，揮手對鄔居正道：「帶陵桃下去，好好勸勸她……人活著還有希望，人要是沒了，什麼指望都沒了。」

鄔居正低頭應是，賀氏哽咽地道：「兒媳知道了。」

賀氏將鄔陵桃扶了起來，鄔居正扶著賀氏的肩。

從他們背後望去，鄔八月只覺得一手攬著母親和姊姊的父親背影就像一座山。

「祖母……」鄔八月忍不住問段氏。「祖父是說來嚇三姊姊的，對不對？」

段氏沈吟良久，方才搖了搖頭。「妳祖父是說真的。」

鄔八月頓時覺得心涼如水。

「鄔家傳承到現在，斷不能毀在陵桃這丫頭的手上。蘭陵侯即便降了爵，卻也不是好欺負的。說要退婚，一旦在這種時候開了這個口，世人會如何看待我鄔家？」

段氏搖了搖頭，聲音淒苦。「陵桃不懂事啊……」

鄔八月鼻子微酸，眼睛熱熱的，很想哭。

她不由想，若今日面對這些的是自己，她會不會也要生出退婚的想法？

或許會吧？可是她絕對沒有這樣的勇氣。她很佩服鄔陵桃，但也為她的別無選擇覺得悲涼。

陳嬤嬤將丫鬟婆子都攆了出去，柔聲勸道：「老太太也累了，讓四姑娘陪老太太歇會兒午覺吧。」

段氏點了點頭。鄔八月扶著她進了內寢房，坐在一邊給段氏打扇子搧涼。

段氏並沒有安眠，祖孫二人都沈默著，誰也沒有開口。熱氣熏人，段氏渾渾地睡熟了過去。

陳嬤嬤悄聲走了進來，見段氏呼吸勻亭，示意鄔八月將菱扇給她。

陳嬤嬤低聲道：「四姑娘也去歇著吧，這兒有老奴守著。」

鄔八月應了一聲，喚來晴雲，思索了一番，還是讓她划到鄔居正和賀氏的居處。

趕到涼閣時，鄔陵桃已經睡下了。

賀氏沒胃口，鄔居正也盯著一桌的清淡菜餚發呆。

鄔八月上前給他們見禮，鄔居正勉強露了笑容，讓她坐下隨他們用晚膳。

「妳三姊姊這會兒歇下了，別去擾了她。」鄔居正低聲對鄔八月說了一句，親自將銀筷遞到鄔八月手裡。

巧蔓要上前給鄔八月布菜，鄔八月擺手讓她下去了。

三人同坐一桌，卻各自沈默著。

良久，賀氏方才嘆息一聲，對鄔居正道：「照父親的意思，陵桃是沒有別的選擇了。可陵桃的性子，我擔心……」

鄔居正撇過頭。「她向來也聽得進道理，這次是犯了糊塗了。妳好好同她說說這其中的利害關係。」

賀氏垂首拿巾帕按了按眼角，口氣很是低沈。「我就是想不明白，她怎麼能說出要學平樂翁主做姑子去這樣的話來……她這話豈不是寒了我們的心？」

第五章

平樂翁主乃是蘭陵侯爺高安榮的嫡長女，同時也是蘭陵侯嫡長子高辰複的同胞妹妹。她也是當今宣德帝的外甥女。

先帝在時，高安榮還是世襲蘭陵王，其父乃是追隨太祖皇帝平定江山的兵馬大元帥。江山一定，太祖皇帝大封群臣，高安榮之父成了大夏開朝第一位異姓王。

太宗朝時，中宮慈莊皇后的胞妹賢妃育有靜和公主，地位尊貴，在一次賞月節上，與承襲父爵的蘭陵王高安榮一見傾心，執意下嫁。

蘭陵王尚主，靜和公主先後誕下長子高辰複、長女高彤絲，生次子高辰凱時難產薨逝，次子也夭折而亡。

賢妃失女，一病不起。太宗皇帝亦大怒，斥蘭陵王照顧公主有失妥當，致使公主香消玉殞，遂奪蘭陵王爵位，降其為蘭陵公。

蘭陵公於靜和公主薨逝不足三月，便迎娶忠勇伯嫡次女淳于氏。淳于氏入門不到一年便生下高辰書。市井傳言說，太宗陛下會對蘭陵王發難，想必是早知蘭陵王對妻不忠。

宣德帝即位後，追封靜和公主為靜和長公主。

十四年後，蘭陵公長女高彤絲御前斷髮，言辭之中倒出大量宮闈私密，引姜太后、宣德帝震怒。

宣德帝念及靜和長公主早逝，敕封高彤絲為平樂翁主，逐其於京郊玉觀山修身養性，永世不得再入宮闈，並嚴令禁止宮中再議平樂翁主之事。

同年，宣德帝以「教女不嚴」，怒而再降蘭陵公爵位，高安榮成了蘭陵侯。

嫡妹御前失儀，被逐出京，蘭陵侯長子高辰複在玉觀山外守了整整一夜，第二日遠走漠北，再未同蘭陵侯府聯繫。

這便是鄔八月所知的，有關平樂翁主的所有事蹟。

平樂翁主被逐出京，離現在也不過四年光景。

鄔八月挪到賀氏身邊給她輕拍著背，賀氏握住她一隻手道：「八月，往後母親若是不在妳三姊姊身邊，妳可要替母親好好看著她。妳們姊妹雖素來愛爭吵，但這個時候可容不得她出一點差池，妳可明白母親的意思？」

鄔八月鄭重地點了點頭。

鄔居正輕輕蹙眉問道：「昨日去探望高家二爺到底是出了何事，讓陵桃這般偏激？還說什麼『會被侯爺夫人拿捏住』這種話來？」

鄔居正看向賀氏，賀氏輕嘆一聲。「說起來，侯爺夫人的表現的確同往常不一樣。之前雖說他們二爺同陵桃訂了親，但對陵桃還是客客氣氣的，並未顯得有多熱絡，送節禮時還讓人覺得他們是在施恩。可昨日我們前去，侯爺夫人倒是凡說三句，必有一句是在誇讚陵桃。回來的路上，陵桃同我說，侯爺夫人眼裡滿是不甘，這樣的人，必定不如她面上表現出來的溫潤可親。她覺得侯爺夫人很有心計。」

鄔居正苦澀地嘆氣。「能讓蘭陵侯連給靜和長公主守一段時間的工夫都等不及，長公主喪期不超過三月便迎娶她進門……蘭陵侯夫人能是什麼簡單人物？」

「這門親事，當初我們就該果斷地給拒了。」賀氏說起當時，語氣裡滿是悔痛。「明明知道這門親事並不簡單，就不該依了陵桃的願。如今……後悔也來不及了。」

「還是將陵桃給看住，別讓她又生出什麼別的心思來。」鄔居正擺擺手。「父親的意思已經很明顯了，這件事不容有失，我們沒有別的選擇。這個家，到底還是父親在掌著。」

賀氏低聲應了一句。

夜已深，鄔八月穿著月白小衣坐在窗前，怔怔地望著月色之下粼粼悠悠的湖水。

距離那日鄔陵桃在祖父母面前磕頭明志已過去數日了，她額上因磕頭所破的傷處也已經結痂。父親用了上好的玉舒膏，再過十日，必定疤痕全消。

朝霞悄聲進來，見鄔八月還未入睡，不由嘆道：「四姑娘，明日可還要去悅性居陪伴太后呢，是時候該就寢了。」

鄔八月沈默地一嘆。不知自己到底是如何入了姜太后的眼，自那日覲見太后之後，每隔一日，姜太后都會讓人來請她去悅性居相伴左右，偶爾也會見到宣德帝和幾位王爺，姜太后總是拉著她同幾位王爺見禮，特意點出她的名。

鄔八月心中對姜太后的違和感越發重了。

段氏倒是樂見其成，每每同鄔八月說起姜太后對她的看重，總是一副與有榮焉的表情。

不過祖父似乎對此並不高興。

鄔八月也不高興，可她能違拗姜太后的意思嗎？當然不能。

日子幽幽過去，明日便是祖母的壽辰；再過兩日，則是團圓節。

悅性居來了旨意，姜太后命了禮部為鄔老夫人籌辦壽宴，要內命婦們都前往恭賀。

傳旨內監說，太后娘娘是從鄔四姑娘的嘴裡聽說這事的。

鄔八月覺得心驚——她肯定自己沒有在太后面前說這件事。

更讓鄔八月覺得心驚的是，祖父鄔國梁看她的眼神沁著絲絲冷意。

她心內不安，總覺得會有什麼事情發生。

但不管她心中如何忐忑，姜太后已是下了旨意，隨君伴駕清風園的禮部官員自然不敢大意。

八月十三這一日，內命婦們齊聚致爽齋，言笑晏晏，香風陣陣，左一句福如東海長流水，右一句壽比南山不老松，真真一副和樂景象。

鄔陵桃額上有傷，致爽齋對外一律稱她患了病，不便見人。

今日這樣的場合，她也不得出席，免得被人瞧見她額上的傷疤，問及緣由，徒增事端。

段氏做為壽星，不用操辦這些事宜，賀氏卻著實累得不輕，鄔八月本可以幫忙分擔一些，奈何姜太后又將她叫了過去，只說等午膳時再讓她回來。

悅性居中，姜太后拈起一顆已剝去紅皮外殼的丹荔放入嘴中。

鄔八月坐在下首，老實本分地給姜太后捶著腿。

姜太后滿意地抿抿唇。「嚼疑天上味，嗅異世間香。這丹荔味道極好，哀家很喜歡。」
姜太后擦淨了手，微微低了下巴看向鄔八月。「八月覺得呢？」
鄔八月笑道：「太后娘娘說味道好，那必然是極好的。」
姜太后輕笑起來，指著她吃剩的琉璃盞中的丹荔道：「還剩下這些，賞妳了。」
鄔八月恭敬謝恩道：「謝太后娘娘。」
鄔八月仍舊給姜太后捶著腿，管事嬤嬤進來喚了她一聲，道：「太后。」
姜太后微微直起腰。
鄔八月停了手，安靜地跪坐在一邊。
「鄔大人前來謝恩。」管事嬤嬤道。
「喔？」姜太后笑道：「鄔老來了？快請——」
頓了頓，姜太后道：「罷了，讓鄔老在煙波閣候著吧，哀家坐得累了，正巧活泛活泛筋骨。」
姜太后在女官的攙扶下起了身，俯視著鄔八月道：「既然妳祖父來了，妳便等著哀家見過他之後，再隨他一起回致爽齋吧。」
「多謝太后娘娘。」
姜太后沒有讓鄔八月隨她一起去煙波閣的意思，鄔八月自然也不勉強，恭敬地目送姜太后離開。
在姜太后跟前伺候了這麼幾日，鄔八月方才有些理解鄔陵桃對權位的執念。

被人瞧低的滋味的確不好受。

姜太后說段氏的壽辰之事是從她嘴裡聽來的，她明明沒說過，卻只能打落牙齒和血吞，默認下來；姜太后讓她來悅性居，她就不得不來，即便今日是她祖母的壽辰，她也只能遵從。

姜太后吃剩下的丹荔「賞」給她，她明明不想要，卻不得不裝出一副感恩戴德的模樣接受；姜太后俯視著她同她說話，她也只能仰視著。

鄔八月默默嘆了口氣。

「八月，太后娘娘說等見過鄔大人之後便讓妳隨鄔大人離開，妳不如去煙波閣那邊候著？」同鄔八月走得較近的執筆女官李氏好意提醒道：「瞧瞧日頭，再耽誤下去，怕是趕不及給妳祖母過壽了。」

鄔八月遲疑道：「太后沒讓我跟去……」

「又不是讓妳跟去煙波閣。」李氏好笑道：「妳就在煙波閣外附近等著唄。」

鄔八月覺得有理，她也想儘快趕回致爽齋。

於是鄔八月便匆匆朝著煙波閣方向跑了過去，候在煙波閣下附近的廊廡。

煙波閣臨坡而設，懸出坡道近一丈高，登閣而望，清風園的大半山水湖景皆能入眼。

鄔八月坐在廊廡的扶手欄杆上，不由抬眼朝煙波閣上望了望。

本只是隨意一瞥，這一望之下，鄔八月差點驚得從欄杆翻了下去。

煙波閣臨窗處站著一男一女，兩人靠得極近。男人執著女人的一隻手，女人的另一隻手輕輕搭在男人的胸前。

赫然是祖父鄔國梁和姜太后！

鄔八月愣神片刻後迅速地藏到了他們視線的死角，心撲通撲通地直跳。

「放心，附近沒人。」

姜太后軟糯的聲音傳入鄔八月的耳裡，鄔八月只覺得整個人都僵直了起來。

他們正好臨窗，即便聲音不大，鄔八月離他們如此之近，四周靜謐，卻也能聽得一清二楚。

她想趕緊拔腿跑掉，腳卻如同生了根，動彈不得。

鄔八月屏住了呼吸，耳聽得祖父說道：「妳何必替阿珂籌辦壽宴？又何必時時將八月喚到妳這悅性居來？我們鄔家因為婕妤娘娘有孕的事情，已經被推上風口浪尖了，這當口妳對鄔家如此厚待，前朝後宮，多少人要議論紛紛？妳都這把年紀了，怎還如此任性？」

「阿珂阿珂，叫得倒是親熱……好不容易盛夏避暑來了清風園，我還以為能跟你多些見面的機會，她可倒好，今年也跟來了。」

「她今年身子好了些，又想著每年都沒能陪我前來，這次便也跟了來。」鄔國梁嘆息一聲。「妳莫對阿珂有太多敵意，她自嫁我起，一直盡了為人妻的本分。」

姜太后忿忿地哼了一聲。

「我做這麼多，不也都是為了見你？」姜太后不甘道。「你道我願意為她大操大辦壽辰讓她出風頭？你道我願意讓那張跟她九成相似的臉在我跟前晃來晃去？我不都是為了讓你有名目來我這悅性居？」

「八月不過才十四——」

「我就知道，你也喜歡你這孫女！」姜太后頓時提了音量。「聽說你那老妻最喜歡這個孫女，你平日裡不顯山不露水，想必也是喜歡她。就因為她長得同你老妻年輕時幾乎一模一樣，我說得對不對？」

「胡說什麼？」鄔國梁無奈地道：「八月長得同阿珂相似，那是血緣。我素來不怎麼親近孫女，妳何苦鑽這牛角尖？」

姜太后又是一記冷哼。「鄔國梁，你我數十年相扶相持，我倒想要問你一句，是你老妻同你那些子孫重要，還是我重要？」

「都重要。」鄔國梁嘆息一聲。「茗昭，妳已位列太后之尊，再糾結這個做什麼？妳我此生沒可能相守，能有如今這樣見面的機會，我已經很滿足了——」

「我可不滿足！」姜太后憤怒地道。「要我看著你妻賢子孝，兒孫滿堂，而我孤苦伶仃在這後宮之中，既要擔心那些太妃聯合起來將我一軍，還要擔心皇后和妃嬪這些後起之秀奪我的權……她能含飴弄孫，而我呢？」

鄔國梁正要回話，卻聽見煙波閣下一記驚呼。

鄔八月被一隻不知從哪兒竄出來的雪白波斯貓給驚了魂，不由自主地尖叫了一聲。

「誰！」鄔國梁頓時一聲厲喝。

鄔八月心如擂鼓，瞪大眼緊貼著影壁站著。

波斯貓慵懶地「喵」了一聲，讓鄔八月冷不丁地打了個哆嗦。

她一隻手按著狂躁律動的胸口，一隻手緊緊捂住自己的嘴，生怕自己再發出任何聲響。

怎麼辦？怎麼辦！

鄔八月很清楚地知道自己方才那一記驚呼被祖父聽到了，若是祖父和姜太后知道她將他們的秘密給聽了去，她的下場……

祖父或許還可能念及祖孫情分放她一馬，可姜太后，唯恐權勢傾覆的姜太后怎麼可能放過她？

她得逃！鄔八月只有這麼一個念頭。來不及再思索其他，她果斷地提了裙裾，朝著廊廡旁繁盛蓊鬱的花園跑了過去。

鄔國梁和姜太后從煙波閣這處隱蔽的偏閣下來。

「沒有人。」鄔國梁面色微沈，看著廊廡下舒展身體躲避烈陽的雪白波斯貓。

「為避人耳目，我們已經躲到這麼偏僻的地方來了，竟然還會有人跟了來。」姜太后看向鄔國梁。「被人發現了，傳揚出去可如何是好？」

鄔國梁皺緊了眉頭，眼角的細紋明顯。「可這裡只有一隻貓，會不會是我們聽錯……」

姜太后右手抓著前胸的襟口，雙目惶惶，卻帶有一股懾人的冷意。

「不可能，你也聽到了，那分明是一個女子驚呼的聲音。她定然是發現了我們的事，得知自己暴露，這才急忙逃走。」

這時候的姜太后卻有足夠的冷靜。後宮沈浮幾十年，臨危不亂已成為刻在她血液中的本能。

姜太后在附近轉了一圈，鼻翼翕動。

然後，她突然頓住了腳步，沈聲說道：「是你那孫女，鄔八月。」

鄔國梁頓時大驚，斷然否認道：「不可能！」

姜太后冷笑一聲。「鄔國梁，你犯不著這般護著你那孫女。若此事傳揚出去，我身為帝母，皇帝總會留我一命。可你鄔家上下會是什麼下場，你心中自當有數！連問也不問我為何篤定是你孫女便出聲否認，你還真是護你鄔家人護得緊。」

鄔國梁手捏成拳，按捺下心裡的惶急。

「好，那妳便說說，無憑無據，妳為什麼篤定是八月？」

「無憑無據？」姜太后嘲諷地一笑。「這味道……你聞不出來嗎？」

鄔國梁屏住呼吸，然後猛然吸了一口氣。

「聞到了嗎？」姜太后的目光似是淬了毒的寒劍。「蘇合薔薇水。這味道，我也只在你孫女身上聞到過。今日她身上塗抹的也是此香。」

鄔八月，已經暴露了。

匆匆跑出煙波閣花園，鄔八月這才氣喘吁吁地停了下來。

珠釵散亂，鬢髮微濕，衣衫上甚至還掛著幾片綠葉。

長出一口氣，鄔八月閃身躲到朱紅粗木廊柱後面，背靠著廊柱平復呼吸。

她知道了一個……天大的秘密！

冷不防地，鄔八月打了個寒顫。

然後，她不可遏制地想起了今日的壽星段氏。祖母……

想起如今清風園中的致爽齋，是姜太后特意在皇上面前提起，撥給鄔家一行人住的。

想起陳嬤嬤與有榮焉地說，祖父親自替祖母畫了畫像，等閒不讓人瞧。

想起姜太后說的那句讓她心裡一直沒來由膈應的話。「瞧鄔老說的這話，哀家哪是那樣的人？」

再想起方才姜太后對祖父所說的。「你我數十年相扶相持……」

鄔八月忍不住想要放聲大笑。

耳邊似乎能聽到祖母一聲聲憐愛地喚她。「八月、八月……」

鄔八月猛地吸了口氣，將喉嚨裡那股抑制不住的酸意硬生生地嚥了下去。

與祖父相扶相持數十年的，不是姜太后，是她的祖母段雪珂！

後腦勺頂著廊柱，鄔八月心裡天人交戰。

這件事，她是讓它爛在肚子裡，裝作永遠都不知道，還是告訴祖母，讓祖母不至於一輩子糊塗？

該怎麼辦？

「八月？」端著梨花木雕牡丹紋漆盒的女官李氏帶著幾個宮女經過此地，意外地看向鄔八月。「妳怎麼在這兒？」

鄔八月心猛地一跳，掃了一眼那幾個宮女。「我在這兒等祖父。」

李氏笑道：「瞧妳，等人便罷了，怎麼還把自個兒弄得那麼狼狽？」

李氏將漆盒遞給宮女讓她們先行，親自替鄔八月摘了身上黏著的幾片樹葉子，為她扶正歪了的珠釵。

鄔八月目送那幾名宮女走遠，猛地將李氏朝自己身邊拉了過來。

「呀！八月妳做什——」

「李姊姊。」鄔八月伸手掩住她的嘴，左右望望，道：「別告訴別人妳讓我來煙波閣。」

李女官奇怪地道：「發生什麼事了？」

「別多問，李姊姊記住我說的話就行了。」鄔八月深吸一口氣。「李姊姊在宮中伺候，應當比我更明白。知道得越多，喪命就越快……」

李女官頓時臉色肅穆。雖然不知道鄔八月到底為何這麼鄭重其事地吩咐她，但鄔八月最後一句話卻由不得她不思量。

李女官緩緩地點了點頭。

「謝謝李姊姊。」

鄔八月長呼一口氣，頹然地又靠回廊柱。

李女官打量她片刻，輕聲道：「好了，我還要趕著驗看內務府撥下來的香料，就不與妳多說了。」

李女官與鄔八月告別，臨走前感慨道：「內務府往年撥的香料都及不上八月妳身上這清幽淡雅、經久不散的味道，可惜宮中不好此香……」

鄔八月面色僵住，如遭雷擊。

第六章

李女官已追上那幾名宮女，逐漸淡出了鄔八月的視線。

鄔八月撫著急速起伏的胸口，惶恐不安。

聞香識女人，本以為這不過是說紈袴子弟整日扎在脂粉堆中的笑言，可沒想到，今日竟然會在她身上驗證。

李女官能聞得到這味道，祖父能聞到嗎？姜太后能聞到嗎？

鄔八月踉蹌地往悅性居西跨院方向走了幾步，實在覺得雙腿發軟，遂跌靠在了扶欄上。

路過的內監和宮女都跟她行禮，口稱鄔四姑娘。鄔八月渾渾噩噩地敷衍應著。

也不知過了多久，鄔八月忽然聽到鄔國梁喚她。「八月。」

鄔八月猛然抬起頭，神色中還掩飾不住驚惶。

然後她意識到自己這樣的舉動落在別人眼裡，未免太誇張了。

鄔八月站起身撓撓頭，垂下眼。「祖父，我剛才靠著扶欄差點睡著了……」

「被祖父喚妳給嚇著了？」鄔國梁眉眼沈沈，讓人看不見底。

鄔八月一副羞赧之色，點了點頭。「想著今日是祖母壽辰，昨日便有些睡不著，祖父可別去祖母面前揭我的短啊。」

鄔國梁淡淡搖頭。「當然不會。」

鄔八月沈了沈氣，問道：「祖父這會兒便要回致爽齋嗎？我要不要再去同太后告一聲罪，與太后辭別？」

「不用。」鄔國梁道。「妳隨祖父一同回致爽齋去吧。」

鄔八月點了點頭。她的心仍舊提在嗓子眼，心跳咚咚作響。

一路乘了翠幄青紬小轎，到了致爽齋所在的那一片湖域。

鄔國梁一路沒有同鄔八月說一句話，讓鄔八月更為提心吊膽。

划船的丫鬟仍舊是那個面圓喜慶的晴雲。

大概今日是鄔老太太的壽辰，下邊伺候的人都換了身新衣，晴雲也不例外，穿了一件玫紅色掐牙背心，更顯得精神。

沈浸在自己思緒裡的鄔八月卻沒有多加注意。

鄔國梁和鄔八月上了小艇，晴雲撐船，其餘隨從奴僕因致爽齋內筵席已開，賓客已至，沒有多餘的小艇停留在此，只能等在岸邊。

船至湖心，鄔國梁忽然開口道：「煙波閣下驚叫的人，是八月吧？」

鄔八月一愣，然後陡然面色青白。

她這一番面色變化自然逃不過鄔國梁的眼睛。

「真的是八月啊……」鄔國梁嘆息一聲，雙目微微顯了陰鬱。「到底還是太年輕，心裡有什麼事，都寫在臉上。」

鄔八月艱難地梗了下喉。

她按住微微開始哆嗦的雙腿，唇齒打著顫，道：「祖父，我、我會忘記我看到和聽到的……不是，不對，我、我什麼都沒看到、沒聽到……」

鄔國梁不語。

撐船的晴雲疑惑地朝鄔八月望了過去，不明白這兩位主子這會兒在說什麼。

慌亂中的鄔八月不期然地對上晴雲不解的眼睛。

她心裡陡然生出一股寒意。

為什麼祖父會選在這個時候問她此事？

這艘漂在湖心的小艇就好比是一間密室，即便她出了什麼事，也只會被當作意外。

祖父會不會想……殺她滅口？除掉她，晴雲一個丫鬟的生死沒人會在意……

鄔八月怕極了，她瞪大眼看著鄔國梁，生怕他下一刻就朝她下手。

祖孫之情比起身家性命來，算得了什麼？

鄔八月從沒有這般恐懼過，她覺得自己幾乎都要窒息了。

彷彿時間已凝滯的時候，鄔國梁忽然開口道：「八月，祖父希望，妳能學得聰明一些。」

鄔國梁緩緩站了起來，鄔八月動彈不得地盯著他的一舉一動。

然而下一刻，鄔八月卻看到祖父奪過晴雲手中的船篙，用力一掃，將晴雲掃到了湖中。

晴雲大驚之下，開始在湖裡撲騰，鄔國梁手持船篙不斷地將晴雲壓在湖面之下，不讓她露出頭來。

再是識水性，晴雲也沒辦法在這樣的情況下求生。

漸漸，她撲騰的動作慢了下來。

湖面上漂浮著模糊的一團玫紅色。

鄔八月覺得那顏色鮮豔得勾魂攝魄。

她克制不住地撲在了船邊，卻只能眼睜睜地看著晴雲變成死屍，往湖下沈去。

鄔國梁冷清的眼看向鄔八月，接著他之前說的那句話，道：「妳若是學得不聰明，下場就會和這個丫鬟一樣。」

已有水師營的人朝鄔國梁這艘小艇奔游而來。

鄔八月怔怔地看著奮力朝這邊前來的水師營兵，哆嗦著嘴。「我自當會忘記這件事，祖父又何必、何必傷及無辜……」

「為了讓妳記憶深刻。」鄔國梁淡淡地道：「這只是給妳的一個警告。」

水師營的人動作迅速，一邊護著鄔國梁和鄔八月的小艇到了岸上，一邊將晴雲的屍首也打撈了起來。

致爽齋內前來給段氏拜壽的人聽聞這個消息，盡皆譁然。

這邊一個孫女剛出了事，那邊一個孫女也差點出事。

鄔老太太這個壽辰，還真是一波三折啊……

鄔居正臉色陰沈，賀氏面上猶掛著淚珠，奔向堤岸將渾身發抖的鄔八月從船上接了下來。

「父親。」鄔居正先給鄔國梁行了個禮，克制地問道：「這是怎麼一回事？」

「撐船的丫鬟腳下不穩，撐船時重心移得過多，跌下去了。許是甫一下水腿便抽了筋，沒能游上來。」

鄔國梁嘆了一聲，視線掃了鄔八月一眼。「八月之前落過湖，這次眼睜睜看著那丫鬟落水而亡，想必是受了驚嚇吧。」

鄔八月適時地渾身重重一顫，賀氏攬她到懷裡，只覺得她渾身冰涼，忙讓巧珍去取件薄裳來。

剛一挨到賀氏的身體，鄔八月便緊緊地將她給抱住了。

賀氏臉上的淚流得更凶。

鄔國梁皺了皺眉，視線挪到長子臉上，沈聲問鄔居正道：「你母親大壽之日，你媳婦兒怎生哭成這樣？」

鄔居正面色一滯，上前一步低聲道：「父親，陵桃出事了。」

鄔國梁頓時凌厲地看向他。

「陳王醉酒，調戲陵桃，陵桃怒而觸柱……」

鄔國梁猛地瞪大眼睛。

賀氏顧不得其他，接過了巧珍遞來的薄裳給鄔八月裹住，半摟半抱著她往香廳而去。

鄔國梁的臉色比得知鄔八月發現他與姜太后之間的秘密時還要陰沈，周身散著冷氣。

他往致爽齋正廳而去，鄔居正擔憂地朝香廳的方向望了一眼，卻不得不緊跟在鄔國梁身後。

「陳王再是貪色，也不可能無禮到在壽宴上胡來。這到底是怎麼一回事！」

鄔國梁氣得不輕。鄔居正心知肚明，他氣的不是陳王，而是陵桃。

可即便他們父子都明白這件事情多半是陳王受了陵桃的算計，卻只能將過錯推到陳王身上。陵桃乃未嫁之身，陳王卻素有貪色之名。多麼天衣無縫的算計！

鄔居正不知道該憤怒鄔陵桃的大膽，還是該感慨她的急智。

在她的婚事幾乎被宣判了死刑時，還能縝密地計劃出這麼一齣戲。

鄔國梁憤怒地看向鄔居正。「她人呢?!」

香廳涼閣中，賀氏不斷地揉搓著鄔八月的手臂和雙腿。

鄔八月怔怔地坐著，身子微微發顫。

祖父如果不想殺她滅口，只是想警告她，大可以口頭威脅，甚或以「休養」的名義將她軟禁在某個地方，再殘忍些，配一副啞藥給她讓她永遠不能開口說話，都是可行的，犯不著殺一個不起眼的撐船丫鬟。

他當著她的面殺晴雲，只是為了讓她害怕，害怕到以後不管如何都不敢提及那件事。

他將晴雲掃落湖中時那種鎮定自若的表情，讓鄔八月不寒而慄。

賀氏捧了鄔八月的臉，看著她無神的雙眼。

「八月，不要嚇唬母親啊……」賀氏猶帶著哭腔。「妳三姊姊出了這麼大的事，妳若是再有任何差池，讓母親如何是好……」

巧蔓端了溫熱的壓驚茶上來，巧珍遞上巾帕。

賀氏連忙接過巾帕，給鄔八月擦拭她額上的涼汗，末了又親自將壓驚茶端到鄔八月嘴邊，似哄小孩兒一般。「八月乖，喝下壓驚茶，咱們就不害怕了……」

鄔八月愣愣地喝了下去，賀氏大大鬆了口氣。

「二老爺人呢？」賀氏扭頭看向巧珍問道。

「回二太太，二老爺同老太爺去正廳了，奴婢猜想應當是去見老太太和……三姑娘。」

賀氏一聽巧珍提起鄔陵桃，面上的淒苦更重。

「罷了，妳們都下去吧……我同八月說會兒話。」

賀氏留了巧蔓讓她吩咐廚下備些清淡的飲食，一刻鐘後端來。揮退了一干丫鬟婆子，賀氏親自替鄔八月脫下繡鞋，除掉她身上的首飾，扶著她半躺到了架子床上。

賀氏坐在床沿邊，長長地呼吸了一口氣。

「今日妳祖母壽辰，本該是十分高興的一件事，可妳祖母卻病了。」賀氏輕輕握著鄔八月的手，輕蹙著眉頭，眼眶也還紅紅的。「是被妳三姊姊給氣病的。」

鄔八月微微偏頭看向賀氏。賀氏摸了摸她的額頭。「和蘭陵侯府的親事，怕是真的沒辦法繼續了。」

鄔八月聽不明白。

她恍惚地想了想，終於想起小艇剛靠岸時，聽到圍著自己的幾位命婦夫人小聲的嘀咕，說什麼兩個孫女都出事、陳王惹上事的話。

「祖母和三、姊姊……」鄔八月張了張嘴，聲音很沙啞。「怎麼了？」

賀氏忙起身去又倒了杯茶給鄔八月潤喉。

鄔八月抿了茶，賀氏接過茶杯，語氣晦澀地道：「陳王醉酒調戲了妳三姊姊，陵桃說被陳王看了身子，沒有顏面活下去，憤而觸柱……妳父親醫救得及時，但她這會兒還昏迷著。妳祖母聽說了這件事……差點氣得暈厥過去。」

鄔八月腦子很亂，從賀氏口中得知此事，她的第一反應竟然是——陳王是被三姊姊給算計了。

「八月，妳三姊姊就這樣了……妳可不能再有事。」賀氏捏著汝窯蓋碗杯托的手指尖微微泛白。「待一會兒巧蔓端了吃食來，妳多少用一些，提起精神去陪妳祖母。今日妳祖母恐怕是傷透了心……」

祖母……鄔八月愣愣地盯著藕荷色床帳。

致爽齋正廳中，席開八桌。

上面的各色珍饈佳餚還散著熱氣，前來賀壽的賓客卻都已經告辭離開。

壽宴鬧成這樣，倒也是罕見了。

「啪」的一聲，鄔國梁順手抄了一個骨瓷碗，擲在地上。鄔居正立時跪了下去。

「父親息怒，是兒子管教無方……還望父親保重自己身子。」鄔居正垂著頭。

他們鄔家沒有退路了啊……

鄔國梁方才去正房看了段氏，好言安慰了段氏幾句，出得正廳，卻忍不住火大朝自己兒子發難。

「陳王……她以為攀上陳王，就萬事大吉了嗎?!」鄔國梁壓著聲音，目眥欲裂。「要是被人瞧了出來，豈不是授人話柄？到時我鄔家名聲豈非岌岌可危?!」

鄔居正趕緊道：「陳王已醉，非禮陵桃之事又是在眾目睽睽之下，又有陵桃觸柱明志以示清白，只要陵桃咬死了是陳王之過，此事便是板上釘釘，陳王也無法分辯……」

鄔國梁真想大笑兩聲。

「不愧是我鄔國梁的孫女啊！」鄔國梁聲音沈沈。「蒙了紗巾到隱蔽處裝作和醉酒的陳王『巧遇』，引得陳王對她動手動腳後，又大聲呼喊了人前來替她作證，然後當著眾賓客的面怒而觸柱……陳王當然百口莫辯。偏生我們明知她心中所想所算，卻不得不替她遮掩，我鄔國梁何時這般憋屈過！」

鄔居正心中大震。

「她就那麼篤定，出了此事，蘭陵侯府必然退婚，陳王必然會娶她過門嗎？」

鄔國梁重重地拍擊了下酒桌。

鄔居正沈吟片刻，道：「父親，恐怕……是這樣沒錯。」

鄔國梁看向鄔居正。

「陳王妃新喪，陳王本就打算娶繼妃。陵桃被陳王非禮，眾多夫人都瞧見了，悠悠之口難杜，蘭陵侯爺和侯爺夫人必定不會讓高家二爺娶陵桃過門。這個時候若是鄔家不對陳王施壓，反倒惹人懷疑……」

鄔居正暗自嘆了口氣。「若是陳王不願意娶陵桃，到最後迫於壓力，也不得不娶她。遑論陳王或許對娶陵桃一事……樂意至極。」

鄔陵桃乃是當朝鄔老長孫女，陳王娶了鄔陵桃，難說不是多了鄔家的一分助力。

況且陳王當場並未反駁鄔陵桃說的話，不管是喝醉還是其他，已經坐定了他酒醉非禮鄔陵桃的事實。只要他有一絲愧意和悔意，陳王妃的名頭要讓鄔陵桃摘下來，輕而易舉。

鄔陵桃算計得很清楚。

鄔國梁手握成拳，沈眼盯著地面。

「這就是我的孫女選的路，也不知道她到底是聰明還是糊塗……」鄔國梁冷哼一聲。「罷罷罷，她既選了這麼一條路，那就依了她。以後如人飲水，冷暖自知，她休想在背離鄔家之後，還妄想靠鄔家謀取一分一毫的好處！」

鄔居正震驚地看向鄔國梁。父親此話……是在表明態度，即便今後陵桃有事，鄔家也不得插手相幫嗎？

「父親……」鄔居正喃喃。

「為父還有事，這殘局，你做為壽星的兒子、鬧事者的父親，由你收拾！」

鄔國梁撂下話，憤而甩袖離開了致爽齋。

鄔居正怔怔地目送鄔國梁遠走，忽然覺得父親今日有些不同尋常。

這個時候，父親難道不是該陪在母親身邊嗎？為何這般急匆匆地又走了？

鄔八月用了幾口飯食，由賀氏陪著去見段氏。

段氏因鄔陵桃的事已經心力交瘁，鄔居正下了令，不讓下邊的丫鬟婆子將鄔八月回來時的事告訴她。

賀氏也叮囑鄔八月不要提起此事，讓段氏再心憂。

段氏躺在描金漆拔步大涼床上，胸口起伏著，眉頭深鎖。

陳嬤嬤在一邊默默地打著扇，眼中盡顯擔憂。

賀氏上前輕聲問道：「母親睡了？」

陳嬤嬤忙給賀氏福禮，低聲回道：「沒呢，老太太這會兒是不想說話……」

「母親。」賀氏輕輕喚了她一聲，道：「八月來了。」

本沒有反應的段氏這才輕輕張開了眼。

「八月回來了……」段氏撐著床要坐起身，陳嬤嬤忙去扶她，鄔八月也趕緊上前。

不知怎麼地，聽到段氏喚她的名，鄔八月就哭了。

「祖母……」

鄔八月緊緊貼著段氏，段氏勉強笑了一聲，拍拍她的背道：「這般大了還哭鼻子，羞不羞？」

賀氏上前接過陳嬤嬤手中的涼扇。

「八月回來聽說她祖母差點暈厥，擔憂得不行。」賀氏輕聲道：「這會兒見她祖母沒什麼大礙，一下子鬆了心神，這才哭了。」

賀氏給鄔八月使了個眼色。「快別在祖母面前哭，要是惹了祖母落淚，看我饒不了妳。」

段氏忙護著。「孫女擔心我這個祖母，我高興還來不及，妳這做母親的可別做壞人。」

賀氏笑道：「是，母親。」

段氏撫了撫鄔八月的臉，同她寒暄幾句，但心思到底還是在鄔陵桃身上。

「……陳王回鷺玉樓了？」段氏輕聲問道。

「回了。」賀氏低聲應道。「陳王酒醉癱軟，是被奴僕架著回去的。」

「陵桃沒事了吧？」

「沒事了……只是這會兒還昏迷著。」

段氏點了點頭，緩了緩氣道：「觸柱倒算她機智。幾日前額上磕出來的疤，如今倒也不怕人瞧了。」

賀氏靜默，卻是忽然後退一步，跪在了段氏面前。

「母親，兒媳教女不嚴，陵桃擅自行事，壞了壽宴，還累母親氣壞了身子，都是兒媳的過錯。但事已至此，陵桃終歸是兒媳身上掉下來的一塊肉，是母親的親孫女，是鄔家的骨血……她再有萬般不是，還望母親能看在她也是鄔家一分子的分上……替她周旋！」

賀氏說完，便深深地拜了下去。

夫君子嗣不豐，只得三女一子，對四個孩子從來一視同仁，愛之教之，對他們傾注的心血，做為妻子的她最為瞭解。

任何一個子女折損，對她、對夫君，一定都是天大的打擊。

她可以不顧陵桃，但她不能不顧夫君！夫為天，她的天若是塌了，她棲身何處？

段氏默默地看著俯拜在地的賀氏。

「卿香，憑陵桃今日所為，今後她能走的路只有一條了，妳可知道？」

賀氏堅定地點頭道：「兒媳知道。」

段氏嘆了口氣。「即便如此，妳還要我替她周旋嗎？」

賀氏閉了閉眼睛，再睜開時，已目如寒星。「陵桃已選此路，即便將來此路不通，她落得個淒慘下場，那也是她的選擇。父親曾說過，給她選擇的權利，事到如今，兒媳攔不住，只能替她儘量謀劃……只希望她，將來不要後悔。」

段氏緩緩地嘆笑了一聲。「陵桃啊，還是肖妳，打定主意不回頭……」

賀氏沈默地跪著。

「陳王妃的位置，我會替她爭取。」頓了片刻，段氏說道。「可她能不能占據陳王的心，能不能掌控得下陳王府裡百十來位姬妾，鬥得過陳王膝下十幾位小王爺，在四面楚歌的情況下坐穩王妃之位——」

「全憑她自己的本事。」賀氏沈聲接道。

第七章

陳王是太宗第三子，宣德帝兄長，如今已過而立；其母裕太妃雖是宮女出身，卻是高瞻遠矚。太宗朝時，因生有皇三子而被封為嬪的裕嬪，自知親子無奪位之望，遂倚靠了後入宮卻得太宗無比垂愛的姜淑妃，成為姜淑妃的左膀右臂。

太宗崩，宣德帝即位後，裕嬪如願以償，親子封王，她則居太妃之位。

而因擔心自己兒子會被姜太后忌憚，裕太妃生生將陳王養廢了。

陳王愛尋花問柳，府裡姬妾無數，且耳根極軟，膽小怕事。眾位王爺中，他是最不成器的一個。

他渴望權勢，卻又沒有門路招徠門客幕僚，空有王爺之名，但沒有實權，也因此，他最讓宣德帝放心。

只要他沒有生出謀反之心，自然也沒有謀反之能，自當可以安樂一生。

從段氏房裡出來，賀氏帶著鄔八月去瞧鄔陵桃。

屋中飄出濃濃的藥味，鄔八月聽得鄔陵桃在咳嗽。她已經醒了。

賀氏頓了頓腳步，和鄔八月邁了進去，丫鬟們趕緊給賀氏和鄔八月行禮。

「都出去吧。」賀氏揮揮手道。

丫鬟們魚貫而出，鄔陵桃微微低著下巴，額上纏了一圈的雪白紗布，隱隱透著模糊的紅。

「妳也知道自己不好意思抬頭見人？」

賀氏冷冷地看著她，鄔陵桃沈默不語。

鄔八月坐到了床沿邊，看了看鄔陵桃的傷勢，問道：「三姊姊，妳還好嗎……」

鄔陵桃動了動唇，方才低聲喃喃道：「祖母還好嗎？」

「託妳的福。」賀氏這話諷刺意味極重，鄔陵桃頓時有些愣怔。

鄔八月暗暗嘆了口氣，小聲道：「三姊姊放心，祖母沒什麼大礙。」

鄔陵桃這才緩緩鬆了口氣。

賀氏坐到了錦杌上，盯著鄔陵桃看了片刻，方才道：「陳王妃性弱，家族式微，壓不住陳王眾多妖嬈姬妾，心病沈痾，一年前仙逝。此事當時鬧得轟動，陳王痛哭流涕，陳王妃出殯時甚至抱著棺槨不讓人抬去下葬。」

賀氏頓了頓。「陳王貪色不假，愛美人不假，多情不假，深情也不假，但他卻也是個極度無情之人。陳王妃去世時那麼悲傷，下葬不過二十天便又抬了小妾進門，而且接連抬了兩個。妳沾惹上陳王，圖的是什麼？」

「女兒不圖別的，圖的就是不嫁進蘭陵侯府，圖的就是宗婦王妃之位。」

鄔八月瞪大眼。賀氏似乎被鄔陵桃這句話給梗住。

「我不想死，可我若是不自己想辦法，就只有老老實實聽祖父的話，乖乖嫁進蘭陵侯府去。」鄔陵桃慘澹地笑了一聲。「我拚死拚活為的是給祖父爭口氣，不讓我們西府的嫡長孫女被東府的嫡長孫女比下去，可沒想到到頭來，祖父卻要把我逼上絕路……既然如此，那我就爭我想要的。」

「妳……」賀氏啞口無言。

「是，我是算計了陳王，不過一個願打，一個願挨，他若沒那貪色之名，我就是想算計他也無從下手。」鄔陵桃微抬了下巴。「事到如今，蘭陵侯府不退婚是不可能了，而咱們那麼愛名聲、要名聲的鄔府，會眼睜睜地讓自家的姑娘受此委屈嗎？少不得要替我謀劃，想方設法地幫我奪那王妃之位吧！」

「逆女！」賀氏急火攻心，猛地站了起來，太陽穴突突地跳。

鄔八月趕緊上前去攙扶她，對鄔陵桃道：「三姊姊！母親來這兒前才求了祖母要她替妳周旋……」

「八月，住嘴！」賀氏怒喝一聲，鄔八月頓時噤聲。

「母親……」鄔陵桃詫異地看向賀氏。

賀氏拂開鄔八月的手，緊緊攥成拳。

她深呼吸了一口氣，語氣沈沈。

「是，身為母親，我沒辦法撇開妳不管，總要替妳謀劃。但這一條妳自己選的坎坷路，妳也要義無反顧走下去。」賀氏看向鄔陵桃。「將來若真的能入陳王府，內宅凶險，妳自己好自為之。」

賀氏提了提氣，大步跨了出去。

鄔八月本打算跟上，但見鄔陵桃撩開被角要下床去追，因動作太過迅猛，不由一個踉蹌。

鄔八月忙上前去攙住了鄔陵桃。

聽得屋外巧蔓和巧珍已經喚著「二太太」，碎步離開了，鄔八月方才重重嘆了口氣，強制地將鄔陵桃壓回到床上。

「八月……」鄔陵桃失神地問道：「妳方才說，母親……」

鄔八月點了點頭。「三姊姊做出這樣的事，祖母差點氣病了，祖……祖父回來也大發雷霆。母親跪在祖母面前求她替妳周旋……」

鄔陵桃不斷搖頭。「不對不對，他們本就不得不為我周旋……」

「不是的，三姊姊。」鄔八月道。「若是為了鄔府名聲，三姊姊設計陳王的事，鄔府當然會瞞下來。但要成全鄔府名聲，還有第二條路——」

鄔八月緩緩地道：「鄔三姑娘不堪受辱，自盡而亡。」

鄔陵桃大驚。

鄔八月低垂下頭。「之前三姊姊在祖父面前磕頭，請求要同蘭陵侯府退婚時，祖父也曾說過，退婚絕無可能，妳不願嫁，以死明志，鄔府對外會說妳是得急病驟逝……換到如今的情況，也是一樣的。」

唯一的區別是，這個時候鄔陵桃若是死了，那蘭陵侯府、鄔府兩府和陳王的梁子可就結大了。

所以為了避免麻煩，除非鄔陵桃真的尋死，否則，鄔府是不會讓鄔陵桃死的。

鄔府的名聲大如天。

鄔八月垂首。祖父重名聲，可也不願意家族子孫有任何折損，例如屢次違逆長輩的三姊姊，例如偷窺到了祖父與姜太后私密的她。

然而祖父不動她，她的危機仍舊隱匿在黑暗之中，隨時可能將她吞沒。

過了兩日，便到了八月十五團圓節。

禮部官員稟了宣德帝，開了廣榭，羅列玳筵。

祭月之禮有條不紊地進行，兩日前，鄔老太太壽辰所生的不快被淹沒在一團祥和的喜慶氛圍之中。

廣榭遊廊上，舞姬翩翩；樂師撥弦，琴瑟鏗鏘，王公貴族酌酒高歌，宗婦命婦言笑晏晏，推杯問盞。

那樣大的盛宴，鄔陵桃和鄔八月都沒去。

賀氏陪同段氏前往慶典前叮嚀鄔八月。「妳好好陪著妳三姊姊。」

致爽齋裡只剩下鄔家姊妹兩個主子。

鄔陵桃已不怎麼頭暈了，她下了床來同鄔八月商量。「就我們兩個，這團圓節過得也太沒意思，索性我們也在中庭設了香案，焚香拜月吧。」

鄔八月道了聲好，鄔陵桃身邊的如雪和如霜便趕緊讓丫鬟們設案。

自古焚香拜月，都有所願。男的多半願早步蟾宮，高攀仙桂；女的則多是願貌似嫦娥，圓如皓月。

鄔陵桃拜道：「願父母康泰，家族興盛。願能得償所願，終生不悔。」

鄔八月望了她一眼，低聲道：「願平安順遂……」

她在心裡又默默加了句——願晴雲能投個好胎，下一世再無凶險，平淡安樂。

丫鬟們端上了新鮮瓜果，鄔陵桃掰了一小塊餅面繪了月宮蟾兔的團圓餅放到口中。

慶典上的喧囂離這兒太遠，讓致爽齋顯得格外靜謐。

「如雪、如霜，從我月例裡支五兩銀子，置幾桌席面，讓致爽齋裡留下來伺候的人都過過節，熱鬧熱鬧。」

鄔陵桃吩咐道：「這兒不用人伺候，妳們自去玩鬧妳們的，我同四姑娘說會兒話。」

鄔八月也示意朝霞、暮靄跟著去，庭中伺候的人頓時下拜，謝鄔陵桃體恤。

一眾丫鬟婆子盡皆退下，中庭更顯得冷清了。

鄔陵桃輕嘆了一聲。

「母親怕是對我失望至極吧……那日在母親面前我如此放肆，這兩日，母親都未曾同我說過幾句話。」

鄔陵桃的忐忑不只源於賀氏。自那日起，她一直臥床，未出過屋，祖父、祖母、父親，都未曾來看過她，也只有鄔八月每日都來陪她一段時間。

她得不到半分致爽齋外面的消息。

鄔八月看得出來鄔陵桃的擔憂，她抿了抿唇，道：「三姊姊，妳擔心也沒用的。蘭陵侯府還沒提退婚的事，即便是皇上也不可能『棒打鴛鴦』，讓陳王娶妳以掩蓋這件醜事……」

陳王戲女，本就是天家一大醜聞，若是普通的女子倒也罷了，偏生是當朝鄔老的嫡孫女。

鄔陵桃氣悶地吐了口氣。「我知道，退婚的事該我們提出來。擺在明面上的是我身子被陳王看了、摸了去，清白已毀，但這畢竟非我所願。蘭陵侯府若是先提退婚，難免有落井下石、雪上加霜的嫌疑，對蘭陵侯府名聲不利。蘭陵侯夫人那般聰明的人，即便是咬牙苦熬，也要熬到我們先提退婚之事。」

鄔八月恍然大悟。「原來那日母親在祖母面前求祖母替三姊姊周旋，是說這件事？」

鄔陵桃笑了笑。「妳以為蘭陵侯府就那麼簡單退親了？」

「……我沒想到這層。」鄔八月老實地說。

她只想到蘭陵侯府一定會退親，倒是忘了這個關鍵。

「做了這一齣戲，我還是有些後怕。不知道我這樣的行為，會不會對妳和陵梅產生影響……」鄔陵桃凝視著鄔八月。「八月，妳會怪我嗎？」

鄔八月怔怔的，半晌後搖了搖頭。

相隔兩道影壁外已經有了嬉笑聲，想必那邊席面已經開了。姊妹倆有一搭沒一搭地聊著。

正說著，如雪匆匆從月亮門處快步行了過來，福禮道：「三姑娘、四姑娘，前頭傳了消息來……」

鄔陵桃頓時坐得筆直。「什麼消息？」

如雪低聲道：「陳王又醉了酒，御前失儀，提到老太太壽辰當日之事……」

鄔陵桃目不轉睛盯著她。「然後呢？」

「皇上怒罵陳王，痛斥陳王無狀。陳王言稱要娶三姑娘以全三姑娘清白，老太爺上稟，稱陳王當日醉酒，此事非陳王本意，但既紙包不住火，三姑娘名節已毀，斷不能再耽誤高二爺，遂言辭懇切，同蘭陵侯爺提了退婚一事。」

鄔陵桃身往前傾。「蘭陵侯爺答應了？」

「是。」如雪道：「蘭陵侯悵然，侯爺夫人垂淚，都道為三姑娘著想，此樁婚事作罷。皇后打了圓場，讓回京之後，兩府再行商量此事。」

「為我著想……」鄔陵桃笑了一聲，慵懶地又靠了回去。

她揮揮手準備讓如雪下去，如雪卻遲疑地道：「三姑娘，還有一事……」

「喔？何事？」鄔陵桃問得漫不經心。

「皇上趁著席間氣氛熱烈，提了晉鄔婕妤位分之事……」

鄔陵桃猛地站起，怒目圓睜。「晉得什麼？」

「從二品昭儀……」

鄔陵桃頓時跌坐了下來，她喃喃地道：「從正四品直接越過從三品、正三品到從二品九嬪之首的昭儀……」

「三姊姊……」鄔八月忙上前扶她，擔心地道：「妳怎麼了？」

鄔陵桃緊抓住鄔八月的手，放聲大笑。「八月，妳聽到了嗎？她不過是腹中懷有龍裔便越級晉封，倘若她將來生了皇子，妃位、夫人之位，不，甚至是正一品四妃之位、皇貴妃之位，豈不是都有機會坐上去？」

「三姊姊！」鄔八月緊緊扣住鄔陵桃的雙肩，壓低聲音提醒她。「雷霆雨露都是君恩，妳不要逾矩了！」

鄔陵桃悵然地笑了一聲。「……我是不是，這輩子都比不過鄔陵桐了？」

鄔陵桃的出身、才貌，都要矮上鄔陵桐一截。

從前在地位上，兩人倒還算是平起平坐，自從鄔陵桐入宮後，她們的身分便有了高低之分。

如今，這高低差距更明顯了。

「我到底哪兒比不過鄔陵桐！」鄔陵桃瞪大了雙眼，死死盯著鄔八月。

鄔八月淺淺地嘆了口氣。

「人各有命，三姊姊何必憤怒……」

如雪瞅準時機，上前道：「三姑娘，大姑娘……不，昭儀娘娘，昭儀娘娘晉封之事是皇上所定，聽說皇上下達聖旨時，就連太后都愣了半瞬……」

鄔陵桃的眼睛頓時亮了起來。「太后也不知道？」

如雪點頭。「應當不知道。」復又低聲道：「豈止是太后，皇后娘娘在皇上讓魏公公宣聖旨之前，似乎也不知道這道恩旨。魏公公宣完聖旨後，皇上讓皇后娘娘著手替昭儀娘娘安排遷宮事宜，皇后娘娘臉色很不好，答應得也有些僵硬……」

鄔陵桃頓時露出笑容。

「是啊，她跟前還有個皇后娘娘擋著呢，真以為皇妃之路那麼好走嗎？」

團圓節後第二日，欽天監擇定了御駕回京的日子，定在八月二十八。

同時，鄔陵桐被封為從二品昭儀的恩旨曉諭六宮。

礙於皇后執意反對，宣德帝原本擇給鄔陵桐的封號「宸」被壓了下來。

得知此消息，鄔陵桃緩緩地鬆了口氣。

她私下對鄔八月道：「『宸』乃帝王所居，鄔陵桐要是被封為宸昭儀，豈不是在打皇后和四皇子的臉？」

連賀氏也對此十分擔憂。

「皇上寵愛昭儀娘娘太過明顯，朝堂上怕是要對此議論紛紛……昭儀娘娘腹中胎兒還未落地便榮寵不斷，招眼太過，後宮裡盯著她肚子的人肯定不少。」

鄔居正略蹙了眉，語帶憂愁。「這一胎能否平安還不得而知，而昭儀娘娘……」

「昭儀娘娘怎麼了？」

「聽說昭儀娘娘稟了皇上，今後她一應醫藥、脈案，和安胎諸事都由我來打點。」

鄔居正話音一落，賀氏便立刻反對。

「這如何使得？你替各宮娘娘請平安脈倒沒什麼關係，但昭儀娘娘有孕在身，按慣例來說，至少都得由院使請脈。你是同知，品秩不夠，若真的攬了這個差事，太醫院中你可不好行事。」

賀氏蕙質蘭心，若換了平常婦人，早因夫君有出頭機會而欣喜若狂了。

鄔居正點點頭。「的確如此，所以魏公公試探我的意思時，我也婉轉地說我才疏學淺，恐無法勝任。」

鄔居正嘆了口氣。

「皇上心思深沈，不論如何寵愛昭儀娘娘，也都沒有親近東府的意思。這一點父親瞧得明白，我也略能窺得一二。魏公公對我的試探，這其中，說不定也含了警告的意思。」

鄔八月靜默地坐在鄔居正和賀氏的下首，凝神聽著。

「皇上警告父親？」鄔八月有些困惑。

鄔居正頷首。「皇上子嗣不豐，而立之年卻只得四子三女，身懷龍裔的娘娘自然矜貴萬分。為父是昭儀娘娘的堂叔父，就近為昭儀娘娘安胎養身，昭儀娘娘自然也放心些。但也正由於為父和昭儀娘娘這一層親緣關係，反而不該在這時候同昭儀娘娘親近太過。」

「為何？」

鄔居正笑望了鄔八月片刻，輕聲道：「八月不用知道，只須記得，妳大姊姊有孕一事，為父不能沾惹即可。」

鄔居正站起身撣了撣衣裳，嘆息一聲道：「太后近日鳳體違和，已連招了好幾位太醫去瞧了。今日我輪值，悅性居也召了我去給太后請平安脈。時候差不多了，我這先過去了。」

鄔八月猛地抬頭，瞪大了眼睛看向鄔居正。

鄔居正有所察覺，好笑道：「瞧八月這樣，倒像是捨不得為父走似的。」

賀氏抿唇。「她這兩日精神不大好，怕是苦夏，等你回來給她瞧瞧，開副藥方子。」

鄔居正頓時有些擔憂。他覺得鄔八月會這樣，多半還是因為段氏壽辰那日丫鬟落水而亡的驚嚇還未消弭。

鄔居正點頭道：「等我下職就回來。」

鄔八月惴惴不安地看著鄔居正離開致爽齋，心神不寧了一下午，待見到鄔居正面色如常地回來，方才鬆了口氣。

然而下一刻，她卻又陡然屏住了呼吸。

「太后娘娘見到為父時提起妳，說因身體微恙，幾日未曾見妳，倒是念妳得緊，讓妳明日去悅性居陪她一日。」鄔居正柔和地看著鄔八月。「去了太后跟前可要小心答話，尤其是提到妳大姊姊和三姊姊時，更要機靈點回話，明白嗎？」

鄔八月艱難地點了點頭。

第八章

時隔幾日，鄔八月又見到了姜太后。

她斜坐在上首的貴妃榻上，唇角微勾地望著鄔八月。

鄔八月渾身緊繃，縮坐在錦杌上。

姜太后身邊沒有多餘的人伺候，只一個貼身的靜嬤嬤。她臉色陰沈冰冷，煞氣很重。

李女官手端著紅漆托盤進來，對鄔八月微微笑了笑。

「太后，該擇香了。」

李女官雙手托著盤遞到姜太后身前，一溜十幾個香囊球整齊擺放在托盤當中。

香囊用料考究，做工精緻，繡線如筆走龍蛇一般飄逸準確。

姜太后眉眼一抬，啟口道：「最近不用這些勞什子，這些個香啊氣啊的，怪嗆鼻子的，走哪兒都留味，倒是膩得慌。八月覺得呢？」

姜太后對鄔八月一笑。

如今的姜太后對鄔八月來說就像是身有劇毒的蛇蠍，每被她看一眼、碰一下，那毒汁就浸入肌理一分。

太后問話，鄔八月不得不答。「回太后話，太后玉體違和，倒的確不該用香。」鄔八月勉強地回道。

表面上來看，姜太后這話不過是問她對用香的看法，但鄔八月心裡清楚，姜太后這話是在點明段氏壽辰那日的事。

她果然是暴露了。

揮了揮手，姜太后道：「撤下去吧。」

李女官方才躬身退下。

屋內靜得可怕，鄔八月手上已生了汗。

姜太后眯著眼似在打盹兒，靜嬤嬤筆直地站著，俯視著鄔八月，鄔八月的腦門上不由也冒了細汗。

靜謐中卻聽得姜太后「噗哧」一笑。

「哀家這幾日都覺得身子不痛快，沒承想八月一來哀家身邊，哀家渾身都輕鬆多了。」姜太后聲音溫和，帶著欣喜。「說不定八月正是哀家的福星哪。」

姜太后朝鄔八月伸出手。「來，到哀家身邊來，讓哀家仔細瞧瞧妳這孩子。」

鄔八月腿僵直著，理智迫使她要趕緊起身。

可她好像被什麼壓著，動一動都艱難萬分。

她覺得漫長，但事實上不過只是一個彈指的時間。

她走到姜太后面前，姜太后伸手輕輕拉起了她的小手。

「這真是一雙巧手啊！」姜太后讚道。

鄔八月抿緊了唇，沈了沈氣，正要接話，外間有宮女打簾進來稟道：「太后，鄔昭儀娘娘和寧嬪一同來給您請安了。」

鄔八月愣了半瞬，方才反應過來宮女口中的「鄔昭儀」便是鄔家大姑娘，她的大姊姊鄔陵桐。

姜太后愉悅地笑道：「真是湊巧，請她們進來吧。」

鄔昭儀和寧嬪攜手進來。

自鄔陵桐入宮起，鄔八月便再沒見過這個大姊姊的面。

同兩年前相比，鄔陵桐變了許多。

她身著流彩暗花雲錦宮裝，芙蓉歸雲髻梳得高高的，不知道是否因為有了身孕，受孕吐所苦，整個人有些清減，但她更漂亮了，眉眼間比從前更多了分矜貴，可眼神卻又恰到好處地展現了一縷淡淡的哀愁。

望著這樣的鄔陵桐，鄔八月只想起四個字——楚楚堪憐。

難怪宣德帝這般寵她，任哪個男人見了這樣的女子，想必都會生出一番保護的心思。

姜太后望著鄔昭儀，笑容有兩分意味深長。

「鄔昭儀有孕在身，聽說最近孕吐頻繁，哀家的皇孫把妳折騰得人都瘦了一圈了。皇帝都免了妳晨昏定省，妳這孩子做什麼還巴巴地跑來悅性居？」

姜太后一副慈愛模樣，讓宮女進來趕緊給鄔昭儀和寧嬪設座。

鄔昭儀掃了鄔八月一眼，恭敬地輕聲回道：「前來給太后請安是臣妾的本分，皇上和太后體恤，可禮不可廢。臣妾身子好些了，以後都會來給太后請安的。」

姜太后十分滿意地微笑著。

「倒是湊巧，今兒臣妾的妹子也在太后這兒。」鄔昭儀抿唇一笑，柔柔地看向鄔八月。「四妹妹最近還好嗎？」

鄔八月張了張口，乾癟地回道：「還好。」

鄔昭儀柔和一笑。「那便好。」

姊妹兩人似乎沒有話題可說。

而此時，自從進屋起便一直冷視著鄔八月的寧嬪終於發話了。

「鄔四姑娘當然是千好萬好，倒是鄔三姑娘，沒什麼大礙了吧？」

鄔陵桃被陳王所戲，團圓節上陳王醉酒，宣稱要娶鄔陵桃，迫使鄔國梁當著聖上之面與蘭陵侯爺退婚。這是清風園最近讓人津津樂道的事。

鄔八月答得很淡。「謝寧嬪娘娘關心，家姊已無大礙了。」

寧嬪一拳打在棉花上，臉都有些扭曲了，目光落到了鄔昭儀身上。

如今鄔陵桐從婕妤升到昭儀，一宮主位，連皇上都已經吩咐蕭皇后給她遷宮。

蕭皇后安排了她同鄔昭儀同住。

原本這是她夢寐以求之事，畢竟鄔昭儀懷有身孕，皇上定會常來看她，但也因為她懷有身孕，注定了不能伺候皇上，那麼與鄔昭儀同住一宮的妃嬪便有侍寢的優勢。

寧嬪原也欣喜，平常她與鄔昭儀便時常走動，關係也很友好。但自出了鄔陵桃之事後，寧嬪站在蘭陵侯夫人的立場而厭惡鄔陵桃，連帶著也更加厭惡鄔昭儀。她的臉上不由顯出了些怨恨的情緒。

姜太后全都看進了眼裡。

「說起來，妳們姊妹也有些時日未見了。」姜太后和煦地笑著，慈愛的臉上滿是真誠。「難得今日妳們姊妹在這兒碰到了，妳們就好好敘敘舊、說說話吧。」

鄔昭儀起身拜謝，鄔八月也只能跟著起身，口稱「謝太后」。

姜太后一臉慈愛，看向鄔八月，伸手握住她的手輕輕拍了拍。

「妳身子骨不好，平日可要多將養著，別讓妳父母、祖父母擔心。」姜太后柔媚地輕聲一嘆。「鄔老乃我朝棟樑，為皇帝做事殫精竭慮，朝堂上心繫天下百姓，歸家後還要擔憂小輩身體狀況，鐵打的人也吃不消的。妳若是孝順，可要好好珍惜自個兒身子才是。」

鄔八月僵硬地聽著，吶吶道：「太后所言極是，臣女定當珍重己身，不讓祖父……操心。」

姜太后十分滿意。她又輕柔地拍了拍鄔八月的手，從手腕上褪下一只紅玉髓嵌銀絲手鐲，套在了鄔八月的手上。

「妳是個懂事的好孩子，將來哀家一定作主，為妳擇一門好親事。」

姜太后掩唇笑了笑，似是打趣鄔八月。

她又對鄔昭儀道：「妳可別怪罪哀家搶了妳這做姊姊的差事。」

鄔昭儀臉上的笑意更盛了。「能得太后的喜歡，是八月的福氣。」

姜太后隨意地睨了眼面色不大好看的寧嬪，微不可聞地輕哼了一聲。

「行了，都下去吧。哀家也乏了，到底是不如妳們年輕……」

姜太后感慨一聲，隨意揮了揮手。

鄔八月心裡有事，自顧自盯著腳尖往前走，直到宮娥出聲喚她才停下步子。

「大姊姊……」鄔八月茫然地看向鄔昭儀。「還有事嗎？」

鄔昭儀臉色不算差，許是欣慰鄔八月能得太后的青眼，但也絕算不得好。

她沒好氣地道：「喚妳好幾聲了，只顧盯著腳下往前走。腳底下是有金子不成？什麼時候西府都窮到要嫡出姑娘撿金子了？」

鄔八月沒來由地反感鄔昭儀這種高高在上、盛氣凌人的語氣，在姜太后那兒受的憋屈頓時溢了出來。

「要比窮富，東府應當比西府更窮吧。」

鄔八月這話無疑是在打鄔昭儀的臉，但這兒只有她們姊妹，寧嬪早就因為心裡不痛快而和她們分道揚鑣了，周圍伺候的也只有鄔昭儀的貼身心腹宮女。

「聽說妳脾氣好了許多，如今看來，倒還是那嬌蠻性子，半點沒改。」鄔昭儀伸伸腰，一副不與她計較的姿態，斜睨鄔八月一眼道：「陵桃出事，倒也算是因禍得福。如今妳也得太后青眼，將來必定能得嫁高門。我們三姊妹——」

「大姊姊有話直說就好。」鄔八月打斷鄔昭儀。

鄔昭儀臉上閃過一絲尷尬，但到底是在宮中歷練過的女人，很快就恢復了過來，道：「我只是想說，既然我們姊妹幾個都有這樣的運道，可都要好好把握。尤其是妳，在太后跟前多獻獻殷勤，討討她老人家歡心，沒有壞處。將來嫁個公門侯府的少爺，對咱們鄔家也是一大助益。」
鄔八月莫名地看了鄔昭儀一眼，默不作聲。
宮娥提醒鄔昭儀。「娘娘，該回去歇著了。」
鄔昭儀蹙眉又問鄔八月。「妳聽懂我的意思了嗎？」
「聽懂了。」鄔八月點了點頭。
鄔昭儀滿意地一笑，走近鄔八月輕輕捏了捏她的手。「我就知道，八月是個聰明的姑娘。」
鄔昭儀弱柳扶風一般，施施然地走了。
鄔八月站在悅性居半坡之下，看著一片青青草地，嘴角微微扯出一個苦笑。
她聽懂了，鄔陵桐這個大姊姊是要她攀附太后。
大姊姊想要生下皇子，在後宮之中站穩腳跟，甚至能直逼蕭皇后的后位，乃至皇上百年之後，她的兒子可以登基為帝，所以從現在開始就要四方攬權，姊妹的親事最好也能讓她算計在內。
記憶中那個清高孤傲，對所有人都淡淡的，對任何事都一笑而過的大姊姊鄔陵桐，終究是浸在了後宮這個大染缸裡，將原本的純白漸漸染出了別的顏色。
但鄔八月沒辦法責備她。
她對生活和未來的選擇誰能說是錯？
「可我無法達成妳的要求，大姊姊。」
鄔八月望著鄔昭儀漸漸遠去的轎輦，輕輕搖了搖頭。

她不可能攀附姜太后。儘管經過今天，來自姜太后的危機似乎已經在姜太后的三言兩語中，被悄無聲息地解除。

然而還不待鄔八月緩一口氣，從悅性居而來的賞賜又讓她提心吊膽了起來。

無事獻殷勤，非奸即盜。

姜太后位居高位，這樣詭異的行為讓鄔八月如坐針氈。

段氏倒是樂見鄔八月得了姜太后青眼，幾次用膳時誇讚鄔八月聰慧。而一心想要鄔八月嫁個家世一般的夫婿的賀氏自然不滿女兒未聽進她的話。

可憐的鄔八月有苦說不出。想以染疾的理由躲幾日清靜，偏偏父親又是太醫，一把脈便能得知她是裝的。這段時間對鄔八月來說當真是度日如年。

終於，難熬的日子過去了。

八月二十八，欽天監擇定的回京日，宣德帝御駕起程，眾位王公貴族、朝廷大臣相隨，浩浩蕩蕩地往赴燕京城。

鄔八月和鄔陵桃同坐一輛車輦。

鄔陵桃額上的傷已經好了，只還留著一些疤痕，她頸間沁著一層細膩的汗，正搖著菱扇。

「走了些許日子，回去後少不得要做點小點心去給老太君請安。」

鄔陵桃撇了撇嘴。「要能不去給老太君請安，我還真不樂意去。想也知道東府的人定然是一副嘴角能翹上天的得意模樣。」

鄔八月笑了一聲，正要答話，車輦外，朝霞卻輕輕敲了敲車壁，撩起車側薄紗一角說道：

「三姑娘，陳王給您送了一籃果子來。」

鄖陵桃搖扇的手一頓，鄖八月貼過車壁去道：「陳王親自送來的？」

朝霞點頭。「陳王親自送來的，不過這會兒已經走了……陳王說，這籃果子是他親手摘的，都是些山野之物，但能解渴，希望三姑娘不要嫌棄。」

鄖八月看了鄖陵桃一眼，見鄖陵桃輕輕搖頭，她便低聲對朝霞道：「妳讓人給陳王送回去，就說多謝陳王一番美意，只是那麼多也吃不了，三姊姊就拿了一個嚐嚐，其餘的給小郡王和小郡主嚐鮮。」

打發走朝霞，鄖八月看向鄖陵桃。

「做什麼這般瞧著我？」鄖陵桃輕笑一聲，靠在了後車壁上。

鄖八月輕聲道：「三姊姊，妳現在和高二哥的婚事還沒有退……陳王每日都會送這樣那樣的東西來，三姊姊妳時接時不接，這樣欲擒故縱，對妳的名聲有損。」

「名聲？」鄖陵桃微瞇了眼。「我注定跟陳王是要糾纏不清了，還管什麼名聲？蘭陵侯府知道了更好，早一日退親，我早一日放心。」

鄖八月沈默半晌，又問她道：「三姊姊想過高二哥嗎？」

鄖陵桃微愣，然後好笑地看向鄖八月。

「妳想太多了，八月。」鄖陵桃溫溫地笑著。「高辰書要真是因為這樁婚事被退掉而一蹶不振，那他真稱不上是個男人，至少沒他大哥有血性。他若是能因為陳王搶了他未婚妻而生了報仇心思，或許我還會對他高看那麼一眼。不過——」

鄔陵桃諷刺地挑眉。「大概他這輩子都沒那能耐。」

「高二哥溫文爾雅、氣質高潔，三姊姊未免把高二哥想得太不堪了。」

印象中，高辰書真可謂是個謙謙君子，鄔陵桃這樣言語詆毀高辰書，讓鄔八月忍不住開口反駁。

鄔陵桃淡淡地看了鄔八月一眼，不由一笑，道：「八月，似妳這般心善，總替他人抱不平，也不知是好還是不好……咱們是親姊妹，可自從我鬧退婚的事情以來，妳瞧我的眼神就帶著責備。」

鄔八月訝異地抬眼。「妳看得出來？」

「但凡妳有點心事，便都寫在了臉上，我哪能看不出來？」鄔陵桃好笑地看著她，頓了片刻問道：「我倒是想問妳，這段日子妳都憂心忡忡的，是為了什麼？」

鄔八月張了張口。

「妳別有什麼事都悶在心裡，再難的事，父親母親總會為我們想辦法解決的。這次不也是一樣？」鄔陵桃又嘆了一聲。「只是我肆意揮霍掉了母親對我的好，今後的路，不能再依靠母親了。妳卻是不同，太后垂愛，祖母疼寵，父親母親都愛妳，將來妳的前程定然不錯的。」鄔陵桃傾身拍拍鄔八月的手。「可得好好把握機會。」

鄔八月只是淡淡地點了點頭。

路上停停走走慢行了半個來月，總算是回到了燕京城。

暑熱漸退，金秋來襲。

御駕浩浩蕩蕩回了禁宮，各部官員、王公貴族拜行送駕。

鄔府已遣人派了馬車接迎鄔國梁等人回府。

鄔家是傳世大家，因前輔國公鄔慶克的遺孀老太君郝氏仍在，是以東、西兩府雖已分府，卻未分家。

郝氏曾經放言，只要她活著一天，鄔家就不能分家。

郝老太君已近八十高齡，仍舊耳聰目明，隨長子輔國公鄔國棟在輔國公府生活；同鄔八月一輩的曾孫裡，她最喜歡長得像自己早夭的女兒的鄔陵梅。

馬車噠噠地朝九曲胡同駛去。

半道上府內來了小廝，說是東府老太君傳了話，讓西府諸人都去東府，由東府來給大家接風洗塵。

消息當然也傳到了鄔陵桃和鄔八月姊妹耳朵裡。

鄔陵桃小聲對鄔八月道：「瞧吧，東府的一群人，尾巴定然能翹上天。」

鄔八月皺眉。「許是老太君想我們了。」

鄔陵桃輕笑一聲。「老太君想我們那是肯定的，可東府裡諸事都是伯祖母作主，要替我們接風洗塵，那必然是伯祖母的主意。鄔陵桐有孕晉位的事給他們長了臉，東府的人是想好好在我們跟前說叨說叨這事，顯擺一番呢。」

鄔八月淡淡地笑了笑。

輔國公府緊鄰鄔府，睽違家中月餘，鄔國梁等人連自家府門都沒跨進去，就進了輔國公府的門。

璿璣堂內，郝氏正摟著鄔陵梅說笑。

丫鬟來傳了話，說是二老太爺一府人已經進了二門，快要到璿璣堂了。

輔國公夫人鄭氏捋了捋梳理得光潔妥帖的髮髻，揚起一抹玩味的笑。「二弟一家子可真是車馬勞頓了，這會兒怕也是腹中空空，先讓人備著些點心上來候著。」

丫鬟領命，郝氏笑著露了牙。「對的對的，可別餓著了，人不吃飽哪行？」

鄭氏掩唇抿嘴，眸裡透露著得意和鄙夷。

大太太金氏睨了自己婆母一眼。

鄭氏暗地裡嘲笑郝氏是「鄉下婆子」也不是一次、兩次了。

郝氏低頭問鄔陵梅。「五丫頭等妳爹娘姊姊回來也等餓了吧？要不要先吃點東西？」

瞧這話，上等人家哪有管父親母親叫「爹娘」的？也就老太君，嘴裡時不時蹦出些鄉野話來。

鄔陵梅乖巧地搖頭道：「等祖父和父親母親、姊姊到了，再一起吃。」

「好、好，好丫頭！」郝氏忙不迭地稱讚。「妳那麼多姊妹兄弟裡，就數妳最懂事了！」

金氏和鄭氏齊齊暗哼一聲。

璿璣堂另一側，四老爺鄔居明正領著幾個西府的少爺輩坐在一起，再下方是西府的女眷。比起西府的人丁興旺而言，東府可謂是人丁單薄了。

輔國公鄔國棟仍存活在世的子女只三個，國公府中僅剩大老爺鄔居清一人，另外一個嫡女、一個庶女早已嫁了出去。

本還有個兒子，三老爺鄔居廉，無奈英年早逝，留下寡妻和獨子。

大老爺鄔居清有一子兩女，長女便是宮中的鄔昭儀。

全家齊聚，一屋當中也只寥寥三個男丁。

反觀西府，老爺、少爺兩輩男丁加起來足有七個。

郝氏五個孫子，東府占二，存一亡一；西府占三，皆是實幹人才。郝氏更樂意待在人丁興旺熱鬧的西府，何況西府有她最喜歡的曾孫女，但東府乃是長子所居，郝氏也不想外人說長子的閒話，所以她一直都住在東府。

就在大太太金氏和三太太李氏有一搭沒一搭地閒聊的時候，鄔國梁等人到了。

鄔國梁先攜著妻兒、孫女向郝氏請安，郝氏迭聲叫起，讓他們不要拘束，坐下歇息，然後才輪到其餘小輩給長輩見禮。一番問禮下來，又成了「各自為陣」的格局。

鄔國梁微微蹙眉。「怎麼沒見著大哥？」

國公夫人鄭氏立刻出聲道：「唉呀，這倒是我的不是，忘了告知二弟了，你大哥接了聖諭，這會兒應當是到禁宮覲見皇上了。」

鄔國梁面露疑惑。「皇上御駕剛抵京中，就召了大哥前去？」

「皇上也有許多事要仰賴你大哥處理啊。」鄭氏笑了兩聲。「不過二弟放心，今晚的團圓飯，你大哥定然是能回來吃的。」

鄔國梁素來沒有同他大哥爭奪的心思，大嫂愛在自己面前炫耀顯擺，他也早就習慣了。

「那便等大哥回來再開席。」鄔國梁簡單地應了一句，轉而回起郝氏的話來。

金氏嘲諷地看了鄭氏一眼，施施然地迎上摟了鄔陵梅在懷的賀氏。

「二弟妹。」金氏笑得春風得意。「這次前往清風園，二弟妹可有見著婕妤娘娘？」

賀氏淡聲道：「大嫂應該已經知道，婕妤娘娘如今晉位昭儀，已經是一宮主位，昭儀娘娘了。」

金氏掩唇。「我說順溜了，二弟妹別見怪。」

第九章

金氏乃鄔家大太太，賀氏乃鄔家二太太，三太太李氏進門之前，賀氏沒少受金氏擠兌。

金氏出自高門，賀氏若是比門第出身，自然比不得她，何況賀氏娘家與燕京城相距甚遠，不像金氏，承恩公府就在燕京城，娘家靠山穩當。

尤其金氏頭胎便生下鄔家長孫，而賀氏接連生了兩個姑娘。

種種因素所致，金氏自詡高賀氏一等，每每兩府合宴，她總會在不經意間給賀氏難堪。

金氏掩唇笑道：「昭儀娘娘能有這樣的造化，我也是沒想到……昭儀娘娘矜貴，二弟妹此番去清風園，昭儀娘娘可有讓二弟妹帶什麼話回來不曾？」

郝老太君頓時接話，聲如洪鐘地道：「居正媳婦兒，妳大嫂這話問到我心坎兒裡了，陵桐女伢這懷上了娃，害喜厲害不？」

金氏惱怒郝老太君搶她的話，可長輩要問話，她也不敢插嘴。

「回老太君，昭儀娘娘身體還行，孫媳見昭儀娘娘時，她臉色紅潤，害喜應當不怎麼厲害。」賀氏回道。

郝氏立刻咧了嘴露出牙。「哎喲，那懷的可能是個嬌滴滴的丫頭，沒男伢那麼調皮，不折騰自個兒親娘。」

郝氏笑了一聲，渾不在意地伸手招鄔陵梅回身邊來，一邊道：「當初我懷穀子的時候，也是沒啥反應，生下來一看，果真是個乖巧的丫頭，喜得我不行。就是可惜啊，轂子小小年紀就沒了……」

郝氏說到這兒，便又回憶起傷心往事，眼瞧著就要開始垂淚。

鄔國梁和段氏忙柔聲相勸。

金氏臉色極其難看。

鄭氏咬著牙關，狠狠捏著手中的絹帕。

她們都盼著鄔陵桐能夠一舉得男，郝氏這話，豈不是在咒她們美夢破碎？虧得郝氏還是陵桐的曾祖母，鄉下婦人就是鄉下婦人，愚昧！

賀氏瞟了眼鄭氏和金氏不善的神情，淡淡地笑了笑。

整個東府裡能夠讓賀氏真心對待的，也就只有老太君郝氏了。

郝氏將鄔陵梅拉住，眼裡泛淚花望著鄔陵梅。

「我的轂子要是還活著，嫁人生子，這會兒也該是做祖母的人了，她的孫女外孫女的，肯定也就是這副模樣，乖得喲……看得人心都化了……」

鄔陵梅任由郝氏拉著自己的手，她也貼了過去，拿小手給郝氏抹淚。

「老太君莫哭……」

「我就聽不得叫什麼勞什子老太君、曾祖母的，沒點親熱。」郝氏摸摸鄔陵梅的臉。「陵梅乖啊，叫祖奶奶。」

鄔陵梅便乖乖叫了聲「祖奶奶」。

郝氏大聲應了一聲，從上前來假意安慰她的金氏手中拿過絹帕，湊在鼻前一擤，然後團成一團遞回給金氏。

金氏臉都綠了，心裡暗罵：蠢婦！

前任輔國公鄔慶克出身草莽，娶的妻子郝氏是徹頭徹尾的農婦，不識香、不辨衣、不認字、不善言。大夏江山定下後，郝氏出席過幾場貴婦人之間的宴會，皆以「丟人」告終。幾次之後，郝氏便對前輔國公直言，她不適合那樣的場子，以後夫人太太們聚會，她都不參加了。

前輔國公雖已建功立業，但始終秉承著「糟糠之妻不下堂」的祖訓，對郝氏極為尊重，也心疼郝氏受那些貴婦人夾槍帶棒的言語奚落。

他明言，既然郝氏不願意參加，那不參加也罷，郝氏便淡出了燕京城名媛貴婦的交際圈。

不過不要緊，不久之後大兒媳鄭氏進門，輔國公府對外的交際仍舊有條不紊地展開。

只是這些都不關郝氏的事，她專心在府裡蒔弄了一片地。

別的貴婦也會在府裡闢地，種一些名貴的花草，然而郝氏種的卻是菜蔬。

她說足不出戶也沒什麼，輔國公府那麼大，趕得上從前他們所住的村落了，就是田土少些。

郝氏活在自己的天地裡自娛自樂，每日吃喝不愁，閒暇時候就翻翻地、澆澆水、捉捉蟲，再和幾個丫鬟閒嗑牙。

鄭氏便是從那個時候起，將郝氏徹底看輕了。

而自前輔國公過世，鄔國棟接掌了輔國公府，鄭氏徹底地掌了輔國公府的內宅大權，郝氏更沒什麼權力可言。

可儘管如此，鄭氏和兒媳金氏卻仍舊不敢慢待了郝氏。

因為郝氏儘管鄉野出身，卻生了兩個了不得的兒子。

鄔國棟雖然比不上鄔國梁的才幹，也嫉妒弟弟能成為天下文人之首，但他們到底是一母同胞的兄弟，就算不和，對他們共同的母親郝氏仍是無比孝順——這是原因之一。

之二，是因為郝氏還有一筆十分豐厚的私房。

郝氏活得不精明，但前輔國公卻看得分明，知道鄭氏對郝氏這個婆婆沒有太多的恭敬之心。他怕自己百年之後，郝氏會受兒媳婦的氣，所以拿出了一筆不菲的資金，購買了好些個莊子、鋪子。這些莊子、鋪子的全部地契、屋契，連同在莊子、鋪子裡做事的忠心耿耿的僕役身契，前輔國公都在臨終前交給了郝氏。

當時可是看得鄭氏牙關緊咬。公爹會給婆母留那麼多的私房，完全在她的意料之外。

前輔國公對妻子郝氏從來沒有過任何重話，但臨終前，他卻惡聲惡氣地對郝氏說：「這些個東西，別給妳兒子媳婦，挑妳喜歡的孫子、曾孫子給，孫女、曾孫女妳喜歡的，也給備份嫁妝。妳喜歡誰就給誰，哪個有意見，老子從地下爬起來給丫一棒！」

鄔國棟和鄔國梁賭咒發誓，說父親百年後，定然盡心盡力，侍奉母親終老。

前輔國公瞪著眼睛，看著兩個兒子跪在自己面前，直到看滿意了，方才放心地閉了眼睛撒手人寰。

郝氏手中抵得上整個輔國公府的財富，成了東府人人盯著的肉骨頭。

郝氏止住了悲泣，拉著鄔陵梅的手開始絮叨起來，還不忘叮囑賀氏時常帶鄔陵梅來東府，賀氏都一一應了。

金氏、鄭氏插不上話，金氏將那張包著郝氏鼻涕的絹帕丟給丫鬟，低聲讓人去端淨手的水。

鄔陵桃自從進了璿璣堂，便獨自坐在一邊不吭聲。

鄔八月見老太君跟前也沒她插嘴的分，知趣地退了下去，挨著鄔陵桃。

「大伯母是想向母親炫耀呢。」鄔陵桃臉露譏誚。「只可惜啊，母親不是那等愛攀比的人，不搭理她，她就插不上話。」

鄔八月望了鄔陵桃一眼，正要說話，鄔陵桃卻伸手輕輕拽了拽她，道：「鄔陵柳來了。」

璿璣堂側門跨進來一個高眺的少女，下巴尖尖、娥眉淡淡、眸光點點，唇不點而朱，端的是一番好相貌，尤其是她一雙眼角天生上翹的丹鳳眼，更讓人覺得無限嫵媚，加上她腰身細細、胸脯豐盈，常人難以抵抗她渾身散發出來的風韻。

鄔陵桃暗暗低罵一聲。「浪蕩。」

鄔八月恰好聽到，臉上微微抽搐。

「喲，三妹妹、四妹妹都在啊。」

鄔陵柳不過是庶出姑娘，進璿璣堂也未能引起屋中其他人的關注。

她直奔向鄔陵桃和鄔八月打招呼。

鄔陵桃淡漠地點了點頭。

鄔八月臉上掛了笑，問道：「二姊姊怎麼來那麼遲？」

鄔陵柳頓時掩唇。「有些事耽誤了，四妹妹可別見怪。」

鄔八月便道：「當然不會。」

鄔陵桃卻是清脆地笑了一聲，插嘴問了句。「妳姨娘又跟妳說哪家公子堪為良配了？」

鄔陵柳的臉色頓時拉了下來。

鄔家二姑娘鄔陵柳是兩府少爺姑娘一輩裡唯一的庶出姑娘，其生母田姨娘原是鄭氏身邊的丫鬟。鄭氏將自己得力的丫鬟給兒子做妾，就連金氏都沒法對田姨娘太過苛責。

田姨娘在東府裡也不是什麼好惹的人物，但畢竟只是個姨娘，只懂以色事人的調調。金氏教得鄔陵桐端莊大方、儀態萬千，周身盈滿貴氣；田姨娘則教得鄔陵柳尖酸刻薄，小家子氣十足。別說鄔陵桃瞧不起她，就連身為她親姊的鄔陵桐也瞧不起她。

「三妹妹婚事不順利，又何必拿我來撒氣？」鄔陵柳仗著個頭略高過鄔陵桃，揚了下巴斜睨著她。「我是還沒說定親事，眼瞧著快十七了也不知道能嫁到哪家去，可三妹妹如今跟我比起，也不見得有多好吧？」

鄔陵柳說話向來尖刻，鄔陵桃和她在言語上的相互攻擊從未停歇過。

「私以為，我還是比妳好的。」鄔陵桃輕輕笑了起來。「至少嘛，夫家的身分地位，妳是不可能比過我的。」

鄔陵柳反唇相稽。「這可說不一定呢，或許我也能得嫁高門呢？我親姊如今可是懷有龍裔，深受聖寵的昭儀娘娘呢！」

「喔……」鄔陵桃拍拍胸口。「這樣的話，妳是有可能嫁進高門的，那我也得祝賀妳。」

鄔陵柳頓時莞爾，喜上眉梢，正要開口，鄔陵桃卻搶先道：「不過妳上頭有正妻，也稱不上是『嫁』，將來妳伺候的那人是妳的主子，可不是妳的夫君。」

鄔陵桃衝鄔陵柳微微一笑。

「畢竟是高門人家，即便是娶繼妻，也不可能娶個丫鬟肚子裡爬出來的庶女。妳說我說得對嗎，二姊姊？」

鄔陵桃嫣然淺笑，轉身掉頭而去。

鄔陵柳的肺都要氣炸了。可她找不到話反駁，誰讓她的確就是姨娘生的呢？每每提到她的出身，鄔陵柳的自信就會立刻土崩瓦解。

鄔八月尷尬地站在原地。

「妳不跟她過去，難不成也想奚落我兩句？」鄔陵柳陰陽怪氣地看向鄔八月。

「聽說妳這次去清風園，還得了太后娘娘的青眼？呵，妳們三姊妹可真了不得，都受老太太們的喜歡。」

鄔陵柳說到這兒，卻是自己笑了一聲，揶揄道：「可惜啊，得老太太們喜歡有什麼用？男人要是不喜歡，那不都是白——」

「二姊姊，妳說什麼呢?!」

「搭」字還沒吐出口，鄔八月就在這時冷靜地開口了，澄明的眼睛似乎能將鄔陵柳看個透澈。

鄔陵柳覺得自己面前豎著銀鏡，在它面前，她似乎不著一縷，無所遁形。

「田姨娘說的那種話，二姊姊不該學，更不該掛在嘴邊。有失儀態。」

鄔八月簡單地撂了句話，不再看鄔陵柳，也轉身走了。

鄔陵柳臉色脹紅。

直到輔國公鄔國棟微醺地回來，鄔陵柳仍舊是面帶忿恨，縮坐在一角獨自生悶氣。

郝氏對鄔國棟回來得晚本就不喜，又見他醉醺醺的，更加不高興。

「老大，你進宮幹麼去了？還喝酒了？」郝氏質問鄔國棟。

鄔國棟笑呵呵地回道：「母親，皇上賞我喝的酒。皇上高興哪！」

「高興什麼？」郝氏好奇道。

鄭氏和金氏立刻湊上前去，齊聲問鄔國棟。「是不是高興陵桐懷孕的事？」

鄔國棟直點頭。

鄭氏和金氏在這一刻也都摒棄了以往的嫌隙，婆媳二人雙手相握，不住地道：「太好了，太好了。」

郝氏也笑。「好、好，如此看來，這皇帝也是個疼人的。」

然後，她低頭去逗鄔陵梅。「咱們陵梅以後也找個疼人的夫婿，好不好啊？」

鄔陵梅點頭，乖巧地笑道：「好啊。」

「昭儀娘娘如今都好，我也就放心了。這會兒我放心不下的是我們三姑娘陵桃啊。」

金氏立刻將話題又轉回到了鄔陵桐身上，順便也提及鄔陵桃的婚事。

鄔八月卻道：「大伯母說錯了，這會兒您最該放心不下的，難道不是二姊姊嗎？」

金氏頓時一愣。鄔陵柳也是一驚，見金氏望了過來，她忙從角落中站了起來。

一記孩童的笑聲如鈴一般傳出。「她穿的衣裳好醜啊！」

出聲的是西府五太太顧氏的兒子，鄔家六爺榕哥兒，今年只有三歲。

與鄔八月同輩的男丁，東府有兩位。

大太太金氏所出的大爺鄔良梓，三太太李氏所出的二爺鄔良柯。

西府則有四位，四太太裴氏所出的三爺鄔良梧，四房龔姨娘所出的四爺鄔良植，二太太賀氏所出的五爺鄔良株，以及五太太顧氏所出的六爺鄔良榕。

西府孫輩男女均衡，倒也沒有在孫輩性別上的偏愛。

但因為榕哥兒年紀小，比五爺鄔良株還小上近十歲，因此在西府中，眾人都多寵讓著他。

因著他這一句天真無邪的童言，眾人的目光都聚在了鄔陵柳身上，鄔陵柳的臉頓時脹得通紅。

鄔陵桃頓時輕蔑一笑。

她身邊的五太太顧氏立刻低頭輕聲呵斥榕哥兒。「別胡說。」

榕哥兒瞪眼，很不服氣，轉而奔向五爺株哥兒，連聲嚷道：「五哥五哥，你說我說得對不對？她衣裳是不是很醜？」

鄔陵柳站在原地，面色由紅轉白。她惱怒地咬住下唇。

株哥兒肖似其父二老爺鄔居正，性子溫良，不喜搬弄是非。

他伸手輕輕摸摸榕哥兒的頭道：「六弟乖，那是二姊姊，你不能這樣說話。」

榕哥兒懵懂地皺眉。

他對株哥兒的話理解不深，但他知道，自己五哥是不附和他了。

榕哥兒頓時覺得委屈，「哇」的一聲便哭鬧上了。

璿璣堂內一片慌亂，株哥兒忙蹲下去給他擦眼淚，顧氏也忙上前來哄。

郝氏更見不得小曾孫掉豆子，牽著鄔陵梅要去瞧榕哥兒。

一時間，滿堂的人都圍了上去。

鄔陵桃拉著鄔八月退到了旁邊，正好看見金氏瞪著鄔陵柳低罵。「穿得跟外邊的粉頭似的，妳打扮成這樣給誰看啊！」

鄔陵柳低著頭不出聲。

她今日穿的是茜紅色上襦，偏生配了黛綠的下裙，頭上簪著款式老舊的金簪，的確是有些俗氣。

「田姨娘拉著妳嘀咕半晌才讓妳進璿璣堂來，就是讓妳來給我丟臉的？」

金氏塗著蔻丹的手指點上了鄔陵柳的額頭，她小指微翹，圓尖的指甲蓋直往鄔陵柳額上戳，瞧得鄔八月都覺得冷汗淋淋。

嫡母教育庶女，庶女哪有說「不」的分？

鄔陵柳從來不敢反抗金氏。她的婚事，可還被金氏拽在手裡。

榕哥兒是小孩兒心性，情緒來得快，去得也快。

株哥兒好言好語勸了一番，又許諾了他一些小玩意兒彌補，榕哥兒便破涕為笑，又高高興興地繞著幾個哥哥姊姊耍樂了。

郝氏也放下了心，笑呵呵說：「瞧著這些娃子精神氣十足的，我就高興。」

眾人齊聲說是。

「行了，人都到齊了，咱們差不多入席了，娃們肯定都餓著肚子呢。」

郝氏笑聲招呼了一句，鄔國棟和鄔國梁一人扶了她一邊。

鄭氏吩咐廚房上菜。

四代同堂的人數不少，家宴按輩分分坐了幾桌。

鄔陵柳自覺傷了面子，低頭垂眼，瞧不清她的表情。

鄔陵桃心情甚好，不住給幾位妹妹挾菜。

最小的六姑娘鄔陵柚是榕哥兒的親姊，今年七歲，性子有些懦，她和鄔八月分坐在鄔陵柳左右兩側。

用膳期間，鄔陵柳身上一直散發著生人勿近的冷氣。

六姑娘鄔陵柚在不知不覺中離鄔陵柳遠了許多，身子都要挨上東府的大奶奶小鄭氏了。

小鄭氏關切地問她。「陵柚是不是不舒服？」

六姑娘可憐巴巴地搖了搖頭。

小鄭氏另一側的小金氏接過丫鬟遞來的絹帕擦了擦嘴角，懶懶地捶了捶腰。

「她有什麼不舒服的，不過是躲著咱家都十七了還嫁不出去的老姑娘罷了。」

這話自然是戳中了鄔陵柳的痛腳。

可鄔陵柳不敢得罪嫡母金氏，也不敢得罪了二嫂小金氏。那是兩姑姪，她哪兒惹得起？

飯桌上的氣氛頓時有些凝滯。

小金氏說話向來不過腦，比起她娘家姑母、也是她夫家大伯母金氏來說，她差好幾個段數。她最愛給人沒臉。

鄔陵桃暗笑一聲，側首低低地對鄔八月道：「東府真是亂啊，自家人不打自家人的臉。」

鄔陵桃這麼說不是沒有緣由的。

國公夫人鄭氏為了拉攏兒子的心，給兒子兒媳房裡塞了一個田姨娘還不夠，還從自己娘家找了姪孫女兒，說給了金氏的兒子、自己的長孫，大爺鄔良梓。

大太太金氏也不甘示弱，總歸鄭氏只有兩個孫子，大爺即便娶的是她鄭家的姑娘，又能怎麼樣？大爺到底是她肚子裡爬出來的，總會孝敬她這個母親。

與其拉攏自己親兒，倒不如拉攏夫家姪兒。

鄭氏另一個兒子三老爺鄔居廉死得早，只留下獨子，二爺鄔良柯。

也不知道金氏是做了什麼手段，竟如願讓自己的姪女小金氏嫁了進來。

東府內宅裡的關係繞得人頭疼。

小金氏說過這話，便也忘在腦後，她擱下銀筷低嘆一聲，又伸手揉了揉腰。「腰肢有些疲，我就不多待了。妳們吃好喝好啊。」

小金氏搭了丫鬟的手起身離席，小鄭氏叮囑她。「二弟妹有孕在身，可要好好休息，別累著了。」

小金氏應了一聲，慵懶地道：「大嫂可別光顧著說我，妳也多抓緊抓緊，我姑母可還等著抱孫子呢。」

小金氏托著腰，一扭一扭地走了。

小鄭氏尷尬地笑了笑，招呼鄔八月等人道：「吃菜、吃菜。」

筵席撤下，天色也不早了。

鄔國梁攜西府諸人拜別了東府，打算回府安頓。

金氏特意繞到了賀氏跟前來。

「二弟妹，陵桃這樁婚事，估計是黃了吧。」

金氏開門見山，看向波瀾不驚的賀氏。

「倒瞧不出來，我牽線搭橋介紹的這門親，卻成了你們家陵桃的絆腳石啊。」金氏雙手合十道了句佛號。「阿彌陀佛，真是罪過，罪過。」

賀氏淡淡地說：「世事難料。」

「沒錯，世事難料。」金氏淺笑了一聲，低聲道：「不過塞翁失馬，焉知非福。咱們家又不止陵桃一個適嫁姑娘，二弟妹妳說是吧？」

賀氏懶得搭理她，敷衍地點了點頭。

然而下一刻，她卻是想到什麼，陡然睜大了眼。

賀氏凝神看著金氏。

金氏面上含笑，對她點頭。「二弟妹一路小心著些，如今天色也晚了，當心石子硌腳。」

賀氏緩緩吸了一大口氣，憋在喉間，轉身趕上段氏。

鄔家適齡的姑娘如今不過就鄔陵柳、鄔陵桃和鄔八月三人。金氏指的是鄔陵柳還是鄔八月？回府的路上，賀氏一直在思考著這個問題。

金氏語帶不善，該不會要出什麼損招吧？

賀氏不想往那方面想，卻止不住擔心二女兒也如大女兒一樣，會受東府大嫂的蠱惑。

當初金氏幫著牽蘭陵侯府那條線，就是說動了鄔陵桃，這門親事方才能順利地訂下來。

若金氏故技重施，不諳世事的鄔八月很有可能也被她拉入局中，成為一顆替鄔昭儀開闢光明大道的棋子。

憑什麼西府的女兒都要替東府的女兒做墊腳石？

賀氏心裡憋著對金氏的怒氣，回府的路上一言不發。

四太太裴氏和五太太顧氏互看一眼，兩人心裡都暗暗忖度著。臨別之前，大嫂對二嫂說了些什麼？

第十章

西府與東府只有一牆之隔，雖然如此，回到西府還是花了一會兒。幾個年紀小的已經昏昏欲睡了。

入了府，鄔國梁便吩咐讓所有人各回各院好好休息。

鄔陵桃住的芳菲居和鄔八月所住的瓊樹閣比鄰而居，姊妹兩人攜手回去。

鄔陵桃掩嘴打了個哈欠，懶懶地道：「鄔陵柳今兒個可是出了大醜了。田姨娘怎麼教她的？她那模樣，想成正妻怕是也沒人家肯娶吧。」

鄔八月不喜在人後說風涼話，只淡淡地應了一聲。

「怎麼，妳可憐她？」鄔陵桃側頭看著鄔八月，輕輕淺笑。「傻妹妹，那人可不值得同情。妳且等著看吧，大伯母若是會給她安排一門好親，我鄔陵桃的名字倒過來寫。」

「大伯母到底是二姊姊的嫡母，且大房只有她一個庶女，大伯母若是苛待她，讓她嫁一個門第極差的，那些個夫人太太們肯定會說閒話的。」

鄔陵桃又是一記輕笑。「我何曾說大伯母會讓她嫁個門第差的了？」

「那三姊姊的意思……」

「大伯母定然會給她安排一門門第高的婚事，不過，多半是做貴妾了。」

鄔陵桃從鼻子裡哼出一聲。「鄔陵柳還作著誥命夫人的美夢呢……她也不想想，即便她是從輔國公府裡出去的，可她到底是個姨娘生的庶女，哪可能有什麼大造化？大伯母慈悲一些，讓她嫁個中等官宦人家，她還可能成為正妻。世家高門？呵，簡直是掂量不清自己有幾兩重。」

鄔陵桃一向瞧不起鄔陵柳。

「二姊姊也是個可憐人。」鄔八月輕嘆一聲。

鄔陵桃古怪地望著她，半晌方才道：「那倒也是，她就是被大伯母和田姨娘給生生養廢了。鄔陵桐能那麼氣質高雅、端莊大方，她鄔陵柳卻像是市井小戶出身，半點國公府小姐的樣子都沒有。」

鄔八月動了動唇。

姊妹兩人已走到要分道的地方，鄔陵桃伸手攔住鄔八月。

「妳不喜我說鄔陵柳的壞話？」鄔陵桃犀利地問道。

鄔八月搖頭。

「別否認，妳我一母同胞，妳想什麼，我難道還會不知道？」

鄔陵桃沈沈地哼了口氣。「八月，我從前跟妳說的話，妳該不會忘了吧？我、妳、陵梅，我們三個才是一母同胞的親姊妹。鄔陵柳算什麼東西？我連鄔陵桐這個大姊都不認，還怕區區一個鄔陵柳？」

鄔八月抿了抿唇。「三姊姊不喜歡東府的人，我也不喜歡。我只是覺得凡事留一線，日後好相見。不管怎麼說都是同輩姊妹——」

「夠了。」鄔陵桃打斷鄔八月。「在我這兒，所謂的姊妹，沒有她們兩個。」

鄔八月無奈地嘆了一聲。

「行了，妳啊，相貌像了祖母九分，那性子卻是學了父親十足十，哪來那麼多良善？」

「三姊姊，這不是良善，這只是……」

鄔陵桃擺手道：「這只是妳做人做事想要周全罷了。」

鄔八月抿唇笑了笑。

夜半時分下起了淅瀝小雨。

黎明時，雨勢漸大，待得天亮，空中都是霧濛濛的。

鄔八月去給祖母和母親請安，又縮回了瓊樹閣待著，朝霞和暮靄在一旁替她收整從清風園帶回來的行裝。

鄔八月瞥眼見到暮靄放到一邊的鎏金小盒，露出的是姜太后賞的紅玉髓嵌銀絲手鐲。

她的思緒又被姜太后占據了。

不管怎麼努力將秘密壓在心底，終究是無法抹滅秘密存在的事實。

回過神時，卻正聽到暮靄同朝霞嘀咕。「……不知道從什麼時候起，四姑娘身上都不塗香了，連香露、香粉、香脂都不用了，甚至晚間洗浴，都不再灑香精和香花……我總覺得怪怪的。」

朝霞輕聲道：「姑娘如今不愛香，倒也沒什麼。咱們盡心伺候著就行。」

暮靄輕應了一聲。

鄔八月暗暗嘆氣。她之所以在祖父和姜太后面前暴露，正是因為她身上的香。吃一虧長一智，她怎麼還敢用香?索性都不用了。

回到鄔府三日後，蘭陵侯府便遣了人來商談退親事宜。

賀氏和官媒婆一邊對冊，一邊低聲問道：「高二爺如今怎麼樣了?」

官媒婆搖頭。「聽說如今足不出戶，每日吃喝也很少，身子消瘦了許多……蘭陵侯爺和侯爺夫人束手無策，讓我前來和貴府了結這樁婚事時也說，不好繼續拖著，耽誤了貴府三姑娘。」

賀氏僵笑著臉將官媒婆送走，回來後卻是嘴角緊抿，瞧著似乎是憋著怒氣。

夜間就寢時，她與鄔居正道：「當我兩耳不聞窗外事?陳王自回京城後，雖然被皇上下了禁足令不許外出，卻日日遣了人去蘭陵侯府鬧騰，逼著蘭陵侯爺趕緊退親……蘭陵侯府說得倒真是又冠冕堂皇，又至情至性，沒人會說他們做得不對不好。反倒是我們，被退親有礙名聲不說，待以後陵桃出閣，想必還要受一番流言蜚語的影響。」

鄔居正望著帳頂，只是幽幽嘆了口氣。

退親之事，兩家都很快辦完了，官媒處的婚書也已經作廢。

鄔陵桃無婚約在身。

陳王迫不及待，得知婚約徹底解除後的第二天便巴巴地遣人來求親。

賀氏推了兩次，第三次的時候方才應了下來。

鄔居正全程都未過問。

交換了信物、訂下親事後，西府闔府聚在一起用了一頓飯。

定珠堂裡，二房、四房和五房的人齊聚，四太太裴氏和五太太顧氏都前來恭喜賀氏和鄔陵桃。

鄔陵桃矜持地笑，賀氏瞧上去卻沒有太多高興。

裴氏和顧氏見她興致不高，倒也不好繼續說這事。

鄔國梁也不提這事，只問四老爺鄔居明和四太太裴氏有關三爺鄔良梧的婚事。

四房有兩子，嫡子鄔良梧和庶子鄔良植。三爺鄔良梧已有十六歲，之前訂下御史中丞的嫡次女為妻，年後便要成親了。

見提到自己的名，鄔良梧忙站了起來。

「梧哥兒是咱們西府的長孫，娶親一事必要慎重。」鄔國梁提點四老爺和四太太。「你們身為父母，可要盡心去操辦此事。」

四老爺和四太太齊聲應是。

「都說成家立業，待梧哥兒成了親，也該去謀份差事做。他書讀得不精，做事倒還算可靠，謀個閒職先歷練歷練，倒也不失為一件好事。」

鄔國梁此話，是要替鄔良梧打點鋪路了。

四老爺忙替兒子謝道：「父親說的是，梧哥兒定然會好好做事的。」

四太太也扯了兒子謝鄔國梁。

一頓家宴，說的都是鄔良梧成親、立業之事，鄔國梁不提鄔陵桃將為王妃之事，便也沒人敢開口。

鄔八月擔憂地朝鄔陵桃看了一眼，卻意外地發現，她似乎一點都沒有為此生氣。

「我想要的，已經得到了。」

家宴散後，兩姊妹照樣是攜手回所居院落。

鄔陵桃牽著鄔八月的手，說話的聲音淡淡的。

「既然我已經得到了我想要的，那麼就不必再計較那些得失，更不需要為此失落生氣。喜怒形於色是內宅大忌，這是母親教我的第一課。」

賀氏雖不滿鄔陵桃自作主張，但事已至此，也只能依了她的意思。

陳王姬妾無數，賀氏擔心鄔陵桃根本無法應對，所以嘴上雖然怨責她，卻也教她一些自保之道。

鄔陵桃也收起了所有的心思，專心為嫁入陳王府做準備。

婚事訂下第二日，陳王將與鄔陵桃的婚事上表了宮裡。

翌日，宮裡便派下了教養嬤嬤，要訓導鄔陵桃天家禮儀。

她畢竟將為王妃，是要入皇家玉牒的，自然不能馬虎。

郝老太君知道曾孫女將要成為陳王妃，心裡很是不痛快。只是她憋著沒說。

待聽到宮裡下來了教養嬤嬤，郝老太君便忍不住了，當即讓丫鬟去請鄔陵桃過東府去。

鄔陵桃得到消息，猶豫了一瞬，拉了正巧來尋她的鄔八月一起過去。

鄔八月覺得莫名其妙。

「……三姊姊就是要拉人作陪，那也該拉陵梅啊！」

鄔八月一邊跟在鄔陵桃身邊一邊道：「老太君最喜歡陵梅，就算有什麼，只要有陵梅在一邊，老太君的脾氣就都會消了……」

「哪有那個時間再去找她？」鄔陵桃壓低聲音道。「還不知道老太君找我到底什麼事呢……」

二丫又一副油鹽不進的樣子。

鄔陵桃說著就朝小轎外睨了一眼。

郝氏不喜歡被鄭氏和金氏調教得像人精似的家生子，一次去鄔家田莊散心時認識了孤女二丫，便將她帶回了府裡。二丫只聽郝氏的話，不怎麼通人情世故，說話自然也十分大膽。郝氏跟她聊得來，喜歡她的快人快語，說她是真性情。

因著郝氏的袒護，東、西兩府中人對二丫倒還算客氣。

似是察覺到鄔陵桃偷眼瞧她，二丫撇了撇嘴。

「三姑娘、四姑娘瞧我幹啥，是郝奶奶讓三姑娘過去，又不是我讓三姑娘過去。」

鄔陵桃憋悶，鄔八月暗笑一聲。

「二丫，三姊姊剛才是瞧見妳頭上簪了一朵新的絹花，誇妳戴著好看。」鄔八月笑著道。

二丫臉上頓時露出一個驚喜的笑容，手也撫上了髮頂，有些洋洋得意。「這絹花是二姑娘送我的，說是如今京城裡最時興的樣式呢！」

鄔陵桃憋住笑，鄔八月臉上微僵。

二丫頭上那絹花，樣式是好幾年前時興的。

鄔陵柳拿這給二丫，還騙她說樣式是最時興的，要是二丫知道了，回頭少不得要找鄔陵柳理論。

鄔八月不喜歡搬弄是非，拆別人的臺，但鄔陵桃不一樣。

她忍過笑之後，直接告訴二丫說：「絹花確實是新的，不過嘛，已經新了好幾年了。」說罷，她還笑咪咪地對二丫道：「二丫要是喜歡最時興的絹花，改明兒我送妳兩朵。」

二丫頓時瞪大眼睛，向鄔陵桃確認道：「三姑娘說真的？」

鄔陵桃點頭。「不信妳問問別人啊。」

二丫便轉向鄔八月。鄔八月尷尬了片刻回道：「這……我不大清楚。」

二丫疑惑。「四姑娘怎麼不清楚？那些花啊粉啊的，妳以前不是最喜歡的嗎？」

鄔八月抿唇笑笑不說話。

二丫越想越覺得鄔陵桃沒騙她，頓時跺腳，喘了兩口粗氣。「我待會兒要去問問二姑娘，幹啥矇我！」

鄔陵桃掩唇，眉眼彎彎。

一直到了郝氏所居的田園居，二丫仍舊叨叨個不停。

將人送到，她立刻就掉頭走了，說是要去找二姑娘說個明白。

鄔陵桃輕笑一聲，側頭對鄔八月道：「走吧。」

「……三姊姊何必拆穿二姊姊？二丫定然會說出是妳點醒她的，以後二姊姊不得更加怨妳？」

鄔八月不贊同鄔陵桃的多此一舉。

鄔陵桃挑眉。「誰讓她招我來著？給她尋點麻煩倒也不錯。至於她怨我……呵，她還能對我怎麼樣？」

如今鄔陵桃跟著嬤嬤學天家規矩，根本沒有閒工夫見鄔陵柳。

鄔八月嘆了一聲，姊妹倆進了田園居的正房。

那是間茅草屋子，屋子前方種了幾畦菜地。

郝氏坐在屋子前邊，見曾孫女來了，忙出聲讓跟在她們後邊的丫鬟婆子全都出去。

鄔陵桃和鄔八月對視了一眼，兩人上前給郝氏請了安。

郝氏氣鼓鼓地問道：「八月怎麼也來了？」

鄔八月笑道：「老太君叫三姊姊來，我也有一陣子沒見老太君了，便跟著前來瞧瞧老太君。」她看了一眼菜地，誇道：「老太君菜地裡的菜長得真討喜。」

郝氏頓時笑了，也不再追究鄔八月的不請自來。

然後，她板了臉看向鄔陵桃。

「妳咋也要嫁給皇家的人？」郝氏一臉不喜，道：「妳大姊嫁了皇帝，妳嫁王爺。他們兩兄弟，妳們兩姊妹，又不是找不著人嫁，咋偏偏都要許給他們家？」

鄔陵桃愣了愣，然後她果斷地道：「老太君，大姊姊可不算是嫁，她頂多算是個妾。」

鄔八月一驚，伸手拽住了鄔陵桃的衣袖。

鄔陵桃一臉波瀾不驚。

郝氏僵了片刻，方才低嘆道：「妳這孩子，那到底是妳大姊，妾不妾的這種話妳也能提……」

鄔陵桃笑了一聲。「老太君今日喚我來，是為的何事？」

郝氏氣不順，頓了片刻道：「聽說宮裡頭派下來了教養嬤嬤？」

鄔陵桃點頭。

「怎麼個意思？當初妳大姊入宮，也沒派教養嬤嬤來，這會兒輪到妳嫁給皇家的人倒是派了人下來……這是不是在說妳不懂規矩？」

鄔陵桃萬萬沒想到郝氏對宮中此舉有這樣的理解。

鄔八月見她愣住，忙出聲解釋道：「老太君，大姊姊當初入宮，本就是直接被帶進宮去的，宮裡自有教養嬤嬤教她。三姊姊這是要嫁入王府，總不能嫁了人後再教規矩，所以在婚前就派了教養嬤嬤來教她……」

鄔陵桃點頭附和。

郝氏道：「說到底還是妳不懂規矩，沒成親就跟那陳王有些貓膩。」

郝氏怒目看向鄔陵桃。「妳也甭提妳大姊，咱們就說說妳自個兒。妳說妳，啊，好好一姑娘嫁誰不好，嫁陳王那種爛泥扶不上牆的東西。他一屋子的鶯鶯燕燕，妳嫁過去有什麼好？」

鄔陵桃冷靜地道：「至少他有個王爺頭銜，是皇室宗親，身分比一般人高貴。」

「喲，還高貴。」郝氏嘲諷道：「妳甭忘了，本朝天子的出身也好不到哪兒去，骨血裡就是泥腿子。咱們也是泥腿子出身，談什麼高貴不高貴。」

郝氏從來不出輔國公府的門，一些言論也只同二丫說說。

二丫守得住嘴，郝氏吩咐過不讓她說的，她一定不會說。

鄔陵桃和鄔八月還是頭一次聽到郝氏這般說話。

郝氏很是瞧不上大夏皇族，也不覺得自己一門公府有多麼高高在上。

一時之間，鄔陵桃和鄔八月都愣住了。

郝氏忿忿地哼了兩聲，這才不情不願地從自己懷裡掏出一疊泛黃的紙，遞給鄔陵桃。

姊妹倆定睛一看，竟是一些田莊和鋪子的地契、屋契。

「老太君……」鄔陵桃眨眨眼，一臉的不敢相信。

「這門親事比起妳大姊的那門親來，我更加不喜歡，所以給妳的比給妳大姊的少。」

郝氏點了點鄔陵桃的額。「咱們鄔家的姑娘，不能讓人給欺負了去。」

鄔陵桃愣了半晌，起身跪在了郝氏面前。「……陵桃謝過老太君。」

郝氏撇開頭，彎腰從身邊地上撿起一根樹杈，不停抽打地面。

「得了得了，揣著東西自個兒回去吧，以後這就是妳的私房了。」

郝氏揮手趕鄔陵桃和鄔八月走。

姊妹倆躬身給郝氏行了禮，這才離開田園居。

這件事，鄔陵桃沒瞞著賀氏，還詢問賀氏，這些東西要不要歸在嫁妝裡。

賀氏道：「妳自個兒收好就行，別外露。我們也別吭聲，免得東府的人找麻煩。」

賀氏提點了一句，讓鄔陵桃將契紙好好收著。

鄔八月嘆道：「三姊姊，老太君其實對妳也挺好的。」

鄔陵桃正在練字，聞言應了一聲，眼睛專注在案桌上，清晰地回道：「那是自然，手心手背都是肉。」

說著，她將筆放到了筆擱上，看向鄔八月，笑得溫婉。「只是嘛，手心手背，肉多肉少，也還是有區別的。」

郝氏給鄔陵桐的比給她的多，鄔陵桃明白這一點。

將來鄔陵梅出嫁，恐怕得到的更多。

鄔八月沈吟。「可至少，老太君給三姊姊了。」

「是啊，所以我並沒有怨言。」

鄔陵桃站起身輕輕揉了揉肩。

時節已轉入金秋，天氣漸涼，鄔八月看著這時的鄔陵桃，卻覺得她周身都似乎燃著熊熊焰火。

她鬥志昂揚。

第十一章

鄔陵桃的婚期訂在年後，因是皇家王爺娶親，所以各項事宜都由禮部打點。

嬤嬤開始管束起鄔陵桃的飲食起居、坐臥行走，鄔八月只有在她身邊旁聽嬤嬤講解規矩時，能和她見面說話。

一日一日，天氣轉涼，鄔八月也漸漸變得沈靜。

然而日子卻沒有因為她的沈靜而停下。

宮裡又來了消息，太后甚為想念鄔四姑娘，頒下懿旨，要鄔四姑娘鄔陵梔前往慈寧宮相伴太后。

賀氏攜女接了傳旨太監帶來的慈諭。

「鄔四姑娘，請吧。」傳旨太監對著鄔八月笑得十分諂媚。「太后娘娘等著您呢。」

他聲音尖細，鄔八月只覺得耳膜嗡嗡作響，也不知是因為這太監的聲音，還是這道讓人措手不及的諭旨。

賀氏吩咐朝霞給鄔八月換衣梳妝，並要巧蔓、巧珍去給鄔八月備幾套換洗衣裳。

「太后娘娘也不等妳明日再去……」

賀氏皺著眉頭親自給鄔八月理了衣領，待要給鄔八月上妝時，鄔八月卻擺手推掉了。

賀氏遲疑道：「平日妳在家不塗脂抹粉的倒也罷了，可這入宮覲見太后，總不能失儀。」

鄔八月堅決不肯往臉上塗抹那些香脂香粉。

賀氏無奈，只能由了她。

送鄔八月出府時，賀氏趁著傳旨太監沒注意，悄聲對鄔八月道：「宮裡比清風園規矩更嚴，妳且要好好守規矩。還有，別在太后面前太出挑了，懿旨也沒說讓妳在宮裡待多久……妳愚笨些，好請旨早點回來。」

「女兒知道，母親安心。」鄔八月對賀氏頷首。

儘管她知道，姜太后召她入宮，其中必有深意，只是不知道姜太后葫蘆裡賣什麼藥。

跟在傳旨太監身後出了二門，鄔八月踩著腳凳上了府外停著的寶馬香車。

然而她入了車內便驚訝地頓住——鄔陵柳竟然也在裡面！

「二姊姊？」

鄔陵柳斜倚在車壁上，聞言對鄔八月微微一笑。「四妹妹，這可真是巧。」

鄔八月入車內坐穩，頓了片刻方才出聲。「二姊姊也去覲見太后嗎？」

「我可沒四妹妹這麼大福氣，能讓太后親自接見。」

鄔陵柳輕哼一聲，手拿著絹帕甩出一朵花。「昭儀娘娘說想念家中姊妹，召我前去宮中相陪，恰好聽說四妹妹也要入宮，這不，我厚著臉皮坐上接妳入宮的車了。四妹妹該不會怪我的，對吧？」

鄔陵柳話都這般說了，鄔八月自然不好將她攆下去。

她點了點頭，視線不經意地掃過車內半撩起的紗簾。

一輛半舊不新、掛著御用香牌的馬車從旁邊慢吞吞地行了過去，比起她現在乘坐的這輛馬車，的確顯得低檔了些。鄔八月頓時理解了鄔陵柳要與她同坐一車的行為。

御馬夫輕聲提醒了一句，馬車緩緩朝前駛去。

鄔八月閉目養神。待見到姜太后之後，她該跟她打開天窗說亮話，還是陪她一起作戲？總覺得揣著明白裝糊塗是件辛苦至極的事情……

「四妹妹。」

鄔陵柳輕輕在鄔八月耳邊拍了下掌。

鄔八月驚醒地瞪大眼睛，皺了眉頭。「二姊姊做什麼？」

「聊聊。」鄔陵柳一副與鄔八月姊妹情深的模樣，拉著鄔八月的手。

「咱們姊妹也就在那日東府為你們接風洗塵的時候見過，以後就沒有再碰面。」鄔陵柳往前微微傾身。「不如八月妳同我說說清風園裡的事，如何？」

鄔八月蹙起眉頭。

「比如……」鄔陵柳小聲道：「比如妳三姊姊是怎麼認識陳王的……」

鄔八月喉嚨微梗。「我不清楚。」鄔八月淡淡地回道：「二姊姊要是感興趣，不如親自去問三姊姊？」

鄔陵柳吃了閉門羹倒也不生氣，一口一個「好妹妹」地叫著鄔八月。

她又問：「八月見過皇上嗎？他長什麼樣？」

鄔八月心裡更覺得不舒坦，敢情她還想撬自己親姊的牆腳？

「我沒見過皇上，所以不知道他什麼樣。」

鄔八月說的也是實情。天子聖顏，誰敢直視？

鄔陵柳接連兩個問題都得不到想要的回答，臉色便有些難看了。

「妳說妳啊，去清風園做什麼去了？問妳什麼都不知道。」

鄔陵柳又斜倚在了車壁上，睨著鄔八月。「從前妳可不是這樣，有什麼新鮮事，妳都肯同我說。」

鄔八月但笑不語。

到了玄武門，姊妹倆下了馬車，各自換乘了小轎從側宮門進去。

鄔八月坐在轎中一言不發，偶爾從因轎子搖晃而被盪起的轎簾處望出去，只能看到一片紅色的宮牆和灰白的地磚。

鄔陵柳是什麼情形，已經不在鄔八月的關注範圍之內了。

她打起所有精神，準備應付權傾後宮的姜太后。

又換乘了兩次小轎，走了一段路，總算到了慈寧宮。

鄔八月一路行到慈寧宮偏殿，宮中女官朗聲稟道：「啟稟太后，鄔四姑娘到了。」

候了不多時，便有一個小太監扶了鄔八月的手讓她進去。

姜太后盤腿坐在美人榻上，身邊站著的是冷得瘆人的靜嬤嬤。

讓鄔八月意外的是，空地上竟還跪著一個人，瞧身形是女子，穿著女官的服飾，髮髻凌亂，渾身微微顫抖。看那背影……

「八月呀，妳可來了。」姜太后笑呵呵地朝她伸了手，招她近前去。「哀家可等妳有些時辰了。許久不見妳，哀家想念得緊。」

鄔八月幾步走過去，先給姜太后行了個禮，口稱千歲，然後急忙朝自己右後方望去。希望是她看錯了。

然而這一眼，卻還是讓她如墜冰窖。

「李姊姊……」

那跪在地上垂首之人雙頰腫脹，顯然是被人掌摑過。可即便如此，也無法掩蓋住她原本的清秀相貌。

赫然是在清風園中和鄔八月關係很好，撞見過鄔八月從煙波閣內驚慌而出的女官李氏！

姜太后一臉笑意，彷彿沒有看到鄔八月因見到李女官的慘樣而瞬間蒼白的臉。

她吩咐靜嬤嬤給鄔八月看座。

鄔八月雙腿僵硬著，咬牙挨著繡墩邊緣坐了下來。

靜嬤嬤目不斜視地走回到姜太后身邊。

李女官始終跪著，卻是大氣都不敢出一聲，方才鄔八月喚她的那一聲「李姊姊」，她也權當沒有聽到。

鄔八月不敢看她，盯著地面，雙目發直。

姜太后愉悅的笑聲傳了過來。

「八月啊，從清風園回來後哀家就沒見過妳，這段日子妳被拘在家裡，都做了些什麼？」姜太后笑問鄔八月。

鄔八月定了定神，方才回道：「臣女每日去同長輩請安，閒時就陪姊妹們說說話，自己一個人時便看看書……」

姜太后讚許地笑道：「女子嫻靜，自當如此。鄔昭儀美貌無雙，妳那即將嫁入陳王府的姊姊，哀家雖然沒見過幾面，但印象中也是一副好相貌。」

姜太后掩唇道：「不過哀家瞧來瞧去，還是覺得妳這模樣最是好看，也最討人喜歡。」

鄔八月迎合地笑了笑。

姜太后誇她的外貌，倒真讓鄔八月如坐針氈。

瞭解鄔家的人，誰不知西府老太太和四姑娘容貌相似了八、九成？姜太后在清風園煙波閣上說的種種，無一不昭示著她嫉妒怨恨段氏的事實。單是看到她這張臉，姜太后怕是就已經恨得牙癢癢了吧！

姜太后似閒話家常，鄔八月答得卻無比謹慎。

言語來回了幾遍，靜嬤嬤聲音平板地開口。

「太后，執筆女官怕是要撐不住了。」

姜太后眉頭一皺，視線盯在了李女官身上。

鄔八月微微低垂了頭。

「拖她下去。」姜太后簡單吩咐道。

李女官緩緩跪直了身子，朝下拜去，渾身都在哆嗦著。

「謝太后。」她聲音很輕，因被人搧了耳光而使得說話也含糊不清。

李女官被兩名小宮女給攙了下去。鄔八月覺得自己後背出了一身冷汗。

姜太后又換回了一臉的慈愛，笑問鄔八月道：「八月可知道她犯了什麼錯，哀家要那樣罰她？」

鄔八月暗暗咬了咬下唇，提醒自己要保持絕對的清醒和鎮定。

她緩緩開口。「太后一向仁慈，會罰李姊姊，定然是李姊姊有哪兒做得不妥當。」

姜太后微微挑眉，眼角因笑露出了淺紋。

她並沒有解釋因何責罰李氏，很自然地提起了別的話題。

慈寧宮很安靜，偏殿內薰著淡淡的香。

鄔八月沒有餘力分辨這是什麼香，她盯著姜太后下巴處，看著視線偏上的姜太后的嘴一開一合。

貝齒瑩白，紅唇瀲灩。

鄔八月忽然覺得那落在男人眼中本該是絕美風景的唇齒，陡然就變成了從中伸出獠牙的血盆大口，像一隻怪獸一般，能將人一口吞沒。

「……在哀家宮裡住一陣如何？」姜太后以一句問話，結束了之前長篇的家常。

鄔八月恭敬地道：「一切聽從太后吩咐。」

姜太后滿意地點了點頭。

鄔八月在慈寧宮中留了下來。

她初來乍到，沒有帶一個丫鬟，現在甚至連唯一關係較好的女官李氏也不敢貿然接近。她的境況，可謂是孤立無援。

然而她本該是極度慌張害怕，可心裡的恐懼卻忽然全都消失了。最壞的情況，也不過就是賠上一條命。她告訴自己。

姜太后總不能讓她在慈寧宮裡一命嗚呼吧？

抱著這樣的篤定，鄔八月開始了在慈寧宮中的生活。

姜太后說因為喜愛她，所以要留她在身邊伺候，鄔八月不得不每日寅時三刻起身，候在姜太后寢宮外的丹墀上。

姜太后卯時起身，鄔八月要寸步不離地跟在她身邊服侍她穿衣、洗漱、用早膳。甚至姜太后出恭，鄔八月都要隨侍左右。

卯時三刻，蕭皇后攜後宮妃嬪、皇子皇女來給姜太后請安。

鄔八月要低眉順目地站在漢白玉階上，待皇后和妃嬪給姜太后福禮時，她要即時迴避和回禮。

姜太后興致來時會和後宮眾女聊聊天，有時蕭皇后也會稟報一些內宮事務。鄔八月往往一站就要站一、兩個時辰。

起初一、兩天，鄔八月實在吃不消。好幾日後，她才適應這種明明每日都沒什麼事做，卻還是勞累得不行的生活。

而漸漸地，她明白了，姜太后這是變著法地要折磨她。

看著酷似祖母的她成為服侍自己的奴隸，姜太后心裡定然十分痛快。

鄔八月掰著手指算日子。她來到宮中已經有十日了。

聽說李女官臉上被掌摑出來的傷也已經好得差不多了。

鄔八月好幾次和她擦肩而過，兩人視線雖有交流，但未曾有過任何一句交談。

鄔八月後來聽慈寧宮裡的灑掃宮女說起，那日李女官去太后跟前當值，為太后研墨鋪紙，進了偏殿不過一刻鐘的時間便傳來了她被責罰的消息。

許是在那段時間裡，她冒犯了太后。

鄔八月知道，事情肯定沒有那麼簡單，連日來觀察李女官行事做事，她更篤定了自己的懷疑。

在宮中生活的人向來謹慎小心，李女官從前也是事無鉅細必親自過問，防止出錯，但她也從來沒有這般如履薄冰過。她彷彿是行走在刀尖上，做任何一件事，似乎都是膽戰心驚。

這日，後宮眾女前來給姜太后請安，李女官捧了大皇子呈給太后的墨寶，上玉階時沒有注意腳下，一個趔趄，差點將大皇子的大作給扔了出去。

李女官「撲通」一聲跪了下去。

殿內有一瞬間的寂靜。

「太后恕罪！」李女官雙手高捧著大皇子的墨寶，卻是雙肩緊縮，匍匐在地。

蕭皇后素有賢名，都道她為人謙和大度，乃是後宮表率。

見此情景，蕭皇后少不得出來打圓場。「母后息怒，李女官做事向來可靠，此番失儀想必是意外。大皇子奉給母后的墨寶既沒受損，母后仁慈，定然不會怪罪李女官。」

姜太后溫婉而笑。「皇后所言極是。」

姜太后輕抬眉梢，靜嬤嬤悄無聲息地點了個頭，讓人將李女官攙扶了下去。

李女官臉色慘白，跨出殿門時回頭望了鄔八月一眼。那眼神淒楚絕望，讓鄔八月陡然心涼。

這樣一段插曲自然不會被各宮主位娘娘放在心上。

眾人點評了大皇子筆走龍蛇、有陛下之風後，便又說起大皇子大婚後開府遷宮之事。

慈寧宮中一片祥和。

鄔八月卻心跳如擂鼓，無法放下李女官臨出殿門時望她的那一眼。

她總覺得會有什麼事發生。

離那日已過了兩日。

有小宮女跟她說，李女官自前日起便病了，如今臥床休養。

鄔八月幾次想去探望李女官，卻始終抽不出空來。

姜太后身邊總不能離了她，慈寧宮內前來巴結她的小宮女不勝枚舉，她的一舉一動都在別人的眼皮子底下。

因姜太后對她的「寵愛」，不知不覺中，後宮之中竟開始有了傳言，說她深得太后青睞，太后或許有意想要將她許給某位皇親。

最可能的便是即將出宮立府的大皇子。
以鄔八月的出身，做皇子妃稍欠火候，做個皇子側妃，還是勉強可以的。
但她和鄔昭儀乃是堂親姊妹，若真是歸於大皇子，將來是喚鄔昭儀「姊姊」，還是喚鄔昭儀「鄔母妃」？
因此便有了另一種傳言，說是太后有意要把她留在後宮。
一時之間，後宮眾婦看鄔八月的神情都有些探究。
鄔八月不是沒有察覺這些娘娘們若有似無的試探，但她根本沒有閒心理會她們。
她很擔心李女官，病了兩日了，卻一直不見好。
她問過小宮女李女官的病症，小宮女說她渾身微抖，嘴唇泛白，時有冷汗滲出。太醫院也遣人來看過，但李女官還是不見好。她想去看看她，卻被姜太后絆住腳，分身乏術。
黃昏時分，有小黃門（注）前來稟報，說是鄔昭儀動了胎氣，鐘粹宮中人仰馬翻，皇上罰了寧嬪關三日禁閉，並停綠頭牌一月。
姜太后問了鄔昭儀的情況，得知並無大礙。
「妳姊姊懷胎辛苦，明兒個妳替哀家去看看她，開解開解她今晚的驚悸。」
姜太后將手搭在鄔八月涼涼的手背上，彎唇望了她一眼。「妳們是姊妹，合該多往來。」
鄔八月聽得「驚悸」二字，心口微微一沈。
「是，太后。」她恭敬地應聲。

注：小黃門，指黃門侍郎，是皇帝近侍之臣，職務是傳達詔命。

已是深夜了。鄔八月躺在榻上輾轉反側。

她在思索，姜太后讓她去瞧鄔陵桐到底有何深意，可左想右想也想不出個緣由。

就在她剛翻了個身，準備不再思索此事時，天邊忽然炸了一聲驚雷，鄔八月嚇了一跳，陡然坐起。

「都入秋了，怎麼還會鳴雷……」鄔八月喃喃一聲，剛想躺下，屋門卻被人從外推開。

緊接著，一道足以割破天際的閃電劃過，天地瞬間白了一霎。

站在屋門口的人影清晰可見，是那喜歡和鄔八月聊天的小宮女。她臉色慘白，臉上帶著淚痕。

噼哩啪啦的雨點開始砸了下來。

「鄔、鄔姊姊……」小宮女衝了進來，撲到鄔八月的床前，帶著哭腔道：「鄔姊姊，李姊姊沒了！」

小宮女抓著鄔八月的衾被，斷斷續續地哭道：「方才從女官所傳來消息，李姊姊、李姊姊她沒了……我趕去的時候，看到兩個嬤嬤抬了李姊姊的屍首……」

鄔八月不可置信地瞪眼，抓住小宮女的手。「李姊姊怎麼會死？她怎麼死的？她怎麼死的？」

「鄔姊姊……」小宮女不停哭，一邊回她。「我、我問了，醫官大人說，李姊姊是驚悸而亡，他說李姊姊或許有心疾……」

「怎麼可能！」

鄔八月即便沒有學醫術，也知道這說辭太過敷衍。

宮中進人必須要經過重重選拔和考核，若李女官有心疾，是斷斷不可能入宮的。就算她是入宮後才得了此病，可在清風園時還是好好的，絲毫沒有受病症困擾的症狀。她開始表現異常是在……

鄔八月背脊陡然挺得筆直。回京之後，她便再沒有見過李女官，而她此次進宮時，李女官已經露出了異樣。

「鄔姊姊……」小宮女還在抱著鄔八月哭。

小宮女和李女官的感情不見得有多好，她在鄔八月跟前哭，或許是知道鄔八月關心李女官，想博取她的好感；又或許，她也的確覺得人生無常，生出兔死狐悲的傷感。

「鄔姊姊，我聽別人說，宮裡會將李姊姊的屍首運出宮去，讓李姊姊的家眷來接她回家安葬……」小宮女抹了一把淚。「李姊姊是家裡的庶女，聽和她同年入宮的姊姊說，李姊姊的嫡母待她十分苛刻……李姊姊的身後事，她的嫡母肯定不會盡心辦……」

小宮女搖著鄔八月的手臂啜泣。「鄔姊姊，李姊姊可怎麼辦啊……眼看著她明年就能坐上掌事姑姑的位置了，再熬五年也能出宮嫁人了……」

鄔八月的視線越過小宮女，盯著屋門口的地磚。

雨已經將那兒給淋濕了。

又是一記驚雷悶響。

鄔八月緩緩低頭，輕輕撫著小宮女的肩。「沒事了，沒事……」

清風園中的晴雲，是祖父給她的警告。

慈寧宮裡的李女官，會是姜太后給她的警告嗎？

第十二章

第二日秋高氣爽。

大概因昨晚下了一場雨，連空氣都濕潤了許多。

鄔八月帶著幾個小宮女，前往鐘粹宮。

昨日姜太后吩咐過，要她今日代表她慰問昨晚動了胎氣的鄔昭儀。

所帶的小宮女中，有一個便是昨晚前來告知她李女官身亡的菁月。

慈寧宮與鐘粹宮相隔尚有一段距離，鄔八月走到半路時沒留神，踩到了地上的濕泥，腳側滑了一小段，腳脖子微微有些痛。

「許是扭到了呢……」菁月擔心地上前，關切道：「鄔姊姊，妳能走嗎？」

鄔八月點點頭，道：「扶我去那邊稍稍休息片刻。」

菁月攙扶了鄔八月去不遠處的香亭，待鄔八月坐下後便雙膝跪在了鄔八月面前，伸手給她揉腳脖子。

鄔八月默默看了她一眼，挪開視線。

經過李女官的事，鄔八月再也不敢對身邊的人表示親近。她怕菁月會是下一個李女官。

儘管如今她還不能肯定李女官是被姜太后害死的，但也已經八九不離十了。

揉了半盞茶的工夫，菁月的手勁小了下去。

鄔八月淡淡地道：「換個人來捏捏，妳手上沒力氣了。」

菁月被人擠到了一邊，眼眶微微紅了。

在香亭裡待了半炷香工夫，鄔八月覺得好些了，起身撣了撣衣，帶著小宮女繼續往鐘粹宮行進。哪知半路上卻碰上四位皇子的大駕。

鄔八月立刻帶著人退到了一邊，半蹲行禮。

四位皇子一同出行，排場自然很大，跟著的人足有二十來個，除了管事太監和嬤嬤，所有人手中都捧著東西，有皇子受教所用書冊、焚香薰爐、文房四寶，以及各種諸如棋子、萬花筒等小玩意兒。

宣德帝而立之年只得四子，對四個兒子都一視同仁，聘了太傅悉心教導栽培。

大皇子竇昌泓今年十四年紀，生母是儲秀宮麗婉儀。雖然生有宣德帝長子，但麗婉儀並不受寵。對麗婉儀來說最幸運的，便是自己這個兒子很爭氣。

竇昌泓性格溫和、平易近人，小小年紀便有賢王之相，若非蕭皇后在宣德帝登基近十年後終是育有四皇子竇昌洵，恐怕竇昌泓便是呼聲最高的儲君人選。

竇昌泓已訂下親事，建府之事已在緊鑼密鼓地進行中，在他大婚前，皇子府邸便能落成。只要他沒有生別的心思，這輩子定然是生前富貴榮華，死後盡享哀榮的好命。

鄔八月半蹲著，等著四位皇子的大駕離開。

然而最小的四皇子竇昌洵卻在此時鬧了彆扭。他最幼，身分又最尊貴，乃是皇后嫡出，三個哥哥無疑都讓著他。

「不走了！」小昌洵頓在原地，扯著嗓子吼道。「累！累！」

管事太監連忙上前勸道：「四皇子，您得抓緊時間啊，去見太傅要是晚了，皇上知道了，您又要挨訓了……」

小昌洵嘟著嘴，亮晶晶的眼裡閃著委屈。

「為什麼我也要唸書……」小昌洵嘟囔著。「你們不是都說，我同大哥他們不一樣嗎？我只需要吩咐他們做事就行啦，他們以後都要聽我的。那我為什麼還要唸書？」

管事太監嚇了一大跳，他立刻跪了下來，不住地抽自己的嘴巴子。

周圍也烏壓壓跪了一片，跪下的大概都是曾嚼過這種舌根的。

四皇子和另外三位皇子的確不同，他是中宮皇后所出，身分自然高上一截。

但心裡明白是一回事，說出來便是另一回事，被有心人知道，扣他們一頂「離間」之罪，足以讓他們受割舌之刑。

「四皇子恕罪，奴才賤嘴，奴才賤嘴，奴才賤嘴……」管事太監不住地自罰，引起一片人都放下手中托拿著的物什，盡皆開始抽打起自己的嘴，噼噼啪啪的掌摑聲不絕於耳。

鄔八月蹲得腿都要發麻了。

小昌洵撇撇嘴，哼了一聲，大聲道：「太鬧了！一點都沒意思！」接著又氣呼呼地往前跑，管事太監來不及站起便朝前爬跑著追了上去。

鄔八月鬆了一口氣，緩緩站起了身。

然而她沒料到四皇子竟然沒跑遠，他趁著其他人都跪在地上的時間，自己跑了一圈，又從另一側繞了回來。

鄔八月站直時，小昌洵正好從外側繞回來，到了她的面前。

「剛才沒跪。」小昌洵指著鄔八月，十分不客氣地道：「妳為什麼不跪？」

管事太監跪下後，鄔八月身後帶的人全都跪了。

鄔八月初來宮裡，時日不長，對宮規還沒有全面瞭解和掌握。她只以為，這不是她的錯，所以她不需要跪。

鄔八月愣住，一時之間不知道要如何回答。

管事太監雙頰腫脹著追了上來，喘著氣含糊不清地說：「妳、妳哪個宮裡的？還不、還不快給四皇子下跪！」

鄔八月微微蹙眉，緩緩半蹲了身跪下。

「四皇子安好，臣女是鄔家四姑娘鄔氏陵梔，如今在慈寧宮侍奉太后。」

小昌洵皺著眉仔細想著，管事太監插話進來。「四皇子，太傅那兒還等著呢……」

「你怎麼老那麼吵？我讓父皇母后把你的嘴縫上，看你還說！」

小昌洵說完話，伸腿踢了下管事太監，發洩心中的怒氣。

鄔八月瞧了瞧日頭，稟道：「四皇子，時辰不早了，臣女奉太后之令，前往鐘粹宮探望鄔昭儀。四皇子若是沒有別的吩咐，臣女這便告退了。」

小昌洵不滿地盯著鄔八月，微微嘟嘴，從鼻子裡哼出兩聲粗氣。

忽然，他眉開眼笑，對著鄔八月做了個鬼臉。

「喔……原來是妳呀！我想起妳了！」小昌洵指著鄔八月大聲道：「他們說妳是我未來的小大嫂！」

鄔八月差點沒驚得摔倒在地上。

小昌洵這話一出口，管事太監又跪了下來。

四皇子寶昌洵算虛歲也只有五歲，當然不懂分辨何話該說，何話不該說。

諸如此類的宮闈傳言，宮女太監們平時在他跟前多半是以玩笑方式說出口，萬萬沒想到四皇子竟然記得真切。

一群宮人又跪了下來。

鄔八月收起了震驚的心思。這個話要是傳了出去，她的名聲可就毀了，不管將來這個傳言能否成真……

鄔八月沈了沈氣，福了一禮。

「四皇子明鑑，臣女與大皇子素不相識。大皇子人品貴重，臣女不敢高攀。」

小昌洵愣了下，扭頭去看他大哥。

大皇子寶昌泓今年十四歲，與鄔八月同齡，身量還未長齊，但眉目清秀，氣質溫和，其母麗婉儀封號「麗」，大皇子承繼其母容貌，表裡都是個舒朗俊雅的逸致人物。

他朝小昌洵走了過去。

「四弟，你方才的話有礙鄔姑娘名聲，今後不得再提。」

寶昌泓語調溫和，低聲說教了小昌洵一句。

然而下一刻，他又嚴厲地對下跪的宮人道：「今後誰要再敢在四皇子面前嚼舌根，本皇子定當稟報父皇，殺一儆百，以儆效尤。」

眾宮人皆顫聲應道：「是。」

竇昌泓輕輕頷首，弓身牽起小昌洵，對鄔八月抱歉地一笑。

兩人視線正好對上。

那一刻，光風霽月，迷眩人心。少年清澈的笑容讓鄔八月的心漏跳了半拍。

「抱歉，鄔姑娘。」竇昌泓的嗓音似由笛所吹奏出的清雅曲調，入耳便覺如沐春風。

「小四年幼，有所冒犯，還望鄔姑娘海涵。」

竇昌泓對著鄔八月微微點頭，輕輕拉了小昌洵一把。

鄔八月定了定心神，福禮道：「臣女不敢。」

竇昌泓頷首。

「小四，我們該去見太傅了。」他低聲提醒道。

小昌洵傻愣愣地「喔」了聲，又去瞧鄔八月。

他雖然年紀小，有些任性霸道，但從出生起便受到對他寄予厚望的蕭皇后諄諄教導，到底不是個恣意妄為、被人寵壞的小孩。至少，他很尊敬他三位哥哥，尤其是大哥竇昌泓。

小昌洵乖乖地跟上竇昌泓的步子，視線一直凝在低眉順目的鄔八月身上。

鄔八月和幾位宮女皆半蹲福禮，恭送四位皇子。

待走得遠了，小昌洵方才拽了拽竇昌泓，引得他望向自己。

「大哥。」小昌洵咧嘴笑道：「她長得好看。」

竇昌泓微愣，無奈道：「大哥方才不是說了，不能提這件事嗎？」

小昌洵狡黠地嘿嘿笑。「大哥只說不能提她是我小大嫂的事情呀，又沒說不能提她。」

小昌洵拽著竇昌泓的手搖了搖。「大哥，她長得好看，為什麼不能說她是我小大嫂？」他奇怪地問道。

竇昌泓淡淡地笑道：「你只有大嫂，沒有小大嫂。」

「是喔……」小昌洵懵懂地應了一聲，自己思索了片刻，然後果斷地重重點頭。「反正她都沒跪我，我不高興，以後不叫她小大嫂了！」

竇昌泓淺笑，心道：怕是四弟今後要見那位鄔姑娘，也實屬困難。

自今日起，四弟就要開始跟從太傅讀書了。

父皇他……果然還是最中意四弟啊。

皇子們漸漸行遠，鄔八月微垂著頭，帶著幾位宮女繼續前往鐘粹宮。

路上偶爾會遇到小聲閒話的宮女，許是也如鄔八月般，剛遇到過幾位皇子，所以談論的對象皆是大皇子，就連她身後的宮人也跟著小聲交談起來。

「大皇子長得真俊秀，聽說麗婉儀很漂亮，想必大皇子是承繼了麗婉儀的美貌。」

「只是大皇子就要大婚，建府出宮，在宮裡待的時間不會長了……」

「我聽人說，皇上有意要在大皇子大婚後給他封王呢。」

「是嗎？那可真好，許家姑娘豈不是要貴為王妃？」

「要是鄔姊姊也能……」

鄔八月聽得不真切，但那絮絮叨叨之音還是傳入了她耳朵裡。

鄔八月頓住腳步，回頭輕聲道：「忌言，勿多嘴。太后吩咐的事情可還沒辦妥當。」

宮女立刻低頭認錯。

鄔八月自入宮侍奉太后以來，在慈寧宮各級女官、宮女、太監眼中都是十分謙遜隨和，能讓她開口訓斥，除非是被訓斥的人做得極不妥當。

兩位交談的宮女只以為她聽到了她們說的話，見當中提到了她，所以才出聲制止，但也讓周圍幾名宮女篤定，鄔姑娘必定對大皇子有一番心思。

接下來一路無話，鄔八月趕到了鐘粹宮。

鐘粹宮主殿和配殿歸鄔陵桐所支配，偏殿是寧嬪住所。除此之外，鐘粹宮只待了兩、三名連給蕭皇后請安的資格都沒有的低等宮嬪。

寧嬪被禁足，鄔八月路過偏殿時，只覺得那邊鴉雀無聲。

宮女請了鄔八月等人進了配殿。

鄔陵桐自有孕後便停了香脂香粉，殿中薰香也減了大半。不施粉黛，清麗出塵，鄔陵桐似乎更美了。

「得知妳要來，本宮真高興。」

鄔陵桐已為從二品昭儀，自然可口稱「本宮」。這也在無形之中與人劃分了距離。

她稱本宮，鄔八月就只得在她面前自稱臣女。君臣之別，涇渭分明。

「聽聞娘娘昨夜抱恙，太后命了臣女來探望娘娘。」

鄔八月引鄔陵桐去看菁月等人捧著的太后賞賜，正要一一唱名，鄔陵桐卻擺手笑道：「太后送的自然都是好的，就別唸了。來人，將東西收起來，本宮同鄔姑娘說會兒話。」

一眾宮女起身下拜，魚貫而出。

「八月來宮裡也有些日子了，本宮去給太后請安時和妳說不上話，如今能同妳私下裡聊天，倒真是極好的。」

鄔陵桐牽起鄔八月的手，笑望了她一眼。

「陵桃命好，能許給陳王，將來過了府便是陳王妃，命格尊貴。八月在太后跟前可得更加盡心盡力，討太后歡心。」

鄔陵桐口氣略有兩分高高在上的優越感。

「咱們鄔家姊妹，本宮之後是陵桃，陵桃之後可就是妳了啊，八月。」鄔陵桐瞇了瞇眼。「鄔家出了一個皇妃便足夠了，至於王妃的位置陵桃陰差陽錯坐了，八月妳要是加把勁，皇子……側妃的位置，在太后跟前提一提，還是手到擒來的。宮裡不用再進人了。四妹妹，妳說對嗎？」

鄔八月怔然抬頭。她認為自己還不算愚笨，鄔昭儀話裡的弦外之音，她聽得分明。

宮中有關姜太后會把她指給某位皇親的傳言雖有，對象也聚焦在宣德帝和大皇子身上，但一直只是私下裡的閒言閒語。

位。

鄔昭儀靜心養胎，竟然也能得到這樣的情報，且她還出言提醒，讓鄔八月不要妄想皇妃之

一時之間，鄔八月竟覺得好氣又好笑。

鄔陵桐見她怔愣，輕輕笑了一聲。「瞧妳這驚訝的樣。」

鄔陵桐輕撫了撫鄔八月的手背，口氣意味深長。

「八月放心，本宮也會在皇上面前提一提此事。大皇子大婚後出宮，房裡只皇子妃一人，後院人數稍嫌單薄了些，添個皇子側妃剛剛好。」

鄔八月盯了鄔陵桐半晌，突然就笑了起來。

鄔陵桐訝異。「八月，妳笑什麼？」

「臣女笑娘娘想得真周到。」

鄔八月挺了挺背，目光清澈，笑容淡雅。

「只是娘娘，臣女的婚事自有臣女父母商議決斷，娘娘有孕在身，還是不要為了臣女的這種小事勞心勞神了。」

「八月……」

「許姑娘不是娥皇，臣女也不是女英。而就算娘娘和臣女勉強算得上娥皇女英的姊妹關係，臣女也無心做女英。」

鄔八月起身淡淡地拜道：「娘娘無須多慮，臣女此番前來是替太后來瞧娘娘的，娘娘既然無恙，臣女就不擾娘娘休養了。」

鄔八月有意辭別，鄔昭儀卻心生了惱怒。

「八月，妳可不要不識抬舉！」鄔陵桐伸手拍了椅搭，聲音沈悶。「大好的前程擺在跟前，妳端出這樣高傲的姿態給誰看？」

鄔陵桐往後靠在了石青金錢蟒的引枕上，恨鐵不成鋼地怒視著鄔八月。

鄔八月的表情仍舊是淡淡的。

「娘娘關心姊妹的好意，臣女心領了。但臣女之上，東府還有一位姊姊。那才是娘娘同根的姊妹，娘娘何以將她忘了？」

鄔八月輕抬眉眼。「娘娘可只有她一位同父姊妹。」

鄔陵桐緩了緩氣。「她如何跟妳比？她是庶出，妳是嫡出，妳們怎能相提並論？」

鄔八月聞言，幾不可聞地輕嘆一聲。

鄔陵桐不喜談論鄔陵柳之事，她平了平氣，好言好語地對鄔八月道：「八月，妳這脾氣可得改改。在本宮面前，妳還能同本宮這樣說話，到了別人跟前，妳這可是要招人恨的。」

鄔八月頷首，無話。

鄔陵桐輕舒了口氣。「大皇子前途很好，妳若是能嫁給他做皇子側妃，只有好處，沒有壞處。麗婉儀深居簡出，早已不在皇上面前爭寵，皇上對她也很一般，不會因寵愛麗婉儀而過分抬舉大皇子。但皇上也有心要培養大皇子成賢王，如當今的鄭親王一般，輔佐將來的帝君。妳若能成為大皇子側妃，將來便是側王妃，何等尊貴？」

鄭親王乃是太宗長子，宣德帝長兄，輔佐君王兢兢業業，在朝中頗有威望。

鄔陵桐頓了片刻，聲音壓得極低。「更何況，世事難料。萬一那許家的姑娘有個三長兩短，而妳又得大皇子疼寵，取而代之成為王妃也不是沒可能的事。陵桃不就是有這樣的好命嗎？」

鄔八月無言地看著鄔陵桐。

鄔陵桐只以為她聽進了她的話，點頭微笑，聲音幾不可聞。

「本宮肚裡的孩子要是有造化，妳和陵桃將來也可能是君王的姨母，我們鄔家到時便是最顯貴的世族大家。」

鄔陵桐殷切地看向鄔八月。「本宮這般說，妳可明白了？」

鄔八月明白。她更明白地知道，那個清高孤傲的大姊姊，已經消失不見了。

如今在她面前的，只是一個為達目的不惜算計與她毫無仇怨的無辜之人，利用一切可利用資源的醜陋宮婦。她容貌很美，內心卻已經開始逐漸腐壞。

鄔八月淡淡地道：「娘娘的話，臣女聽明白了。」

但臣女無心照做。她嚥下這句話沒說，鄔陵桐只當她聽進去了，滿意地頷首。

「既如此，那妳這趟便是沒白來。」

兩人又不鹹不淡地交談了幾句，鄔八月藉口慈寧宮中還有事要做，再次起身辭別鄔昭儀。

鄔陵桐這次沒攔人，只在她臨走的時候又叮囑了她一番，讓她在姜太后跟前好好表現。

鄔八月淡笑著福禮，帶了菁月等人離開。

第十三章

回到慈寧宮已經錯過了用午膳的時辰。

鄔八月潦草用過了午膳，乾耗著等姜太后午睡起身，去她跟前覆命。

姜太后問了幾句鄔昭儀身體狀況如何，鄔八月都說昭儀娘娘安好，一問一答格外公式化。

鄔八月的態度稍顯冷淡敷衍，姜太后敏感地察覺到了。

她揮退了殿中宮人，只留了靜嬤嬤並幾個心腹宮女在身邊。

「這是到鐘粹宮，鄔昭儀給妳氣受了不成？」姜太后挑眉，聲音柔和卻帶了股淡淡的譏諷之意。「哀家瞧妳氣色不大好。」

鄔八月半蹲福禮道：「回太后，臣女只是見到昭儀娘娘，有些思家了。」

鄔八月這話一說，姜太后倒是不好接話了，難道要她順著她的話回她說，既然思家，那哀家就讓人送妳出宮回府？

姜太后顯然不願意就這樣將鄔八月放出宮去。

所以姜太后淡淡寬慰了她幾句，就藉口她今日跑腿累了，讓她下去好好歇息。

鄔八月謝恩告退時，嘴角露出一個譏諷的笑意。

姜太后正好看見，心裡頓時火起。

她暗暗嘀咕，鄔國梁這個孫女平日裡悶不作聲，瞧著是個由著人捏的軟柿子，怎麼去了一趟鐘粹宮回來，倒像是換了個人似的，竟然敢在她跟前露出那種大不敬的表情？
鄔八月跨出殿門，忽覺得鬆了一口氣。
原來在姜太后面前暗地回擊的感覺如此刺激。
她不會將祖父和姜太后之間有私情的事告知他人，祖父既已警告她，想必和姜太后也達成了共識。
鄔八月相信，至少目前姜太后不會要她的命。
那她何不給姜太后一些回擊？
至於以後……若是姜太后要她的命，那便要去吧，她有什麼可怕的？
鄔八月留給姜太后一個昂首挺胸的背影，不去猜想姜太后這時臉上的表情。
第二日晚上，鄔八月親自設了香案，擺放上銅鼎小香爐，插了三根細香。
「李姊姊，是我對不住妳。」
鄔八月跪坐在蒲團上，盯著往上冒出的縷縷青煙。
「事到如今，我說什麼都晚了。我不希冀妳的原諒，只希望妳下一世能有個好的結局。」
鄔八月直盯著香燒完，方才收拾了香案，靜默地洗漱安睡。
當然，她晚間的這一舉動不可能是無人知曉的。
第二日，姜太后借此發難。
「宮中規矩，不得焚香祭奠死人，妳這般做觸犯宮規，妳可知道？」

姜太后坐在上首，當著眾多前來給她請安的宮妃之面，話說得十分痛心疾首。

鄔八月心裡冷笑。

她拜下磕了個頭，並不為自己辯解。「臣女自知犯了大錯，有負太后恩澤，自覺無顏繼續侍奉太后跟前。太后雖仁慈，但有功則賞，有錯則罰，臣女願承擔一切罪責。」

鄔八月把話擺了出來，如何責罰，那就只待姜太后決斷。

姜太后心裡更加惱怒。她本是想讓她在眾多宮妃面前沒臉，沒想到鄔八月竟將計就計，在話裡點出她仁慈。

若她罰鄔八月罰得重，那仁慈從哪兒來？可若是不罰，她豈不是自己打自己的臉？人可是她提溜出來放在眾宮妃面前訓斥的！

何況鄔八月人精兒似的，竟然說了「無顏繼續侍奉太后跟前」。

她要是繼續留鄔八月在跟前伺候，那豈不是會讓人恥笑她一國太后竟然找不著人伺候？

姜太后騎虎難下，一時之間竟沒了話。

慈寧宮內頓時一片寂然。

蕭皇后想要打圓場，麗婉儀輕輕拉住了她。

沒有宮妃出來為鄔八月求情。

鄔八月坦然地跪在地上，低垂著頭，看不清她的表情。

姜太后忽然覺得，其實她從來沒有看明白過這個女孩。

以為她愚笨，倒是她大意了。到底是鄔國梁的孫女，哪裡可能是個任由她捏扁搓圓的草包？

姜太后眼珠一轉，語氣忽然緩和了下來。

她輕聲一嘆，那淡淡的哀聲真誠得讓人的心都揪了起來。

「八月啊，妳這孩子怎麼那麼糊塗？」

姜太后微微搖頭。「宮規既制，便須行之，否則制之何用？這一次，哀家也保不住妳啊……」

姜太后朝靜嬤嬤使了個眼色，靜嬤嬤上前道：「太后，鄔姑娘伺候太后這段時間以來也是盡心盡力，太后不看僧面看佛面，對鄔姑娘還是從輕發落吧。」

太后跟前的嬤嬤都發了話，這對眾妃便是一個提醒。

蕭皇后立即帶頭，和眾妃齊聲勸姜太后對鄔八月從輕發落。

姜太后嘆息道：「哀家知道妳們都是心地善良的好孩子……」

姜太后看向鄔八月。「宮規不可違，但念在八月妳沒有功勞也有苦勞，哀家便罰妳抄寫《宮規訓誡》一個月。」

姜太后起了身，露出疲態。「至於受罰後妳是否還能在哀家跟前伺候，那得看妳的表現了。」

姜太后揮手道：「哀家乏了，妳們都跪安吧。」

蕭皇后領眾妃下拜離開。

鄔八月被關進了慈寧宮配殿倒座房裡的一間屋子。靜嬤嬤說，今後這兒就是她抄寫《宮規訓誡》的地方。

那時鄔八月才知道，所謂抄寫《宮規訓誡》，不單只是抄寫而已。
她要被關在這間光線昏暗的地方長達一個月，吃喝拉撒睡，都要在這間屋裡進行。
在得知這懲罰真正內容的那一刻，鄔八月露出了一個冷笑。
「太后娘娘罰得真輕。」
鄔八月站在屋裡，從支開的只容得了一個人的腦袋探出的狹小窗戶中望了出去。
她看得到靜嬤嬤腿部的裙裳。
「煩勞靜嬤嬤替八月轉告太后，八月定然會在這裡靜心抄寫《宮規訓誡》。閒時八月也會替太后抄寫一些經書，希望能讓太后娘娘消凶聚慶，福壽綿長。」
靜嬤嬤沒有回鄔八月。
她直接將窗牖放了下來，屋內頓時又灰暗了兩分。
屋內陳設簡單，高床軟枕是沒有了，硬木板的床上放著一床還算乾淨的薄被。
窗下的案桌上陳列著筆架，上面只吊著孤零零的一枝狼毫。
陰暗的屋內牆角放著恭桶。
鄔八月在案桌後坐了下來，提起狼毫筆，開始認認真真地抄寫起放在她左手側的《宮規訓誡》。
午膳有宮女送來，同她往日吃的沒什麼兩樣。
送飯的宮女不催促她趕緊吃完，卻也沒有出聲同她親近。
鄔八月心裡明白，整個慈寧宮的人恐怕都在觀望著，她這個鄔家姑娘是不是在姜太后跟前失寵了？太后面前紅人的地位是不是保不住了？若是的話，那也就沒有再對她好言好語甚至是巴結諂媚的必要了。

鄔八月的視線凝在薄薄一張宣紙上，寫滿一篇後將其拿了起來。

「字還不錯。」鄔八月輕笑一聲，又將其擱到了地上，等著墨跡晾乾。

關進來不過半日工夫，她抄寫的《宮規訓誡》已經將這間狹小屋子的地面給鋪滿了。

她不哭也不鬧，甚至頗為怡然自得地躲在房裡，做起抄寫的事可稱得上是不亦樂乎。

慈寧宮正殿，心腹宮女正跪在地上給姜太后捏腿。

姜太后眯著眼睛問靜嬤嬤。「那丫頭進了暗房，就沒鬧上一時半刻？」

靜嬤嬤垂首如實道：「回太后，沒有。」

姜太后彎了彎唇。「倒是忍得住。」

靜嬤嬤眼觀鼻鼻觀心，沈默地站著。

「阿靜啊，妳覺得這丫頭到底是個什麼想法？」

姜太后揮了揮手，把心腹宮女都給揮退了下去，殿內只留下她和靜嬤嬤。

「她瞧見了那等事，本就逃不過一個死字。要不是她祖父不許哀家動她，她能死好幾回了。她祖父警告過她，哀家也警告過她了，呵，沒想到這丫頭倒是吃了熊心豹子膽，竟然還敢同哀家對著幹。」姜太后說到這兒有些咬牙切齒。「她就不怕哀家要了她的小命！」

靜嬤嬤眉眼微抬了抬，仍舊面無表情。「太后娘娘若是覺得她礙眼，不若就如除掉李女官一樣，讓她暴斃而亡。」

姜太后輕搖螓首。「她可不能在哀家這兒出事。她父親乃是醫官，領女兒屍首回去能瞧不出來這其中有蹊蹺？她祖父那兒，哀家也不好交代啊……」

姜太后皺了眉頭。「怕她胡亂說話，哀家不得不把她留在身邊。瞧見她每日服侍哀家，哀家心裡倒是舒坦。可她那張臉，哀家怎麼都不願意多瞧，但若不讓她待在哀家身邊，哀家又委實不放心。」

姜太后起了身，靜嬤嬤上前伸手讓她搭了柔荑。「這次藉機發難，倒是讓哀家看出了這丫頭的品性。她可不是個愚笨到會任人宰割的。」

靜嬤嬤微微一頓。她想起臨走前，鄔八月最後同她說的那句話。

她還沒有將這話告知姜太后。

靜嬤嬤很明白，鄔八月那話中「消凶聚慶，福壽綿長」帶著十分諷刺的意味。她在猶豫，要不要替鄔八月將話轉達給姜太后。

「哀家得想個法子，既讓她永遠不敢將這話給抖摟出來，也要她這輩子都低到泥土裡，再也爬不起來。」

姜太后眸中精光一閃。

「太后所言極是。」靜嬤嬤附和道。

這時是姜太后慣常午睡的時辰，主僕二人往內殿走去。

姜太后慢悠悠地問靜嬤嬤道：「阿靜，妳說怎樣，才能讓她乖乖聽話？」

靜嬤嬤垂目。「回太后，無非就兩條道。要麼讓她敬，要麼讓她畏。」

姜太后聞言，頓時輕笑一聲，面容和煦，然而下一刻，她卻陡然變了一張乖戾的臉。

「讓她敬是不可能了，那就讓她畏吧。」姜太后冷笑一聲。「是人就會有弱點，她敢同哀家對著幹，那就該有受懲罰的覺悟。」

姜太后當前往床榻走去，靜嬤嬤在她背後望了一眼。

美人如畫，心如蛇蠍。

姜太后這輩子抓得最準的，不過人心。

鄔八月待了暗無天日的三日後，毫無徵兆地被放了出來。

她心裡疑惑。姜太后說的明明是一個月，怎麼突然縮短懲罰期限了？

靜嬤嬤親自來帶她前往慈寧宮正殿。

此時已是午後時分，慣常這個時段，宮妃多半都在午眠。

然而慈寧宮正殿中卻是烏壓壓地站了一群宮妃。

衣香鬢影，釵環晃著鄔八月的眼，脂粉刺激著她的鼻。

靜嬤嬤將她帶到了殿中央，示意她端正跪好。

一樣東西被扔到了鄔八月面前，定睛一看，是她在宮中所用的香帕。

「這是妳的東西吧？」

高高在上的姜太后端著她那副偽善的面孔，語氣中含著濃濃的失望。

鄔八月有些莫名，但她知道定然是一次危機。

她謹慎地思索了片刻，方才答道：「回太后，此香帕確實是臣女所有，臣女將它放在平日歇息的屋中。」

「在太后面前妳竟然也敢說謊?!」一名身著月白色宮服的宮妃站了出來，指著鄔八月。

鄔八月霍然抬頭，竟是大皇子生母麗婉儀。

鄔八月仔細想了想，她同麗婉儀素無來往，更談不上什麼恩怨，麗婉儀此舉，到底何意？

麗婉儀跪到了鄔八月前面，對姜太后磕了個頭。

「太后明鑑，昌泓心性純良，自收到此方香帕後便告知了臣妾。私相授受乃大忌，臣妾不敢將此事私瞞下來……」

麗婉儀痛心地道：「此前臣妾聽說太后有意將鄔姑娘許配給昌泓，心內還高興大皇子能有此佳人相伴身側，沒想到鄔姑娘竟是如此品性……」

鄔八月腦裡轟地炸了一下。

她不由出聲道：「婉儀娘娘此話，臣女不懂。臣女與大皇子並無交集……」

「還敢說妳同昌泓沒有交集？」麗婉儀回頭厲聲道。「幾日前妳前往鐘粹宮，半路遇上大皇子，妳膽敢說妳沒有同大皇子有過片刻的交談？」

鄔八月正要回話，姜太后道：「多說無益。來人，請大皇子。」

鄔八月心裡暗暗想，大皇子那樣光風霽月的人物，總不會說謊。

她下意識地朝姜太后看了一眼，卻見她唇角微勾，眼中含笑，似乎胸有成竹。

鄔八月忽然覺得大事不妙。

竇昌泓來得很快。

這個在鄔八月心目中稱得上是清澈純粹的少年，沈穩地踏進了正殿。

他身著青黑色紋紗皇子常服，渾身的舒雅之氣讓人賞心悅目。

鄔八月聽到他用溫和的語調給姜太后和諸位宮妃請安。

姜太后讓他起身，出聲詢問他香帕之事。

竇昌泓微微頓了片刻，回道：「稟皇祖母，確有一位慈寧宮的小宮女前來給孫兒送了一方香帕，稱是鄔姑娘所送。孫兒不敢瞞著，將其交給了母妃。」

姜太后頷首微笑道：「大皇子是個本分的孩子。」

她又問道：「大皇子可還記得跑腿給你送這方香帕的小宮女是何模樣？」

竇昌泓搖了搖頭。

鄔八月心裡微微鬆了口氣。

姜太后沈吟片刻，問竇昌泓道：「麗婉儀說你同鄔八月曾有過碰面，還交談過，可有此事？」

竇昌泓點頭。

麗婉儀上前諫道：「太后，臣妾所言句句皆有根據，此事請太后定要查個水落石出。」

姜太后嘆了口氣。「事關大皇子和鄔氏名聲，哀家自然不能讓此事糊塗結案。」

姜太后揚聲道：「來人，將慈寧宮中的小宮女都帶上來。」

姜太后大擺陣仗，鄔八月心裡的不安在擴大。

直到菁月上前承認，她便是替鄔八月跑腿、送香帕給大皇子的那名小宮女時，鄔八月頓時恍然大悟。

原來這個局的關鍵，竟在這兒。

「哀家問妳，妳是何時受了鄔八月的囑託，替她給大皇子送香帕的？」姜太后厲聲問道。

菁月縮了縮頭，那樣子似是要哭出來。她匍匐在地，顫顫巍巍地道：「太后明鑑！正是鄔姊姊自鐘粹宮回來後。奴婢本猶豫，哪知第二日鄔姊姊忽然就被太后關進了暗房。奴婢想了一日，只以為將鄔姊姊的香帕送去給大皇子，能救鄔姊姊出來，是以……」

「妳說謊。」鄔八月跪得筆直，她平視著跪在前方半丈的菁月。「我從鐘粹宮回來後，根本就沒有再見過妳。」

菁月嚶嚶地哭了起來。「鄔姊姊，妳怎麼能這樣……」

姜太后痛心地問鄔八月道：「妳還有何話可說？」她搖頭，十分神傷。「哀家明白妳想博個好前程的意願，哀家也曾應允過妳，定會給妳安排一樁好婚事，妳怎麼如此糊塗，竟不顧自己的名聲，妄圖攀上大皇子……」

事到如今，鄔八月知道自己的任何辯解在旁人眼中都是狡辯。

「欲加之罪，何患無辭。」鄔八月聲音冷淡，她不是心灰意冷，而是覺得這宮裡，果然處處都有髒污。她已沒有任何退路。「太后，臣女沒有做過此事，皇天后土皆可為證。大皇子人品貴重，臣女自知匹配不上。我鄔家女兒再低賤，也斷不會做這般私相授受、暗渡陳倉，有損聲譽之事。」

鄔八月仰頭看向姜太后。

她話裡和眼神裡那淡淡的諷刺，直讓姜太后心裡怒火中燒。

私相授受、暗渡陳倉的低賤之人不是她鄔八月，是姜太后！

連鄔八月都以為，自己下一刻會不顧一切地戳穿姜太后不安於室的真面目。

然而麗婉儀突然的一句話，讓鄔八月此時的昂揚鬥志瞬間化為泡影。

「妳鄔家女兒如何，宮裡還有鄔昭儀娘娘，宮外還有個將為陳王妃的鄔三姑娘，本宮不予置評。但妳父犯下那樣的大錯，這宮裡也是留妳不得！」

鄔八月怔然抬頭。

麗婉儀字字鏗鏘，她不會聽錯。

父親犯下大錯？鄔八月瞪大雙目看向姜太后。

姜太后嘴角微微翹起。

麗婉儀已朝姜太后跪了下去。「太后雖可念在鄔姑娘乃鄔昭儀娘娘堂妹的分上，饒她一命，但此女斷不可繼續留在宮中。以臣妾之見，太后還是將她逐出宮廷，讓她隨她父親一道前往漠北方為妥當。」

一直未曾出言的蕭皇后總算是開了口。「麗婉儀，此事還尚無定論，就這般定了鄔姑娘私相授受的罪名，豈非太過草率？」蕭皇后稟向姜太后。「母后，兒臣瞧鄔姑娘面色坦蕩，倒覺得她不像那等閨譽不佳的女子。」

蕭皇后微頓。「即便此事是真，讓她一女子去漠北那等苦寒之地，也欠妥當。」

姜太后長嘆一聲，看向鄔八月。

「寧嬪夜半腹絞痛，當夜本是妳父親當值，鐘粹宮遣了人去喚太醫，妳父親接到消息卻久久不至，使得寧嬪疼痛而歿。皇上斟酌之後，下了旨意，將妳父親貶至漠北任隨軍郎中，已是恩慈。」

姜太后眉眼微沈。「妳可希望因妳的一念之差，使妳父親境遇更加堪憂？」

鄔八月怔怔地看著姜太后。

她不得不承認，這一仗，是姜太后贏了。

這個威脅太大，她根本不能將之無視。

姜太后抓住了她的弱點。

她已不怕死，但她怕自己的親人因她而陷入困局。她所掌握的姜太后與人私通的醜事，這籌碼在她親人的安危面前，根本就不值一提。

「妳可想清楚了？」姜太后咄咄逼人。

可即便如此，鄔八月也不肯承認她沒做過的事。她不能給父母臉上抹黑。

鄔八月下伏叩拜道：「臣女無話可說。」

這話在各宮娘娘耳裡，聽得的意思是她已認下罪證。

只有對此事心知肚明是陷害鄔八月的幾人知道，她是已無力辯駁。

姜太后起身，端著對鄔八月失望至極的表情。「妳即日便出宮去吧。」說完起身欲走。

鄔八月清冽地出聲道：「太后且慢，臣女還有一事相求。」

「做下此等醜事，妳還有臉相求太后？」麗婉儀出言諷道。

鄔八月未曾理她。

她定定地看著姜太后：。「在家從父，臣女懇求太后下道懿旨，讓臣女可隨父前往漠北。」

姜太后意味深長地看了鄔八月片刻，方才抬手道：「哀家准了。」

第十四章

進宮時，鄔八月只帶了幾身換洗衣裳和一些小玩意兒。

出宮時，鄔八月帶的東西更少。

前來送她的人寥寥無幾。

慈寧宮裡，來看熱鬧的宮妃盡皆散了，只有幾個低等不受寵的妃嬪陪著鄔八月走了一段路，同鄔八月說了幾句話，言語中滿是過來人的心酸。

但鄔八月還是聽得出來，她們的話中多少帶著一些優越的味道，畢竟同她這「失敗者」相比，她們好歹還有個名分傍身。

鄔八月客氣地同宮妃們作別。

她前面只有一個小黃門帶路，引她走往長長的甬道。

青石磚上被人打掃得乾乾淨淨，引路的小黃門默不作聲，鄔八月自然更加沈默。

走過甬道，過了一道月亮門，再走不了多久就能見到宮門了。

「鄔姑娘。」

鄔八月垂著頭，忽然聽到略微耳熟的少年聲音。她抬頭側望過去，心裡生疑。「大皇子？」

軬昌泓朝著她走了過來，唇角微微抿著，顯得有些嚴肅。

他似乎是特意在這兒等著，午後的陽光曬得他瑩白的臉上泛著絲絲紅暈。

麗婉儀姝麗無雙，竇昌泓雖是男子，卻也真擔得上美麗二字。
美好的人總是讓旁人無法對其心生厭惡。
儘管在此之前，鄔八月正是因為其母的緣故才一步步落到如今的境地。
鄔八月行了個禮，視線落在竇昌泓的胸口，淡淡地出聲。「大皇子有何吩咐？」
竇昌泓遲疑了片刻，伸手揮退跟隨的太監和宮女。
他囁嚅了半晌，才輕聲道：「鄔姑娘，今日之事——」
「我沒做過。」鄔八月接過話，聲調沒有起伏。
竇昌泓輕咬下唇，點頭道：「我不知母妃為何如此針對於妳，但……她畢竟是我母妃，百善孝為先，我不能出聲質疑。」
鄔八月頷首，似乎絲毫沒有責怪竇昌泓的意思。
「……還望鄔姑娘不要怨責母妃。」
竇昌泓沈吟良久，只輕聲拜託了鄔八月這一句。
鄔八月緩緩抬頭。「大皇子，麗婉儀是你生母，你對她自無怨責。我是否怨責她，卻不是大皇子能左右的。」鄔八月福禮道：「出宮的時辰就要到了，大皇子若沒有別的吩咐，臣女這就離宮了。」
竇昌泓微微張了張口，表情愧疚，似乎還想說兩聲抱歉。
但他終究什麼都沒說。
他目送著鄔八月漸行漸遠，直至她轉過一道宮門，再也瞧不見。

身後的太監小順子前來提醒道：「大皇子，婉儀娘娘還等著您過去呢。」
竇昌泓目光微頓。
他低聲問小順子道：「母妃向來都不是咄咄逼人之人，今日……她為何對鄔姑娘屢屢發難？鄔姑娘可有得罪母妃？」
小順子搖頭稱不知，道：「或許婉儀娘娘只是怕在您大婚之前出這等傳言，對您的聲譽有損。」
竇昌泓垂首想了想，似是想到了什麼細節，表情微微暗了下來。

因是突然被攆出宮的，鄔府尚無消息，自然也沒有派馬車前來接她。
姜太后倒還算「大發慈悲」，讓宮裡的馬車送她離開。
只是，來時接她的是讓鄔陵柳羨慕不已，厚著臉皮也要前來蹭坐的寶馬香車。
這會兒送她離開的，卻是連一樣裝飾都沒有的簡陋馬車。
鄔八月沒有絲毫不滿，一路未曾出聲，倒讓送她出宮的太監有些刮目相看。
她臉上的表情一直很平靜。但只有自己知道，心裡是多麼著慌。
她以這樣的理由被姜太后趕出宮，東府的人暗地裡不定要笑話她到什麼程度。
當然，這並不是她最在乎的。她更在乎親人的感受。
父親被貶官至漠北為隨軍郎中，這對一直養尊處優的父親而言，會是多麼沈重的打擊？
「鄔姑娘，到了。」趕車太監停下馬車，下馬替鄔八月掀了車簾。

鄔八月深吸一口氣，出了車廂，踩著腳凳下了馬車。
「多謝公公。」她還不忘對趕車太監表示了感謝，給了他一個小銀錁子。
趕車太監沒想到還有這樣的收穫。他接過銀錁子，想了想道：「奴才去叫門，通知鄔府的人鄔姑娘回來之事。」
「有勞公公。」鄔八月對他微微頷首。
趕車太監自去叫門。
鄔府從外面看上去，沒有絲毫的變化。
門房接到消息，忙讓人去二門傳話。
鄔府的婆子接了鄔八月進府，讓她坐了小轎，一路將她抬去了後院。
「二老爺自出了事被貶漠北之後，便一直將自己鎖在寧心居裡，不吃不喝已有兩日了。二太太很是著急，正束手無策可巧四姑娘回來了……四姑娘是聽說二老爺的事，專程從宮裡回來安慰二老爺的吧？」
門房張二德的娘張婆子在鄔府已有五十年了，在主子跟前很說得上話。
她貼著小轎旁邊走，語速極快地同鄔八月說話。
鄔八月心裡微微一沈。
她下了轎，急速步行朝著寧心居去。
賀氏得知女兒回來的消息也是欣喜，這兩日一直守在寧心居外不敢走遠的她迎上前來，拉住鄔八月的手道：「八月，妳快幫著母親勸勸妳父親……」

鄔八月點了點頭，反握住賀氏的手道：「母親放心，父親不是懦夫，定然不會自此就頹喪萎靡不振。」

鄔八月在鄔居正反鎖的屋子門前臺階下跪了下來。

「八月妳……」賀氏瞪大眼睛。

鄔八月先喚了一聲「父親」，隨後重重地磕了個頭。

「父親，八月回來了。八月相信父親的為人，寧嬪之事定然是父親受人陷害。可事到如今，聖旨已下，再無回天之力，父親要證明己身清白，務必要更加愛惜自己。在八月心中，父親從來不是一個受不起打擊的卑怯懦者。」

鄔八月又磕了個頭。「父親要前往漠北任隨軍郎中，八月願跟父親一同前去。那裡雖然苦寒，條件艱苦，但父親潛修醫學，對父親來說正是個歷練之地。再者，那兒總算是一方清淨之所。八月曾聽父親說過，太醫院中多有骯髒之事，而在漠北軍中，至少目之所見、耳之所聞，多是明爭，少有暗鬥。」

鄔八月再次磕頭，道：「父親若是仍不肯出來，女兒願一直跪著磕頭到父親肯出來為止。」

她再無話，只端端正正地不斷磕著頭。

賀氏捂住了嘴，眼淚不受控制地直往下流。

不一會兒工夫，鄔八月的額上便開始破皮，飽滿的額頭上一片青紅，隱隱泛著血絲。

咚咚的磕頭聲像是重鼓一般砸在賀氏的心上。

她想要上前去拉女兒起身，腳卻如灌了鉛，動彈不得。

她心裡希冀著、盼望著，渴求女兒的舉動能讓屋裡的人打開門。

良久，寧心居的主屋裡終於有了動靜。

鄔居正將屋門緩緩地打開了。

鄔八月停住動作，望向鄔居正。

父親瘦了一圈，周身瀰漫著淡淡的憂鬱，但他在鄔八月心裡卻仍舊如那筆直的青松，巍巍而立，凜然而不可侵。

「老爺……」賀氏低泣一聲，快步迎上前去扶住鄔居正一邊手臂。

鄔居正輕拍她的手，對她微笑。「八月還在呢，莫哭。」

許是因為兩日未進米水的關係，鄔居正的聲音很輕。

賀氏連連點頭，吩咐伺候在一邊的巧蔓和巧珍，讓她們趕緊讓廚下做一些清淡的食物端來。

「別跪著了，八月。」鄔居正輕聲一嘆。「妳額上的傷要趕緊處理，一會兒為父替妳抹藥。」

鄔八月緩緩站起身，眼中有淡淡的喜悅。「父親安好，八月就別無所求了。」

鄔居正憐愛地望著她。

「是為父想岔了。妳說得對，那兒至少是個歷練之地，是個清淨之所，為父不該如此心灰意冷，倒害得妳們母女擔心。」

鄔居正往前幾步，輕輕摸了摸鄔八月的頭。「好孩子，還特意回來勸解為父。」

賀氏聽言也點頭道：「八月長大了，懂得心疼父親。」

賀氏看向鄔八月。「太后那裡有說讓妳再回去伴鳳駕嗎？」

賀氏是希望鄔八月不要在宮中婦人面前太惹眼的，她自然不想讓女兒再回宮。

鄔八月遲疑了片刻，道：「母親，還是等父親填飽肚子再說吧。」

等候膳食端上來的時間，鄔居正已替鄔八月抹了藥膏，拿紗布包紮好了。

巧蔓、巧珍帶著廚下的丫鬟上了菜，鄔居正緩緩吃了一碗。

撤下碗碟，賀氏端了茶水給鄔居正漱口，鄔八月默默遞上擦嘴的絹帕。

「你這兩日將自己關在寧心居的事，我沒同陵桃、陵梅和株哥兒說。」賀氏小聲地道：「也就八月這孩子在宮裡聽到了風聲，趕了回來勸你。」

鄔八月微微垂了頭。

鄔居正輕嘆一聲，遲疑片刻後問道：「父親、母親那兒呢？」

賀氏微微搖頭。「母親近日身子不大舒服，這事也是瞞著母親的。」

賀氏頓了一下，方才又繼續道：「父親……知道此事，只是他沒有過問。」

鄔居正抿唇。「父親剛直，不會管我這樣的事。即便我這會兒站在他面前，他也只會讓我自己想清楚，再從容趕赴漠北。」

賀氏面上陡然生了一絲淒苦。

夫君要往漠北而去，她自當跟隨。可長女出嫁在即，幼子正是汲取知識的大好年華，即便她能狠心丟他們在京中，夫君也定然不會同意。

夫君前往漠北，其地苦寒，無人照拂，一想到夫妻兩地分離，賀氏就控制不住心中的難受。

再想這分離的日子不知何時是個頭，一向沈穩的賀氏也禁不住淚眼婆娑。

鄔居正和她夫妻十數年，感情甚篤，自然瞭解她心中所想。他環上她的肩，細聲寬慰。

賀氏按了按眼角，將話題轉移到鄔八月身上。

「太后那兒妳怎麼說的？」賀氏問鄔八月。

鄔八月怔怔地出神了一瞬，方才道：「母親，我不用再進宮了。」

賀氏鬆了口氣，正想讚鄔八月一句，卻見眼前人影忽地一閃，鄔八月俐落地跪了下去。

鄔居正和賀氏互視一眼，兩人都有些不明所以。

鄔八月沈了沈氣，將慈寧宮中近幾日之事娓娓道來。

「……女兒本是想抵死不承認，但麗婉儀忽然告知父親之事，女兒一時遲疑，此事就這般糊裡糊塗地扣在了女兒頭上。」鄔八月咬了咬唇道：「女兒出宮前請旨姜太后，願隨父親前往漠北。姜太后已經准予。」

賀氏驚得瞪大眼睛。

鄔居正驚疑不定。「妳為何要在宮中替李女官點香？妳的香帕為何會在麗婉儀手裡？麗婉儀與妳有何嫌隙，以至於要陷害妳？慈寧宮中小宮女出面指證，難道曾與妳結怨？」

鄔八月搖頭。「女兒和李女官交好，替她點香只為告慰她的亡靈。那小宮女確與我有怨，香帕應當是她偷了，以我的名義給大皇子的。麗婉儀針對我，大概只是憂心大皇子前程，不允許大皇子聲譽有絲毫差池，因此無論如何都要確保我離宮遠走，永不會威脅到大皇子的聲譽。」

鄔八月將一切瞞下，謊言編得足以讓人生不出疑惑。

「豈有此理！」賀氏重重捶桌。「大皇子聲譽自然重要，但我鄔家女兒的聲譽難道就一文不值？」

鄔居正也怒不可遏。「為父定要向太后和皇后討個說法！」

「父親，母親。」鄔八月神情卻極清淡。「此事繼續鬧大，於皇家、鄔家的臉面都不好看。女兒隨父親去漠北，這京中諸事都可以拋之腦後。」

鄔八月頓了頓，眼中有淡淡的愧疚。她看向賀氏。「女兒如何已不重要，女兒只擔心，此事會連累府裡的兄弟姊妹。」

賀氏輕嘆一聲。「傻丫頭，這事怎麼能就這麼算了？勢必要將那個陷害妳的宮人的罪行揭發才行。否則妳難道要背著『勾引皇子』的名聲過一輩子？」

鄔八月搖頭。

「可是母親，我們已無資格再提此事了。」鄔八月道：「父親如今的官職，無法入宮。母親也一樣，沒有那個品級誥命。」

這話讓鄔居正和賀氏都齊齊愣住。

在此之前，鄔居正是同輩兄弟中官職最高的。如今，鄔居正的官職已落到了後面。他連遞呈奏摺的資格都失去了。

鄔居正長嘆一聲，賀氏倏然起身道：「此事不能就這般算了，我要去稟報父親母親，讓他們替八月討個說法。」

「母親別去。」鄔八月出聲制止。

賀氏惱道：「事關妳的名聲，怎麼能——」

「祖母身子不好，不能驚擾她。」

鄔八月膝行幾步環住賀氏的腰。「祖父一向以朝廷意願為先，母親要他去與太后對立，這是絕對不可能的。母親難道忘了當初三姊姊得知高二哥摔腿殘廢，意欲悔婚時，祖父說的話嗎？他寧可三姊姊死啊！」

她仰頭看著賀氏。「母親難道希望看著八月死嗎？」

賀氏的腳僵在原地，半步都動彈不得。

她忽然伸手撥開鄔八月環住自己的手，急促道：「老爺，我去讓人給你和八月打點行裝，你們快些啟程前往漠北，越快越好！」

賀氏片刻不敢耽誤，當即便忙碌了起來。

鄔八月喚了她兩聲都喚不住。

她怔怔地望著賀氏匆忙遠去的背影，手臂卻忽然被人輕輕拉了起來。

鄔八月抬頭望去。鄔居正嘴角含著淡淡和煦的笑，對鄔八月說：「地上涼，快起來，身體要緊。」

鄔八月緩緩站起身。

「八月真要隨為父去漠北嗎？」

鄔居正彎腰，親自替鄔八月撣去膝蓋上的微塵。

鄔八月垂目，父親寬闊的肩就如一座偉岸的山。

她堅決地點頭，一點都沒有遲疑。「母親有姊姊和陵梅、株哥兒相伴，父親要是不嫌棄，就讓女兒陪在您身邊吧。」

鄔居正直起身，露出苦笑。「漠北苦寒，就連為父前去也不一定能吃得消。妳自小嬌生慣養，未曾吃過一分苦，受過一絲罪，為父擔憂妳到了那裡，心生後悔。」

「女兒不會後悔。」鄔八月眼神清明而堅定。「父親能去得，我是父親的女兒，我自然也能去得。」

鄔八月仰頭，看著鄔居正的眼睛。「父親，讓女兒一起去吧。」

賀氏行動很快，一個時辰內便將父女二人的行裝都打點妥當。

宣德帝雖未曾限定鄔居正前往漠北的期限，但為了女兒，賀氏也只能忍痛讓他們父女二人走得越快越好。

然而她動作匆忙，與她平日裡的沈穩內斂行為不符，已引起了旁人的關注。

鄔陵桃率先遣了如霜來問緣由，賀氏敷衍了過去。

豈料，鄔陵桃竟親自來了一趟。

長女將為陳王妃，鄔居正官職變遷定會影響到她今後在陳王府的地位，此事也不宜瞞她。

賀氏簡述了一番鄔居正貶官和鄔八月被逐出宮的始末，隱了鄔居正關在寧心居中兩日的事未說。

「事已成定局，無力回天。妳父親不過貶官，妳妹妹卻聲譽有損，母親擔心妳祖父會像當初對妳那般，要八月自裁明志……」賀氏微頓片刻。「是以讓八月隨你們父親一道前往漠北，先避過這一段時間。」

鄔陵桃瞪圓眼睛，手微微發抖。

「宮中之人，欺人太甚！那麗婉儀難保不是要借八月之事，好打擊鄔陵桐！」鄔陵桃怒而問道：「八月出事，鄔陵桐就任由她這般被宮裡人誣陷糟蹋不成?!」她站起身道：「母親，八月在哪兒？我去問問她。」

鄔陵桃一路尋到瓊樹閣，鄔八月立在中庭樹下，身邊只跟著朝霞和暮靄。

「八月。」鄔陵桃站定，輕聲喚她。

鄔八月側頭望了過來，對她一笑。「三姊姊不是跟著嬤嬤在學規矩？怎麼來我這兒了？」

「還跟我裝糊塗？」鄔陵桃瞪了她一眼，朝她走近。

「母親已經把事情都告訴我了。」鄔陵桃目露擔憂。「妳還好嗎？」

鄔八月微微一怔，哂然道：「我還以為三姊姊要責備我為何這般不小心，擔心妳今後在陳王府中被人詬病。」

鄔陵桃輕哼一聲。「我再是狼心狗肺，在這等事上自然也要先顧慮妳的情況。」

鄔陵桃握住鄔八月的手。「陷害妳的那個宮女是誰，妳把姓名報給我！」

鄔八月淡笑一聲。始作俑者乃是姜太后，菁月不過是她手上的棋子，報復她又有什麼意思？

鄔八月搖頭。「還是算了，三姊姊妳今後進了陳王府，讓妳焦頭爛額的事情定不會少，又何必再蹚我這趟渾水？」

鄔陵桃咬了咬牙。

「這事難道就那麼算了不成？」鄔陵桃道：「我鄔家姑娘竟然栽在一個毫不起眼的小宮女手上?!」

鄔八月垂首不語，似乎並不想再提此事。

鄔陵桃忍不住說教她。「妳以前性子倔強，萬不是這等忍氣吞聲的主兒，何時學了這般溫吞的性子，遭人陷害竟然還一副無所謂的樣……該據理力爭的時候便要據理力爭……」

「三姊姊說的對，該爭的時候爭。」鄔八月笑道：「可這事沒得爭的，再鬧下去，和麗婉儀的梁子可就結大了，皇后和太后也定然會心生不喜。事情到此了結，沒有鬧大，頂多就說我小女孩不懂事，愛慕大皇子風姿，不過一時糊塗，一年半載的這事也就淡了。可要再鬧下去，興許我這輩子都要被刻上那等不好的名聲。孰輕孰重，我還是分得清楚的，三姊姊就不要再替我抱不平了。」

鄔八月挽住鄔陵桃的手臂，笑著問她。「還是說說三姊姊吧，我去宮裡的這段日子，妳學規矩學得如何了……」

姊妹二人相攜進了鄔八月的閨房。

朝霞和暮靄留在中庭，暮靄擦了把眼淚。

朝霞看向暮靄道：「我們去尋二太太，同姑娘一起去漠北。」

暮靄沒有異議，兩人攜手去見賀氏，剛跨出院門，卻見有個小丫鬟匆匆忙忙地跑了過來，一邊急促道：「不好了，朝霞姊姊，東府二姑娘氣呼呼地來了，她說、她說……」

「說什麼？」朝霞凝眉急問道。

「她說四姑娘敗壞鄔家姑娘的名聲，害她嫁不出去，要來尋四姑娘給個說法！這會兒她正急急地往瓊樹閣趕呢！」小丫鬟不敢耽誤，喘著粗氣說道。

朝霞和暮靄的臉上都露出了震驚的表情。

「二姑娘怎麼那麼快就得到消息了？」朝霞喃喃道。

第十五章

距離鄔八月在宮中出事至今，也不過半日工夫。

四姑娘沒與旁人說，除非是宮裡來人遞信，否則連西府的人都不清楚，東府二姑娘怎麼就聽得了風聲？

朝霞略一合計，拉住暮靄道：「妳去通知二太太，我給三姑娘和四姑娘報個信兒。」

暮靄忙點頭跑開了，朝霞也掉頭回瓊樹閣廂房。

鄔陵桃正和鄔八月說著嬤嬤教的那些繁雜規矩，朝霞步履匆忙地闖了進來，快速卻清晰地將鄔陵柳前來興師問罪的事情說了。

鄔陵桃頓時臉色鐵青。

「她自己十七了沒說人家，明明是她生母挑剔，她嫡母耽誤，與我們西府有什麼相干，竟然還要賴八月？她也不害臊！」

鄔陵桃站起身揚聲道：「讓她來！我倒要看看她能說出什麼來，白的還能讓她給說黑了？她也沒那口才！」

鄔八月不想在臨走之前多生事端，拽了拽鄔陵桃，道：「三姊姊，由二姊姊說兩句再打發她走得了。事情鬧大了也沒好處。」

「妳別前怕狼後怕虎的。」鄔陵桃冷哼一聲。「妳且放心，鬧過這一場，妳跟父親就往漠北去，今後東府的人要是找碴，凡事我來頂著。難不成我堂堂西府嫡女，還怕了東府一介庶女不成？傳出去，我這未來陳王妃也少不得要被人看笑話！」

說話間的工夫，怒火中燒的鄔陵柳便已殺到了瓊樹閣。

她今日本在田園居郝老太君處賣乖，想要討了郝老太君的歡心，得點好處。

二丫之前天天來找她，怨她給的絹花樣式是早就時興過了的，一來二去，她反倒從二丫口中得知老太君給了鄔陵桃一些壓箱底的東西之事。

是以這段時間，她就去田園居圍著老太君轉。

可惜老太君似乎不買她的帳。

今日她又碰了一鼻子灰出來，卻偶然間聽到父親和嫡母兩人說起大姊從宮裡遞來的信，說是鄔八月因招惹大皇子而惹惱了太后，被逐出宮，鄔家女兒聲譽怕是因此要受到影響。

嫡母幸災樂禍地道：「幸好咱家沒閨女了，憂心也是西府的事。」

鄔陵桃頓時覺得五雷轟頂。東府怎麼就沒閨女了？她可還沒許人家啊！

此前兩日，她還暗自高興二叔貶官之事，覺得鄔陵桃和鄔八月定然深受打擊，如今卻是輪到她傻眼。

鄔陵柳向來沒有和嫡母作對的勇氣和本事，是以她決定到西府來，找到鄔八月先罵她一頓出出氣。

朝霞候在屋外，見鄔陵柳毫不避諱就要往裡衝，她上前去攔，道：「二姑娘且慢，四姑娘她——」

「賤婢，閃開！」

鄔陵柳毫不客氣，伸手一揮給了朝霞一個耳光。

饒是朝霞往後避了些，卻還是被鄔陵柳的手掃到了臉，清脆的「啪」一聲讓屋內的鄔八月頓時站了起來。

門扉被人霍然從外大力推開，鄔陵柳甫一跨進門檻便伸手指著屋中破口大罵道：「鄔八月，妳這個——」

伸長的食指卻被人死死地握住。

鄔陵桃面露陰狠之色，望著鄔陵柳。「庶女敢指著嫡女的鼻子罵，誰給妳的膽子？」

鄔陵桃手下用力，鄔陵柳指尖漸漸變得烏黑，她趕忙伸了另一隻手去撓鄔陵桃。

鄔陵桃放開手，鄔陵柳後退兩步。

「東府後門沒鎖好，怎麼把妳這麼一條母狗給放出來了？」

鄔陵桃對她說話向來十分毒辣，不留情面。

鄔陵柳冷哼一聲，竟不示弱。「鄔陵桃，妳神氣什麼？妳妹妹害得鄔家女兒名聲盡毀，妳還這樣袒護她？要是她害得妳也做不了陳王妃，我看妳還會不會這般護著她！」

鄔陵桃冷笑。「在東府玩挑撥離間的戲碼也就算了，在西府妳還是免了吧！東府喜歡兄弟鬩牆、姊妹反目，我西府可沒有這樣的嗜好！」

鄔八月沒理會兩人的爭吵，她直接越過鄔陵柳走出屋門，看向朝霞。

朝霞一手捂著半邊臉，鄔八月伸手將其揭開，鮮紅的掌印頓時顯露在鄔八月眼前。

性情一向溫和的鄔八月微微垂目。

她默不作聲地又走了回來，經過鄔陵柳時，她站住了腳步。

然後她猛地轉身，伸手毫不留情地左右開弓，給了鄔陵柳兩巴掌。

這兩下，別說是被打的鄔陵柳，就連挺直了背準備和鄔陵柳唇槍舌戰一番的鄔陵桃也被震住了。

「妳、妳……」被打得一時失了反應的鄔陵柳震驚地看著鄔八月。

鄔八月面色沒變，她輕聲道：「二姊姊要找我的碴，只管衝著我來。無論妳說什麼，我都不會同妳爭辯半句，可妳為什麼要打我的丫鬟呢？」

鄔八月緩緩抬眼，目光冰冷。「闖我的閨房，打我的丫鬟，妳是鐵了心要打我的臉是嗎？泥人還有三分土性，我要是還任由妳這樣欺負，讓妳一介庶女爬到我這個嫡女頭上，還不知道要讓多少人笑話。」

鄔八月走回到鄔陵桃身邊，輕描淡寫地道：「我瓊樹閣不歡迎不速之客。來人，送客。」

鄔陵桃忽然伸手拍了三掌，笑睨著鄔陵柳。「聽見了嗎？這裡的主人不歡迎妳，下逐客令了。妳這不請自來的，打哪兒來，就回哪兒去了吧？」

鄔陵柳雙手捧著臉，胸口急劇起伏。「好、好！妳們給我等著！」

「好啊，我等著。」鄔陵桃冷嗤一聲。「難不成妳還要去求妳嫡母給妳作主不成？有這閒工夫，還不如求她趕緊給妳尋門親事！老姑娘！」

鄔陵柳遭人掌摑，失了面子又失了裡子，輸得一塌糊塗。

她狠狠瞪著鄔陵桃和鄔八月，再無二話，轉身跑了出去。

鄔陵桃吁出一口氣。「總算是解決了一個麻煩。」

鄔八月微微垂首，搖了搖頭。「三姊姊，我覺得她不會善罷甘休的。」

「不善罷甘休又能如何？」鄔陵桃輕嗤一聲。「她還能去東府鬧著要她嫡母給她作主不成？」

鄔陵桃沒將此事放在心上，寬解了鄔八月兩句。

過了半炷香工夫，賀氏匆匆趕了過來。

得知鄔陵柳來的前後經過，賀氏皺了眉頭。「這事……怕是沒完。」

果如賀氏所料，一個時辰後，東府除老太君郝氏外，所有的主子都前來了西府。

東府眾人來者不善，排場極大。

當前的是大太太金氏，行在最後的是三太太李氏。主子雖只有七、八人，但他們帶來的僕役丫鬟卻能塞滿瓊樹閣的整個庭院。

賀氏將兩個女兒攔在身後。

「老二雖不是我肚子裡爬出來的，但好歹也是我國公府身嬌肉貴的二姑娘，八月為了個賤婢打她二妹，二弟妹，妳房裡的規矩就是這樣教的？」

金氏劈頭就朝賀氏數落了下來。

賀氏的態度不卑不亢。「八月雖比不過國公府的小姐，但也是我鄔家正經嫡出的四姑娘。陵柳上門來就尋八月的晦氣，衝進八月的閨房打她的貼身丫鬟，大嫂房裡的規矩是這樣教的？」

金氏頓時咬了咬牙。

鄔陵桃拉住鄔八月的手，暗暗給她打氣。「不怕，我就不信她們能在西府的地盤上撒野。」

賀氏身為西府主人，端起了主人該有的架子。

「大嫂，上門是客，請偏廳就座。」

金氏極輕地哼了一聲。

東府女眷在偏廳一一落坐，賀氏吩咐丫鬟上茶上點心，點上薰香。

跟隨而來的鄔陵柳兩隻手還誇張地捂著雙頰，彷彿她被鄔八月所掌摑的兩巴掌仍留有掌印。

鄔陵桃死死地盯著她。

鄔陵柳只覺自己這回終於出了一次風頭，成為東、西兩府聚焦的中心。

「八月，大伯母問妳。」金氏飲了口茶，口氣嚴厲。「妳掌摑了妳二姊姊兩耳光，是也不是？」

鄔八月瞄了一眼賀氏，見她沈默不作聲，遂道：「是。」

金氏嘴角微微一翹，又厲聲質問道：「姊妹不睦，竟還動了手。妳可知妳這行徑有多惡劣？」

鄔八月緩緩吐了口氣，道：「姪女不覺得給二姊姊那兩巴掌給錯了。」

「什麼?!」金氏瞠目，驚呆一般望著鄔八月。

鄔陵桃暗暗一笑，捏了捏鄔八月的手。

鄔八月道：「大伯母，如我母親所言，是二姊姊不對在先。她闖我閨房，打我丫鬟，本是她的錯。大伯母若要糾錯，為公平起見，是否要先問明白事情的經過再決斷？」

鄔陵桃接話道：「沒錯，大伯母就不怕下人說妳教女不嚴，問責獨斷擅專，評妳一個處事不公？」

金氏再次咬牙。

三太太李氏清了清嗓子，開口道：「大嫂還是別只信陵柳一家之言，且聽聽陵桃和八月怎麼說。」

「妳！」金氏怒指著李氏，李氏淡淡瞥了她一眼。「怎麼，大嫂覺得我說錯了？」

金氏倒不覺得李氏說錯，她只認為李氏吃裡扒外，胳膊肘往外伸。

沒能第一時間壓制住西府的人，這讓金氏很不愉快，但沒關係，她還有後招。

金氏讓鄔陵柳站了出來，令她詳細敘述被掌摑的前因後果，並對她進行問話。

問話當中自然會牽引出鄔陵柳為何到西府來尋鄔八月麻煩的原因。

鄔八月恍然，原來東府大太太的目的在這兒啊，鄔陵柳被大太太當槍使了還不自知。

「八月，這事大伯母也有所耳聞，原來竟是真的。」金氏一臉痛心疾首。「堂堂鄔家女兒，怎麼會做這等有辱門風之事……」

鄔陵桃心裡一股邪火上冒。

「大伯母別跟哭喪似的，難道妳親眼見到八月勾搭大皇子了不成？宮裡到處都是陰謀詭計，八月著了別人的道，保不齊就是衝著鄔昭儀去的。我們還沒上門問妳們討個說法，妳們倒好，還打到我們府裡來了。」

鄔陵桃將鄔八月往自己身後撥，冷哼一聲道：「大伯母還是給自己留點臉吧，別為了鄔昭儀一人，妄想犧牲我西府所有人的前程！」

鄔陵桃話語鏗鏘，甫一出言，便把東府諸位女眷都震住了。

金氏臉色極不好看。

她來西府本是想看西府笑話的，沒想到先是被二弟妹反將一軍，再被鄔八月給嗆了聲，到現在竟是讓鄔陵桃給搶占了先機，這母女三人，個個都不是省油的燈！

鄔八月溫溫婉婉地給金氏福了個禮。

「事情說偏了，還是正回去得好。大伯母今日前來是為了二姊姊被打的事來興師問罪的，八月也不是不講道理之人，只要二姊姊給我的丫鬟朝霞道歉，那我也會為我的行為給二姊姊道歉。事有前因，再有後果；既要解決，自當先解決了前因，再解決後果方為妥當。」

鄔八月也不問金氏的意見，只看向三太太李氏。

「不知三嬸母可認同八月此言？」

李氏臉上的表情一貫很少，這時也是一副淡淡的神情，卻是附和鄔八月地點了頭。

鄔陵柳差點要炸毛。「要我給一個賤婢賠禮道歉？休想！」

鄔陵桃輕哼一聲。「要我妹妹給以卑犯尊的庶女賠禮道歉，那也休想。」

鄔陵桃這話一出，偏廳裡頓時鴉雀無聲。

鄔陵柳雖是庶女，可她生母田姨娘卻是國公夫人鄭氏最得力的人，連金氏都要忌憚田姨娘幾分。

鄔陵柳若非自身愚鈍剛愎，也斷不會是如今這樣的格局——興許她早就覓得良人，越過金氏，哄著大老爺和鄭氏替她訂下親事。

可她偏偏東挑西選，這個不滿意，那個不稱心，拖到現在年已十七連夫家都沒訂。

鄔家算輩分，庶出的兒女都在序齒（注）內排列，平日裡也不大區分嫡出和庶出。畢竟鄔家子嗣並不算豐，即便是庶出，也是不可或缺的，更別說東府就只有鄔陵桐和鄔陵柳兩個女孩。

鄔陵柳頓時站了起來，指著鄔陵桃尖聲道：「妳高貴！妳有本事！妳攀得上陳王妳厲害！我庶出怎麼了？我至少不會淪落到去給人做填房！妳嫁個能當妳爹的色中餓鬼做填房，妳還得意是不是?!」

鄔陵桃臉色鐵青，她也站了起來，剛要開口，手卻被鄔八月拉住。

鄔八月眉目清遠，對她搖了搖頭。

「二姊姊。」鄔八月淡淡地出聲道：「妄議皇室，辱及宗親，按律法，輕者鞭笞，重者凌遲，二姊姊出言還請謹慎，小心。」

「妳這是什麼意思？」

金氏坐不住了。鄔陵桃咄咄逼人也就罷了，怎麼連一向榆木腦袋的鄔八月竟也如此犀利？

鄔陵柳話說得雖然糙，言辭略侮辱人，但不可否認她說的還是有幾分道理的。

金氏起身看向鄔八月。

注：序齒，指按年紀大小排列。

「兩府一家姓，分府不分家，妳這話的意思，倒是要把妳二姊姊給送入府衙不成？」

鄔八月溫和一笑。「大伯母誤會了，八月只是提醒二姊姊，注意言辭。」

鄔八月朝向鄔陵柳。「這種話我們聽聽倒也罷了，就怕傳了出去，讓人嚼二姊姊的舌根子。二姊姊妳說是嗎？」

鄔陵柳氣憤難平，狠瞪著鄔八月。

鄔陵桃輕笑了一聲。

「東府二姑娘火氣可真大，如今早已不暑熱了，怎麼還這般上火呢？」

鄔陵桃看向金氏，一臉誠懇。「她怕是十分恨嫁哪，大伯母也上點心，給她快點訂下一門親事，省得她每日寢食難安。」

「多謝三姑娘關心了。」

金氏壓著火氣，想著鄔陵桃到底是未來陳王妃，不好明面上把她給得罪了，少不得還要就鄔陵柳方才衝口而出的話給鄔陵桃賠個禮。

「陵柳一時衝動，口不擇言，妳不要同她計較。」金氏不陰不陽地道：「陵柳那話說得不對，但她生氣倒也情有可原。只是八月方才那話，實在是把我給氣著了……」她佯嘆了一聲。「這事咱們就此揭過，不提了。但有一事，少不得還要拿出來說說。」

鄔陵桃和鄔八月對視一眼，姊妹倆都清楚金氏指的是何事。

「八月名聲有損被逐出宮一事，既事成定局，那便不提前因，只說後果。二弟妹，妳總該給我們一個交代。」

金氏對上賀氏，言談中隱含著不屑和高傲。

賀氏心緒寧靜，絲毫沒受金氏的影響。

「大嫂想要個什麼交代？」賀氏將皮球踢了回去。

這下輪到金氏犯難了。

她今日本就是來看西府笑話的，只想讓西府的妯娌難堪，能要什麼交代？

賀氏還等著金氏的回答。

金氏騎虎難下，勉強開口道：「八月此事一出，今後鄔家女兒婚配之事難保不蒙上陰影。對此，二弟妹就沒有思索過解決之法？」

賀氏淡淡一笑。

這會兒工夫，得到消息的四太太裴氏和五太太顧氏都趕了過來。

兩人給三位嫂子見了禮，都站到了賀氏的身後。

西府老太太段氏將大部分掌家之權都交給了賀氏，裴氏和顧氏對賀氏心悅誠服，西府在賀氏的管理之下，從未出過大紕漏。

賀氏開口道：「大嫂便是擔心，怕也只是擔心陵柳的婚事吧。至於我西府幾個姑娘的婚嫁，大嫂應當還插不上手。」

金氏聞言一梗。

賀氏又道：「不過若說是為了陵柳的婚事，大嫂想必也站不住腳。她年至十七還未訂親成家，問題出在哪兒，不需要我提醒大嫂吧。」

賀氏幽幽一笑。「大嫂要想興師問罪，恐怕還得掂量掂量。」

金氏落了下乘，二奶奶小金氏挺著肚子出言，給她姑母壯聲威。

「也別單說未婚姑娘的婚嫁啊，這事一出，對已經嫁人的鄔家女兒不也會造成不好的影響？就拿昭儀娘娘和陵桃來說，以後旁人說起，不得嚼兩下舌根，說昭儀娘娘的妹子、陳王妃的妹子是個不檢點的？那對昭儀娘娘和陵桃這未來陳王妃不也影響甚大？」

金氏有了聲援，腰都似乎挺直了些。

鄔陵桃輕哂。「二嫂子怎麼也學起鄔陵柳，挑唆起我和八月的姊妹關係了？當真是近墨者黑啊。」

小金氏眼珠子頓時一瞪。「誰挑唆妳們姊妹關係？我這是就事論事。」

「既然是就事論事，此事跟二嫂子有什麼關係？難不成二嫂子認定妳肚子裡的就是個姑娘了？」鄔陵桃冷哼一聲道：「二嫂子懷著身孕還到處跑，就不怕動了胎氣。」

小金氏頓時氣惱。她可盼著肚子裡的是個兒子，那就是東府的嫡長孫，地位自然不一樣，鄔陵桃竟然敢咒她生閨女！

金氏倒是希望小金氏生閨女。

雖然小金氏是她的姪女，但她也不想嫡長孫的頭銜被三房的人給摘了去。

想到這兒，金氏又不由恨恨地瞪向小鄭氏。

鄭氏這個姪孫女真不爭氣，嫁進來連生了兩個姑娘。姑娘倒也罷了，好歹也要活下來啊，可這兩個姑娘都沒保住。

金氏早就動了要大爺休妻的念頭。
小鄭氏察覺到婆母射來的凶狠目光，她沒朝金氏望過去，卻忍不住縮了縮脖子。
兩府女眷都默不吭聲。
這時，賀氏身邊的巧蔓匆匆趕來，神色慌張，湊近賀氏低聲嘀咕了一陣。
賀氏面色一白，艱難地點了點頭。
她起了身，口氣微微強硬。
「大嫂，我府裡還有事，就不多留妳們了。」
賀氏吩咐道：「巧蔓、巧珍，送大太太和三太太。」
賀氏喚上鄔陵桃和鄔八月，抬腳便走。
金氏頓覺此乃奇恥大辱。
她朝前一步，正要叫住賀氏和她理論，三太太李氏搶先一步攔在她跟前。
李氏永遠都是一副波瀾不驚的表情。
「這不是東府，大嫂別在這裡丟人。」
金氏咬牙切齒。「她就這樣把我們給撂在一邊，妳能忍？」
李氏抬了抬眼皮。「我要是二嫂，被一群人興師問罪上門戳傷疤，我早就拿刀砍人了，哪還會對人笑臉相迎？」
李氏帶上丫鬟往外走。「錦上添花易，雪中送炭難，落井下石是常態，人生炎涼，炎涼如此啊……」

鄔陵柳目送李氏走遠，上前怯怯地問金氏道：「母親，我們……」

金氏氣不順，當即便轉身踢了鄔陵柳一腳。「喪門星！」

金氏怒斥她一聲，平了平氣，也帶著丫鬟離開了瓊樹閣，卻也不忘讓人去打聽賀氏匆忙離開是何緣由。

匆匆離開的賀氏緊緊抓著鄔八月的手，走得極快。

兩姊妹幾乎跟不上她的步子。

鄔八月被捏得有些痛，不由出聲問道：「母親，發生了何事如此慌張？」

鄔陵桃也急切問道：「是啊、母親，發生了何事？」

賀氏急速地道：「八月，妳祖父正在回府的路上。許是聽到了有關於妳被逐出宮的風聲，派了人回來遞話，讓妳去定珠堂偏廳等他……趁著妳祖父還沒回來，妳趕緊同妳父親出府趕赴漠北，不能再耽擱了！」

第十六章

賀氏的急促毫不掩飾。

鄔八月聞言，心裡一個咯噔。

鄔陵桃趕緊道：「事不宜遲，八月妳聽母親的話，趕緊和父親離開。」

賀氏拉著兩個女兒的手道：「母親都已經安排好了，馬車這會兒也等在府外，你們父女倆去了漠北可要注意身體，到了那邊想必已經冷得不行，你們可都要照顧好自己……」

賀氏說不下去，偏生兩手都拉著女兒，根本騰不出手抹去眼裡溢出的淚。

鄔居正已經等在二門外，他身邊只帶了個七、八歲年紀的小藥童靈兒，是他收的小徒弟。

賀氏將鄔八月推到鄔居正身邊去。

「老爺、八月，你們快走吧。」

賀氏看向鄔居正，眼裡濃濃的不捨。但該捨還是要捨。

「陵桃、陵梅和株哥兒，我會照顧好他們。老爺，你保重自己，也要護好我們的女兒。」

賀氏睜大著眼睛，死死抿著唇。

鄔居正重重地點頭。「夫人放心。珍重。」

鄔居正牽過八月，帶著小藥童就往外走。

「父親……」鄔陵桃上前一步，抖著唇喚了他一聲。

而匆忙跟來的朝霞和暮靄也終於趕上了。

「陵桃，妳大婚時，父親或許不能相送了。」鄔居正喟嘆一聲。「好好照顧自己，記住，心若堅強，便堅不可摧。」

鄔陵桃重重頷首。

朝霞帶著暮靄跟上鄔八月，她們倆連行李都沒收拾。

賀氏目送鄔居正等人跨出門，便立刻命人將門關上。

她怕再多看一眼，便要忍不住衝上去同他們一起前往漠北。

但她知道，這樣不行。至少，現在不行。

出鄔府很順利，九曲胡同幽靜，偶爾只聽得見馬蹄噠噠和車輪壓過青石磚的聲音。

府外停著一輛簡樸的馬車，趕車的羅鍋子迎上來。「老爺。」

羅鍋子並不是奴僕，他乃良民，是自由之身，因受過鄔居正的恩惠，所以認了鄔居正為主子。

鄔居正父女以及小藥童坐進了馬車裡，朝霞和暮靄拿隨身的絹帕遮住了半邊臉，分坐在羅鍋子左右兩邊車轅。

鄔八月是第一次坐行駛得既快又顛簸的馬車。

她有些不適應地巴著車壁，瞧著都似是要吐了。

靈兒眨著眼睛望著她，忽然嘻嘻笑了一聲，對鄔居正道：「師父，她還比不過靈兒呢。」

鄔居正勉強一笑，擔憂地觀察著鄔八月的面色，並輕輕給她拍背順氣。

他低聲地安慰鄔八月。「忍一忍，忍忍就過了……」

鄔八月也想忍，但她到底沒忍住，往前跪了一步扒開車簾，勉強道：「羅叔，停……停一下。」

羅鍋子趕忙勒停馬車。

鄔八月顧不得淑女儀態，箭步跳了下來，撐著車轅就開始嘔酸水。

羅鍋子瞧得直皺眉頭。

「八月，妳好點——」

「你們這是往哪兒去？」

鄔居正掀了側窗簾子想詢問女兒是否好了些，還不待說完，一道威嚴的聲音便鑽入了他的耳裡。

不只鄔居正，朝霞、暮靄，連鄔八月都瞬間覺得渾身溫度降至冰點。

鄔居正艱難地朝大道另一方望了過去，好半晌才嘶啞地喚道：「父親……」

鄔國梁面色嚴肅，額頭上青筋都爆了起來，瞧著十分嚇人。

「我派人傳話讓八月在定珠堂偏廳等我，沒想到你們竟然將我的話當作空談。」

鄔居正跌跑下車，攔在幾人身前，道：「父親，我——」

「不必解釋！」鄔國梁冷聲打斷鄔居正。「即刻回府！」

鄔國梁撂下話，便命車夫將馬車駛離，只留了兩個壯碩家丁，以防鄔居正不遵從命令。

鄔居正雙肩垮了下來，瞧著十分垂頭喪氣。

鄔八月輕聲安慰他道：「父親別難過，也無須驚慌。我們回去吧。」

鄔居正緊緊捏了拳。「八月放心，父親會護著妳。」

鄔八月溫溫地笑著，點了點頭。

定珠堂偏廳沒有他人，鄔國梁坐在上首，鄔居正和鄔八月站在下首。

聞訊而來的賀氏差點軟了腳，好在有鄔陵桃在一邊扶著她。

「你們二房還真是出息啊！」鄔國梁猛地一拍案桌，其上的密瓷茶盞都跳了起來。「一個鄔陵桃還不夠，又多一個鄔陵梔。你這做父親的竟還由著她們，屢次包庇！」

鄔國梁怒而揮桌，將密瓷茶盞掃落在地。

清脆的碎盞聲卻沒有讓鄔八月變色。

「祖父，不關父親的事。孫女的事是被人陷害的。」

鄔八月坦蕩地望著鄔國梁，嘴角微微露出一絲嘲諷的笑。

祖父方才從宮中回來，難道不知道設下計策害她的人是誰？又何必在她面前這般惺惺作態！

鄔國梁盯著鄔八月。「妳竟還不知悔恨？」

鄔八月道：「孫女只恨自己權小勢微，遭人陷害卻無力反駁。」

「妳竟還敢狡辯！」

鄔國梁憤而起身，然而鄔居正卻緊隨其後，側步張臂擋在鄔八月面前。

「父親，八月是兒子的女兒，兒子信得過她的為人。她既說她沒做過，兒子便信她。」鄔居正深吸口氣，沈聲道：「兒子會帶八月前往漠北，還請父親不要再為難八月。」

鄔國梁頓覺可笑。

現在到底是誰為難誰？鄔八月將鄔家陷入這樣一個糟糕的境地，瞧她還一副「你能奈我何」的態度，她是在公然給他這個一家之主難堪！犯下如此大錯，逃之夭夭就完了嗎?!

鄔國梁冷哼一聲。「你們父女情深，倒是我這個做人父親、做人祖父的太寡情了？」

鄔陵桃望了鄔國梁一眼，那目光彷彿在說，你若不寡情，誰還寡情？

「三丫頭，別用那種眼神望著我。」

鄔國梁冷眼一掃，直盯得鄔陵桃迫於壓力不得不低垂下頭。

「我若是真寡情，還能由得妳的意思，讓妳如願與陳王府訂下婚約？」鄔國梁冷哼一聲。

鄔國梁喝道：「有這閒工夫管妳妹子的事，還不如去多學些手段。出去！」

鄔陵桃做了個長長的深呼吸，緊緊捏了捏賀氏的手，方才退出偏廳，連禮都沒有行。

「就妳現在這點本事，要想在陳王府裡立足還真是堪憂。」

鄔國梁又坐了下來。

「年齡不大，脾氣倒是不小。」鄔國梁看向鄔居正。「你自閉於寧心居兩日，思索得出將來的打算便是這樣？」

鄔國梁指著鄔八月和藥童靈兒。「帶著一個弱質女流和一個尚不懂事的孩童去漠北？」

鄔居正回道：「父親，八月已自請太后懿旨，隨兒子前往漠北。至於靈兒，兒子答應過他雙親，會將他好好培養成人，自然也要將他帶在身邊。漠北苦寒，軍中更是艱苦，一應吃穿都有安排，由不得兒子再多帶隨從。兒子不能讓漠北軍認為京城派下來的隨軍郎中是個只知享樂的紈袴。」

鄔國梁一向看重長子，因他溫和、敦厚，心思細膩且有大家之風，乃是幾個弟弟的榜樣，奈何鄔居正選了一條不一樣的路，成為了一名醫者，如今又出了此等事……

鄔國梁出神了片刻。

良久，他輕嘆一聲。「你們也出去，八月留下。」

鄔居正和賀氏頓時齊齊看向鄔國梁。

鄔國梁冷哼。「怎麼，以為我會對她下毒手？」

鄔居正忙垂首道：「不敢，父親不是那等人。」

賀氏驚魂未定，鄔居正拉住她，行禮告退。

走前行過鄔八月跟前時，鄔居正道：「父親母親都在外面，別怕。」

鄔八月並不怕，祖父再是心急想要了結她的性命，也不會挑這個時候、這個地方。他要她的命，就必定會做到天衣無縫，他會讓所有人都相信，鄔八月的死，的確是她自己受冤自裁的結果。

「咯吱」一聲，厚重的木門被掩上了。

定珠堂偏廳內，只剩下鄔國梁和鄔八月祖孫二人。

沒有旁的人在，鄔八月不想再惺惺作態。

她昂首挺胸，抬高下巴仰望著上首的鄔國梁。

「祖父是否要八月的命，只需要給八月一個答案。」

鄔八月問得直白。

鄔國梁面無表情。

「我記得我曾經跟妳說過，希望妳學得聰明一些。」鄔國梁惋惜地搖頭。「可惜妳學得並不聰明。」

鄔八月面不改色。

「祖父，八月覺得自己已經學得夠聰明了。八月最不該的，是無意中發現了祖父的秘密。八月已經努力當這件事情從未存在過。可既然祖父第一時間留了八月的性命，宮裡那位又為何對八月處處緊逼？若非她藉口念著我，宣我進宮，這之後的事又如何會發生？」

鄔八月平靜地看著鄔國梁。「祖父寧願信宮裡那位，也不信八月。」

「荒謬！」鄔國梁拂袖怒道。「妳撒謊成精，她卻言出必諾。妳二人之間，妳說我當相信誰?!」

姜太后在鄔國梁面前，從來都是七分真三分假，而這七分的真，卻讓鄔國梁以為姜太后在他面前便是真性情。

她討厭段氏，她會明說；她想見他，她就會想各種名目製造與他相見的機會。何況鄔國梁相信，姜太后只是想為難鄔八月。

因為姜氏明白地告訴他——「我要鄔八月在我跟前鞍前馬後地伺候，就是想過把癮。她段雪珂這輩子都不可能做小伏低伺候我，那我就要跟她有九成相似的鄔八月來做她的替身！」

而鄔八月性情乖張，仗著段氏的寵愛在鄔家乃是一霸。

信誰不信誰，鄔國梁心中的天秤自然有傾斜。

鄔八月注視著鄔國梁良久，忽然開口。

「祖父，八月很好奇，你與祖母少年夫妻，攜手共度幾十載，在祖父的心裡，祖母到底占據什麼樣的位置？」

鄔八月的目光像是利箭一樣射向鄔國梁。

「她為鄔府內宅安定殫精竭慮，讓你後宅安穩，無後顧之憂；而宮裡那位，她為你做了什麼？」

鄔國梁囁嚅了下嘴唇。

「祖父是否覺得無法回答？」鄔八月輕輕一笑。「一個是情深意重的髮妻，一個是誘惑重重的情人。祖父兩邊倒騰，就不怕有一日東窗事發？」

鄔國梁頓時冷厲地看向鄔八月。

「妳若敢洩漏半個字，就絕無活路！」

鄔八月喟嘆一聲。「祖父放心，八月不會說出去，因為此事一旦昭告天下，鄔家面臨的必定是抄家滅族的大禍。八月還不想自己的父親母親、兄弟姊妹，因祖父的私情而斷送性命。」

鄔八月淡淡一笑。「八月問祖父是否要八月的命？祖父沒有回答。祖父只是說八月學得不聰明，既然如此，八月便自作聰明一次。」

她跪向鄔國粱。「東府諸人已然從宮中得到消息，知曉八月被趕出宮的前情。日後八月會受到何等言辭辱沒，祖父應當也想像得出。父親此番前往漠北，八月心甘情願跟隨前往；若八月之事傳揚開去，祖父可對外說，八月蒙受冤屈，身心遭受重創，父親欲替我醫治心傷，是以帶我一同前往漠北。八月不在，祖父可眼不見為淨。再有，八月從未正面承認勾引大皇子之事。」

鄔八月對他磕了個頭。「祖父若對祖母還有一絲憐惜，八月厚顏，請祖父看在八月這張臉上，給八月留一條活路。」

鄔八月直起腰板，仰起臉。

她那張酷似段氏的臉讓鄔國粱有瞬間的恍神。

別的都記不清了，他只想起當年段雪珂初嫁，洞房花燭夜，他掀起段氏的紅蓋頭時，看到那張明豔動人的臉，與這一刻的鄔八月竟然重合得分毫不差。

不知鄔國粱終究是不忍傷了嫡親孫女性命，還是因鄔八月的容貌而生了憐惜，總之，鄔國粱言道：「此去漠北，妳就勿要回來了。」

鄔八月神情寡淡。「祖父放心，八月還是很惜命的。」

鄔國粱甩袖走人，出得偏廳，鄔居正和賀氏齊齊往前一步迎了上來。

鄔國粱冷哼一聲，對鄔居正道：「為父會想辦法把你從漠北撈回來，你在漠北軍中也要想辦法建功。」

鄔居正低應了下來。

鄔國粱離開，夫妻二人福禮送他，待見他已走遠，兩人方才急忙跑進偏廳。

「八月……」鄔居正輕喚了她一聲。

鄔八月對兩人暖暖地笑。

「父親、母親。」鄔八月整理了下衣著，抿唇笑道：「祖父答應八月，讓八月隨父親去漠北了。」

鄔居正重重地舒了口氣。

賀氏不由問道：「妳是怎麼和妳祖父說的？」

鄔八月沈吟片刻，低聲道：「八月求祖父看在我這張臉上，放我一條生路……」

鄔居正和賀氏都怔了一下。

鄔八月抬頭看向賀氏。「母親，如今八月已無性命之虞，八月要不要……去和祖母道個別？」

賀氏思量半晌，長嘆一聲。「妳既然想去，那便去吧。宮中之事想來也是瞞不過的，妳好好同妳祖母說，也不枉她最最疼妳。」

鄔八月重重頷首。

鄔居正道：「如今也不用趕時間，妳與妳祖母道別，明日我們再啟程去漠北。」

鄔八月當然無異議。

別了鄔居正和賀氏，鄔八月去見段氏。

段氏的身體一直不好，鄔居正被貶官之事也未曾告知她，更別說鄔八月被驅逐出宮的事。

陳嬤嬤迎過鄔八月，心疼地拍了拍她的手。「四姑娘受委屈了……」

宮裡那等吃人不吐骨頭的地方，以四姑娘的直性子，被人怨恨再進而被設局誣陷，也是不意外的事。

陳嬷嬷安慰了鄔八月兩句，道：「老太太這會兒還睡著，料想一會兒才會醒，四姑娘不如等上片刻。」

鄔八月含笑點頭。

段氏飲食起居極有規律，陳嬷嬷乃是最清楚她作息的人，她說的定然沒錯。

果然，半炷香不到的時間，段氏便醒轉起身了。鄔八月親自上前伺候她梳洗。

段氏訝道：「八月什麼時候出宮回府的？」

鄔八月笑道：「孫女想祖母了，所以就回來了。」

見到最疼愛的孫女，段氏的心情十分愉悅。

洗漱妥當，陳嬷嬷端來了養身湯藥。段氏一飲喝下，擺手讓陳嬷嬷等人出去。

丫鬟們魚貫而出，陳嬷嬷闔上門前，擔憂地看了祖孫二人一眼。

「在宮裡怎麼樣，和慈寧宮的人還相處得融洽嗎？」段氏關切地詢問。

鄔八月的面上始終掛著淡淡的笑。

「祖母，八月的性子急，得罪了人都不知道。」鄔八月搖了搖頭。「如今出了宮，就不回去了。」

段氏疑惑地眨了下眼，想了想點頭道：「也是，妳這丫頭往日裡橫衝直撞的，雖說如今性子收斂了些，但到底是被疼寵著長大的，宮裡那地方也不適合妳。不回去便不回去吧，在宮中貴人面前伺候要謹慎小心，想必妳也不舒坦。」

段氏和藹地拉過鄔八月的手，打趣她道：「沒事，太后要是不賜婚，祖母也會給妳尋個家世好、相貌好、性子也好的小子。」

鄔八月點頭笑笑。

頓了片刻，她方才啟口道：「祖母，八月明日要隨父親去漠北了。」

段氏頓時一驚。「漠北？妳父親？」

鄔八月頷首，將鄔居正被貶官和她被逐出宮的事情娓娓道來。

她的語速很慢，語調也並不起伏，講的雖然是命運突變的事，但從她嘴裡說出來卻不讓人驚心，彷彿在她看來，這些都算不上是什麼事。

鄔八月含笑道：「……京裡想必會有對我的流言蜚語，父親不想我生活在流言的中心，我也不想父親一個人孤零零地去漠北，所以我自願跟父親一同前去的。」她輕輕靠在段氏的肩窩處。「別的還行，母親有三姊姊和陵梅、株哥兒，我不擔心。就是祖母，八月捨不得。」

段氏聽得怔怔的。

許是因為鄔八月敘述的語調太過平穩，沒有什麼起伏，段氏竟然也生不出緊張和擔憂。她攬住鄔八月的肩，輕輕一嘆。「沒想到事情會變成這樣……」

段氏搖了搖頭。

「妳父女二人同時遭了劫難，若說沒有人針對我鄔家，我是不信的。」

鄔八月一頓。

是啊，她與父親出事的時間相隔不過兩日，祖母都看得出來是遭人陷害，為何祖父就偏要一葉障目，只聽信姜太后的話？一向睿智的祖父，也有被情感蒙蔽的時候……

「妳同妳父親一道避往漠北也好，待此事查出個水落石出，妳再回來。」

段氏抬起鄔八月的下巴，輕輕撫了撫她的臉，憐愛地看著她。「祖母不擔心妳父親，聖上未問罪重罰，想必也是覺得這其中有些蹊蹺。況且妳祖父也不會允許妳父親一直待在漠北毫無建樹，定然會幫他重回京城。」

段氏頓了頓。「祖母只是擔心妳。妳自小嬌生慣養，去了那等苦寒之地，怎麼適應得了……」

「祖母莫要擔心，八月已不是孩童，會自己照顧自己的。」

鄔八月對段氏安撫一笑。「祖母若要八月心安，只需要您自己保重。您身體安泰，八月就別無所求了。」

鄔八月望著段氏的眼裡溢滿了濃濃的孺慕。

段氏怔愣半晌，方才緩緩地點頭。

鄔八月一直陪著段氏，連晚膳也是同段氏一道用的。

天色漸晚，她才告辭離開。

然而鄔八月並沒有看到，在她走後，段氏一臉的肅穆。

第二日清早，鄔居正帶著鄔八月，輕車簡從地踏上了往漠北的路程。

除了帶著兒女的賀氏來與他們道別之外，鄔居正未曾通知旁人，只給段氏留了封辭別信。

段氏因晚間思緒太多，睡得太晚，沒有前往相送。

待她醒來得知兒子孫女已走的消息，又看過鄔居正的信後，段氏起身道：「去東府。」

「老太太這是……」陳嬤嬤乍一聽，頓感驚訝。

「寧嬪之死和八月被誣陷引誘大皇子之事，都是在後宮之中發生的，能幫忙查清真相的只有昭儀娘娘了。」

段氏緩了緩氣。「同出一家，東府焉能坐視不理，置身事外？」

第十七章

東、西兩府相鄰而居，段氏去東府一趟也不過是串門子的時間。

郝老太君在田園居裡蒔弄菜蔬，並不知段氏來東府的事。

迎接段氏的是國公夫人鄭氏。

鄭氏笑盈盈地請了段氏入座，對妯娌笑言道：「弟妹少有來國公府，今兒來倒是新鮮。」

段氏不想和鄭氏客套，徑直提出她今日前來的目的。

「居正和八月的事，大嫂也知道了。」

段氏臉上毫無笑意。

她問過陳嬤嬤，知道東府大兒媳帶著東府女眷來西府找八月麻煩的事情。

「寧嬪娘娘之死到底是否是居正懈怠所致，八月又為何被牽連上引誘大皇子之事，為了鄔家名聲，大嫂是不是應該同昭儀娘娘打聲招呼，請昭儀娘娘能夠從中查清此事？」

鄭氏一聽這話忙道：「弟妹這話從何說起？昭儀娘娘未掌後宮鳳印，後宮之事哪裡輪得到昭儀娘娘來查問？」

「正是如此。」

鄭氏話音剛落，門口便傳來大太太金氏的附和。

金氏是聽聞段氏上門便匆匆趕來的，剛巧聽到段氏提及鄔陵桐。

「嬸母這請求有些欠妥。」金氏草草對段氏行了個禮。「昭儀娘娘如今剛因有孕晉封位分，成一宮之主，貿然越俎代庖做皇后娘娘該做的事，恐怕會淪為他人話柄。嬸母心疼兒子孫女，也別把昭儀娘娘往火坑裡推啊！」

段氏頓感心鬱。「聽妳話裡的意思，這件事你們東府是不會幫忙了？」

金氏掩唇微笑。「嬸母，別說這宮中之事我們輔國公府管不著，即便我們管得著，鐵證如山的，要翻案怕是沒那麼容易。」

金氏對段氏緩緩福禮，慢慢地道：「二弟怠忽職守，寧嬪娘娘腹痛時該他當值，他得了消息卻久久未去，太醫院中醫案上記載得詳實清楚，還有何其他真相可言？再說八月，她年紀小，情竇初開，大皇子乃人中龍鳳，她芳心暗許也實屬正常，衝動之下做出勾引之舉，也乃人之常情，又哪裡有什麼冤枉她的地方？」

金氏輕嘆一聲，嘴角微勾。「嬸母也是經過風霜之人，但正所謂當局者迷、旁觀者清，嬸母這是因心疼兒子孫女，被蒙蔽了雙眼罷了，姪媳明白。」

金氏每多說一句，段氏臉上的表情就冷凝一分。

鄭氏見話都被兒媳說了，略有不悅。她輕咳了咳，伸手拍拍妯娌的手。

「弟妹啊，不是大嫂說妳，事已成定局，妳若再耿耿於懷，那傳到宮裡去，麗婉儀怎麼想？皇后娘娘怎麼想？太后娘娘怎麼想？豈不是心裡都留根刺，認為我們鄔家質疑皇家的決斷？」

金氏點頭道：「這可相當於抗旨了呀。」

段氏呼吸漸重，陳嬤嬤替她輕撫著後背。

陳嬤嬤有心想替段氏反駁幾句，但這兒不是西府，即便她資格再老，也不好開口。

「那這事……就這麼算了？」段氏狠狠地深呼吸。「居正的事也就罷了，八月的事……妳們難道就任由鄔家女兒的名聲被這般糟蹋？」

金氏淡淡地微笑，道：「嬸母說的什麼話，八月今兒個不是去漠北了嗎？咱們對外宣稱她戀慕大皇子不得，相思成疾，一病不起，而後驟逝便可，鄔家女兒的名聲自可保住。」

段氏震驚地看向金氏。

鄭氏也點頭道：「的確如此。弟妹若是想留八月一條性命倒也簡單，讓她在漠北改名換姓，尋人嫁了，再不許提鄔家之事，也再不許回京城便罷。」

段氏怒氣攻心，當即站起身，使出全身力氣，重重地拍了黃花梨八仙桌。

鄭氏嚇了一跳，金氏倒是面不改色心不跳。

「妳、妳們……」段氏前胸劇烈起伏。「妳們這是要逼我八月到絕路！」

段氏聲嘶力竭地控訴。「八月得用的時候，妳們就一個勁兒地攛掇，讓她攀高枝，讓她嫁權勢之人，將來好成為鄔昭儀的有力助益。如今八月失勢，妳們、妳們一個個落井下石，甚至還想要八月的命！妳們可真狠毒啊！」

金氏拿絹帕抹掉段氏因激動而噴到她臉上的唾液，溫聲道：「嬸母，這不叫落井下石，這叫識時務。八月在太后和皇后那兒已經有了不守規矩的印象，想來今後也無甚用處，留著她，也不過是讓鄔家繼續揹黑罷了。她若懂事，還知道為鄔家挽回一些顏面，那倒還可以在事後給她兩分體面。」

鄭氏舔舔唇。「沒錯，留她一命已算不錯了。」

陳嬤嬤上前扶住段氏，輕聲在她耳邊道：「老太太別氣，四姑娘臨走前囑咐過，希望能看到您身體康泰，您要是倒了，誰給四姑娘作主……」

段氏急速喘息了幾番，待心緒平和些了，便在陳嬤嬤的攙扶下快步離開。

金氏上前兩步笑道：「嬸母，姪媳送您。」

段氏怒喝道：「不必了！」

段氏猛地停住腳步，憤而轉身。「妳們記住，今日妳們這般無情，他日若有妳們求到我們西府面前的一天，我西府絕對也會置身事外，不施半分援手！」

段氏身體微抖，陳嬤嬤攙著她極快地離開了東府。

鄭氏追了兩步沒追上，轉而回來對著金氏破口大罵。「妳怎麼說話的！這下可好，把妳嬸母惹惱了！咱們還有用得著西府的時候！」

金氏暗暗翻了個白眼，不鹹不淡地道：「母親您不也有添油加醋嗎？」

「妳！」

「母親放寬心。」金氏微微一笑，慢悠悠地道：「西府還能有什麼氣候？二弟不過是個大夫，摻和不進朝堂之事，本就沒甚用處。四弟、五弟官職那麼低，要升到高位，那也得二、三十年之後了。西府對我們有用的，也不過是叔父和三姑娘陵桃。叔父總是敬著父親的，他又不管內宅之事，只要父親將叔父哄好了，即便我們和嬸母鬧翻了，叔父也不會放在心上。至於三姑娘陵桃嘛，她要想在陳王府如魚得水，不也要仰仗我們東府，靠昭儀娘娘的提拔嗎？相輔相成的事，她是聰明人，哪會不懂得如何選擇？」

金氏話鋒一轉，抿唇淡笑。「況且看嬸母那精神，想來如今也不過是在熬日子了。這日子，又能熬幾年？」

東府婆媳這段對話段氏沒有聽到，但她猜得到她們心中的盤算。

段氏又氣又憂，回到西府便病倒在了床上。

碰巧這時候忠勇伯夫人裘氏遞了拜帖，說是要來探望段氏。

來者是客，這也無法攔著。

賀氏攜五太太顧氏前去迎了裘氏。

忠勇伯夫人裘氏便是蘭陵侯夫人的母親，也是寧嬪的祖母，數十年前在閨中和段氏僅是點頭之交。

因著之前鄔陵桃和蘭陵侯府高辰書的婚約，裘氏和段氏也頻繁往來了一段時日，但自從兩家婚約解除，裘氏再未和段氏有過聯繫。

直到此次裘氏孫女寧嬪驟歿，而鄔居正擔了所有罪責。

裘氏陡然造訪，想來也是來者不善……

可京中府內的事情鄔八月一概不知。

輕車簡從的鄔家父女走了三日，方才到了京郊。

五穀豐登，秋高氣爽，今年又是一個豐年。

路道旁的秋菊怒放，筆直的官道綿延開去，酒肆茶寮相隔不久便可見一家。京郊也是一派繁華。

鄔居正嘆息一聲。「久在京中，倒不曾見過這般自然之景。」

鄔八月讚道：「父親，皇上治下四海昇平，盛景繁榮，也是百姓之福。」

鄔居正莞爾。「京城附近若是盜賊猖獗、人心惶惶，那豈不是國已危矣？」

話畢，鄔居正又皺起雙眉。「若是漠北也能有這般景象，皇上也不用如此擔憂了。」

漠北關外乃是北部蠻凶的聚集地，每逢冬季，他們都會侵入漠北關內，燒殺劫掠，搶奪食糧和女人。

自大夏開朝起，漠北軍便駐守漠北關，誓死戍守大夏邊境。

如今漠北軍的主帥正是蘭陵侯長子高辰複。

行至中午，鄔居正叫停了馬車，在一家茶寮點了些許簡單飯菜，稍作休息。

坐在他們隔桌的乃是兩名僧侶，正談論玉觀山兩峰上一寺一庵聯合施粥之事。

「……靜心師父拿出了五十兩銀購買米糧，山下今年欠收的農戶可有福了。」一名僧侶目光清朗，含笑說道。

鄔居正執茶杯的手一頓。

「自從靜心師父到了濟慈庵，濟慈庵每年都會施粥，善名早已遠播，香火漸旺。」另一名僧侶唸了句佛號，道：「此次我們普度寺和濟慈庵聯合施粥，想必會惠澤更多貧苦百姓。」

「濟慈庵裡供奉的一尊藥師佛十分靈驗，儀修師太又看相很準，許多女施主都去求平安。此番施粥過後，想必還願的施主更多。」

鄔八月正仔細聽著，鄔居正卻喚了她起身。

「父親？」鄔八月不解。「不再多歇息會兒？」

鄔居正笑道：「八月，離京之前……要不要去求個平安符？漠北之地怕是沒有祈願的寺廟。」

鄔八月點頭道：「好，父親去普度寺，我便去濟慈庵。我去給祖母和母親祈平安。」

鄔居正嘆息一聲。「傻孩子，父親是想妳給自己求一道平安符。」

「好，我也會為自己求一道平安符的。」

鄔八月行到鄔居正身邊扶住他。「就怕佛祖會覺得我貪心太過，不搭理我的請願。」

「胡說，佛祖普渡眾生，只要妳心誠，佛祖自然會保佑妳心想事成。」

鄔居正對前往漠北之事仍舊有些忐忑，他去寺院，求的不過是心安。

到了玉觀山腳下，父女二人分道而行。

鄔居正囑咐鄔八月。「濟慈庵中的靜心師父便是平樂翁主。妳心裡有個底就好，萬一撞見，可別冒犯了。」

鄔八月點頭應下。

濟慈庵所在的山峰較普度寺所在的山峰低，鄔八月帶著朝霞和暮靄走了不過一個時辰，便見到了庵門。

香客不多，濟慈庵中很是幽靜。

鄔八月拜了佛、上了香，給了香油錢，祈願段氏、賀氏等人平安，還給段氏點了一盞長壽燈。

暮靄催促鄔八月給自己求平安符。

鄔八月跪在那尊最靈驗的藥師佛像前，雙手合十正要說話，敲木魚的尼姑開口道：「女施主是要求平安符嗎？」

暮靄忙搶著道：「是的，師太，我家姑娘即將遠行，聽說這尊佛最靈驗，所以來求平安。」

尼姑道：「阿彌陀佛。貧尼見女施主面相和善，佛祖護佑善良之人，女施主定然出入平安。」

鄔八月笑道：「借師太吉言。」

「儀修師父這時應當已打坐完畢，女施主可去請儀修師父為妳瞧瞧面相，為女施主指點玄機。」

鄔八月謝過她，請了平安符後繫在了腰間配飾上。

暮靄又催促著鄔八月去讓儀修師太看相，鄔八月只好被半逼迫著去了儀修師太的禪房。

正如那位敲木魚的師太所說，儀修師太正好打坐完畢。

她瞧上去十分慈祥，年紀應當和郝老太君相仿。

鄔八月走過去，有些赧然地對她福了個禮。「儀修師太這會兒可得閒？若有空，能否為小女子瞧瞧面相？」

儀修含笑點頭，請鄔八月坐下。

剛落了坐，禪房便又有訪客至。

「儀修師父。」來人聲音清甜，似乎與儀修關係親密。

「今次施粥之事，派下山的人選可已定了？」

鄔八月側頭望去，不禁屏住了呼吸。

來的是一位女子，雖穿一身素衣，但不施粉黛的臉如一輪皓月，光豔奪目。她髻髮高綰，未戴僧帽，舉手投足間盡顯皇家的尊貴。

皇家……鄔八月屏住呼吸。

在濟慈庵中帶髮修行，且和盛名遠播的儀修師太說話毫不見外的人，除了平樂翁主，還能有誰？

習慣使然，鄔八月當即便站起了身。

平樂翁主略感意外。「這位女施主……」

儀修言道：「靜心，妳午課做完了？」

平樂翁主點頭。

儀修道：「人選已然定下了，妳無須操心。」

儀修看向鄔八月。「這位女施主是來讓我看面相的。」

平樂翁主頷首，坐了下來笑道：「那我也聽師父說一說禪機吧。」

儀修微笑著看她落坐，道：「妳無修道之心，又何苦聽禪機。」

鄔八月垂首慢慢坐了下來，只覺自己心跳漸快。

平樂翁主回道：「禪機這種東西，信則靈，不信則不靈。我左右不了自己的人生，聽一聽他人的人生之路，又有何妨？」

儀修搖頭嘆了一聲。「癡兒。」

她也不再看平樂翁主，轉而仔細端詳鄔八月的面相。

禪房內一片安靜。

良久，儀修方道：「女施主印堂隱隱發黑，近段時日當有災難降臨，但也隱約有一團白氣漸趨靠近，相信不久之後，女施主便可人生順遂。」

朝霞和暮靄當即鬆了口氣。

鄔八月也是輕吐一口濁氣，沈吟片刻後問道：「師太，不知……我此生的命途如何？」

儀修笑道：「女施主乃是富貴安樂之命。」

平樂翁主當即便笑了。「富貴安樂，好多人求而不得，這位香客倒是有福。」

鄔八月起身對兩人施了一禮。「借師太吉言。」

「瞧妳裝扮，聽妳口音，乃是京中之人吧。」平樂翁主眼帶欣賞地打量鄔八月。

鄔八月點頭道：「是，我是京城人，因有事要離京。」

平樂翁主便問道：「這麼說，妳是從京中來了。那妳可知京中有什麼消息？」

儀修道：「靜心，妳既已來玉觀山濟慈庵，又何苦再詢問凡塵俗事。」

「我本就跳脫不出方外，又不能毀情滅慾，既鬚髮未剃又眷念紅塵，向他人詢問詢問京中諸事，又有什麼關係？」

平樂翁主淡淡地笑了笑。

她看向鄔八月。「近些日子，京中蘭陵侯府可有什麼事？」

鄔八月抿抿唇，說也不是，不說也不是。

以她的身分來私下議論蘭陵侯府，鄔八月覺得彆扭。

儀修起身道：「罷罷，妳詢問俗事，我去見住持師太。」

平樂翁主笑著送儀修師太離開，又看向鄔八月。「後山秋菊開得漂亮，我們邊走邊聊。」

不容分說，平樂翁主便當即往前行了。

許是她本就為天之驕女，性格使然，說出的話不認為別人會拒絕。

鄔八月也是性子隨和之人，不好拂逆平樂翁主之意，到底還是隨她走了一遭後山。

「不是花中偏愛菊，此花開盡更無花。」

平樂翁主側頭看了鄔八月，笑道：「我認得妳，鄔家的女兒。」

鄔八月頓時一愣。

平樂翁主淺笑道：「別緊張，瞧得出來妳也是認出了我是何人，否則妳也不會這般就隨我來這裡。」

鄔八月垂首施禮道：「平樂翁主安泰。」

頓了頓，鄔八月還是忍不住好奇。「不知翁主……如何認得我？」

平樂翁主一笑。「妳當我在這玉觀山上，就真的不知京中發生何事？蘭陵侯次子摔馬斷腿，本與之締結婚約的鄔家姑娘被陳王所輕薄，兩家婚盟解訂，鄔家姑娘一躍為未來陳王妃；蘭陵侯夫人的姪女寧嬪於宮內身亡，未來陳王妃的妹子因勾引大皇子被逐出宮，隨遭寧嬪之死牽累的鄔太醫出京遠赴漠北……我身在山中，心可沒離了朝廷後宮。」

平樂翁主看向鄔八月。「至於妳，聽說樣貌與鄔老夫人極像。我有緣見過鄔老夫人，當然認得出，妳定當是那個深受鄔老夫人愛寵的孫女。」

鄔八月點頭。

她心知肚明，平樂翁主點破彼此之間的身分，定當有別的目的，總不至於是想跟她攀關係吧？

鄔八月開口道：「翁主，不知——」

「叫我彤絲姊吧。」平樂翁主道：「很久沒聽人這般喚過我了，母親替我取的這個名字都近乎要被人遺忘了。」

平樂翁主落寞一笑。

鄔八月隱隱有些傷感。

平樂翁主自小失母，如今怕是連生母的模樣都記不得。父親新寵繼母，四年前她御前斷髮的往事又不知是何等讓人絕望的情景……

想到這兒，鄔八月便發自內心地喚了她一聲「彤絲姊」。

高彤絲微微一笑。「聽人說妳脾氣不大好，今日一見，傳聞果然是假的。妳是叫八月吧？」

鄔八月點頭。「是，我閨名鄔陵梔，小名是八月。」

「好，八月。」高彤絲站定，面向鄔八月而立。「妳與妳父這次是要前往漠北，那必然……

會見到我胞兄高辰複。」

她頓了片刻。「四年前，他在玉觀山下等了我一宿，次日他便遠赴漠北再未回來，也再未同我聯繫。這一年來，我屢次派人送消息給他，卻都無回音。他若接到我的消息，不會無動於衷；既然無動於衷，那只能是消息未送到他手上。」

高彤絲抿抿唇。「這次偶遇，我想請妳幫我個忙。」

鄔八月點頭。「彤絲姊但說無妨。」

「我欲修書一封，希望妳能替我送達到大哥手中。」

不過是順便帶一封家信，鄔八月想了想，覺得這並沒什麼，便應了下來。

高彤絲沈吟片刻，問道：「八月，妳怕不怕？」

鄔八月疑惑地道：「有何可怕的？」

高彤絲道：「我屢次派人送出的信都無回音，連送信之人都了無音訊，想來是凶多吉少，這當中必定有人阻止我聯繫大哥。若阻止之人得知，此次由妳替我送信，或許也會對妳不利。」

八月頓時起了遲疑之心。若為了一封書信而招來殺身之禍，這可真的划不來。

見她猶豫，高彤絲也表示理解。「妳是世家千金，沒見過打打殺殺的場面，擔心害怕也是正常。妳若不願意，我自然不會逼迫於妳。」

話音剛落，高彤絲便厲喝一聲。「誰！」

花叢當中有一道黑影閃過，高彤絲追了兩步，憤而甩袖。

電光石火之間，鄔八月忽然明白了。

「……妳是故意讓人看到我們在一起的。」鄔八月看向高彤絲。「這樣即便我拒絕幫妳帶書信給高將軍，那些人也會認定我的嫌疑，我勢必會陷入危險當中……」

她有些難以置信。「平樂翁主，妳為何要陷我於這樣進退維谷的境地？」

高彤絲背對著鄔八月，瞧不清楚她臉上的表情。

良久，她才慢慢轉身，臉上帶著抱歉。「沒想到妳竟然看出來了……這樣也好，我們可以打開天窗說亮話。」

高彤絲定了定神。「我並非要害妳，只是想將妳、妳父親，甚至於整個鄔家，拉來與我同一個陣營。我不想再入宮闈，但我也不想在尼姑庵中蹉跎一生。四年前是我想岔了，四年後，我要有仇報仇，有冤報冤——」

第十八章

鄔八月無意探聽宮闈私密，但高彤絲此話卻昭示著，她被逐出京城、貶至玉觀山當中，是有隱情的。

「可是，為什麼是我……」鄔八月搖頭。「翁主，我們素不相識，我如今也是泥菩薩過江，自身難保，妳拉我上妳的船，有何用處？」

高彤絲莞爾一笑。「妳姓鄔，將要往漠北，這就是原因。」

「姓鄔又能如何？」鄔八月自嘲道。「自我出了事，家族中人恨不得我自縊以保全鄔家名聲，我能不能活著走到漠北都還是個未知數。像我這樣的人，對翁主會有什麼幫助？」

「怎沒有幫助？」高彤絲搖頭道：「妳未免太看輕自己了。就如我，我相信我這一生不會就這麼耗在此處，我也相信，妳遲早會從漠北回來。前提是，妳能找個好夫婿。」

鄔八月無奈道：「翁主，我到了漠北，一年半載是絕對回不來的。時間若是拖得長，我父親多半會在當地為我擇一門親事，又哪會有回京的機會。」

「若妳所嫁之人，正好是軍中之人，尤其是軍中將帥呢？」高彤絲微微一笑。「難道妳就沒有一丁點野心，想要洗刷被潑在自己身上的污名，想要堂堂正正地回到京中，狠狠給那些曾經對妳落井下石的人一個耳光？」

鄔八月沒有回應。

高彤絲道：「京中各家貴女，我也多半心裡有數，比妳地位尊貴的不少，若要借勢，倒不必選妳。可誰又能同妳這般，陰差陽錯之下，竟要往漠北而去？大哥已在當地四年之久，未娶妻，也沒有子嗣——」

「翁主。」鄔八月打斷高彤絲。

高彤絲嘆笑道：「八月，妳難道真願意就在漠北湊合嫁了？妳的冤屈要如何洗刷？」

鄔八月不語。

高彤絲力勸她。「我會為妳周全，而做為回報，在大哥身邊妳也要為我周全。」

鄔八月皺眉。「翁主這話似乎有什麼了不得的打算？」

她心裡微微一驚。平樂翁主之前說她要有仇報仇、有冤報冤，難道……

高彤絲陡然換了一副狠戾的表情。

「淳于老婦害我母親和幼弟，害得大哥遠走漠北，害得我被困庵堂，若不報此仇，我誓不為人！」

鄔八月不禁往後退了一步。

高彤絲猛地朝她望了過去。

「翁、翁主……」鄔八月不由道。「若真如妳所說，那這仇，高將軍也定然會報，哪裡需要翁主親自——」

「大哥固執，沒有證據，他不會相信。」高彤絲重重喘息一口。「若非沒有證據，我們又豈會如此被動，讓那老婦霸占整座蘭陵侯府！」

高彤絲激動地握住鄔八月的雙肩。「妳必須要幫我！」

她力道太大，鄔八月被迫縮了雙肩。

「翁主冷靜！此事還要從長計議——」

「還需要計議什麼！」

高彤絲冷笑一聲。「高辰書摔馬斷腿，那就是老天給她的報應！殘缺之人繼承不了侯府爵位，她的如意算盤可算是落了空。但這還不夠，遠遠不夠……」

初見時高貴的平樂翁主，如今在鄔八月面前卻如同一個偏執瘋子。

她這般模樣委實嚇人。

高彤絲收回握住鄔八月雙肩的手，側過身狠狠深呼吸了幾下。

忽然，她猛地看向鄔八月。「妳別猶豫了，我再告訴妳一個秘密。」

「翁主別——」

「大夏姜太后有個情夫，她淫亂宮闈！」

鄔八月張著嘴怔愣在原地。

「四年前我在御前抖摟此事，連同後宮一些糟污全都說了出來，戳中了姜太后的痛腳，她聯合淳于老婦，讓舅舅把我貶出宮廷。」

高彤絲盯著鄔八月。「妳不也是被姜太后給轟出宮的嗎？妳就沒想過，為何麗婉儀會這般針對妳？如果沒有姜太后的授意，她宮裡的小宮女能聽從麗婉儀的吩咐誣陷妳？還有妳父親，寧嬪的死興許只是個意外，妳父親卻被牽連，妳能保證這其中沒有淳于家的推波助瀾？八月，我們有共同的敵人，我們應當聯合在一起！」

鄔八月驚魂未定。「翁主，妳……妳莫要胡說，姜太后她……」

「她瞧上去一副慈愛和善的模樣對不對？」高彤絲哈哈大笑。「女人最善偽裝，尤其是宮裡的女人，誰不戴著面具？妳仔細想想吧！」

鄔八月按捺住幾欲跳出胸口的心臟，低聲問道：「翁主說情夫，可知情夫是誰……」

「我雖然不知，但我肯定有這麼一人的存在。」

高彤絲望定鄔八月。「這下，妳可願意聽從我的話了？要知道，我們今日的談話若是傳揚出去，後果定然不堪設想。」

鄔八月額上冒了幾滴冷汗。

「翁主的信，我可以幫忙帶去給高將軍。」鄔八月深吸一口氣。「但婚嫁之事……翁主還是打消這念頭吧。高將軍必定不是那等任人擺布之人。」

高彤絲眼中流光溢彩，熠熠生輝。

「就依妳所言。」高彤絲道：「書信就免帶了，妳見到我大哥，替我帶句話。」

高彤絲湊近鄔八月耳邊，嘴唇微動。

鄔八月臉色越發冷凝。

玉觀山下，鄔八月坐進了馬車中，抱著雙膝沈思著。

朝霞輕輕掀了車簾道：「四姑娘，二老爺回來了。」

鄔八月起身去迎，見父親一臉輕鬆閒適，她也稍稍放了心。
晚間到了驛站，用過飯後，鄔八月喚住了鄔居正。
「父親，女兒有事想要問你。」
鄔居正點頭，笑道：「何事？」
鄔八月斟酌片刻方才道：「父親可知……寧嬪到底因何而死？」
鄔居正表情微頓，左右望望，回問道：「妳打聽這個做什麼？」
「若是急病，也總有原因的。可寧嬪平日身體康健，既不是發生意外，又怎麼會突發急病而亡？」鄔八月問道。「父親同僚中，就沒人透露些許消息給父親知道嗎？」
鄔居正微微垂頭，半晌方才嘆了一聲。
「寧嬪發病是吃了相剋食物，御膳房的人和寧嬪宮中伺候的人都已受到了責罰，但為父看來，那不過只是誘因。寧嬪會因此而亡，定然還有幕後黑手操縱，這必然關係到後宮傾軋，為父又哪能攪和進去？」鄔居正搖了搖頭。
鄔八月緊緊捏了拳。

越往北走，天氣越涼。寒風呼嘯，颳得人臉生疼。
才剛剛入冬，就這般寒冷了，連人煙也越來越少。
鄔八月穿上了厚襖子，搓著手跺著腳，肩頸緊收，縮成一團。
朝霞和暮靄撿了柴枝往篝火裡放。

「再走上幾日就能到漠北關了，這地界人雖然少，但你們放心，安全。」僱來的嚮導是當地漢子，操著一口濃重的北方口音。

鄔居正緊裹著身上的大氅，笑問道：「荒郊野外，打家劫舍的應該不少吧。」

嚮導哈哈一笑。「人煙都沒什麼，要打家劫舍也不選這兒啊！」說著他頓了頓，紅膛的臉上滿是敬意。「就是人煙聚集的地方，也沒人敢打咱老百姓的主意。駐紮漠北的兒郎們饒不過他們的，逮住就是一個死字！」

鄔八月坐到了篝火旁，伸出雙手去烤火，朝霞和暮靄分坐她兩邊替她擋寒風。

「你是說漠北軍吧？」鄔居正莞爾一笑。「聽你說的，漠北軍軍紀嚴明，很受邊關百姓的愛戴。」

「那是自然。」嚮導理所當然地點頭。「咱們高將軍帶軍打仗、抵禦強敵的能力，是這個！」他豎起大拇指。「聽說高將軍有三頭六臂，身長九尺，憑著這副體魄，他才守得住漠北關。」

鄔八月忍不住噗哧一聲笑了出來。

嚮導不悅道：「我說僱主姑娘，這笑是啥意思？」

鄔八月抱歉道：「我只是覺得，嚮導大叔的形容有些……誇張。」

嚮導嘿嘿笑道：「我那意思是，高將軍就是咱們漠北百姓心目中的第一神將。你們明白就是。」

嚮導說話爽氣，大概北方的漢子都是這般。

鄔居正拍了拍胸口。「聽你這樣說，我心裡就安心多了。」

他看向鄔八月。「他們應該不是只會喝酒鬥狠的野蠻人，我們去漠北關，生活上也能好些。」

鄔八月點了點頭。

高原風狂，將鄔八月背上的青絲都吹拂起來，鄔八月收緊了臨時又加上的一件大氅。

在這樣一個狂風大作的午後，鄔家父女倆終於到了漠北關。

鄔居正派了羅鍋子於前一日去與漠北軍交涉，待他們趕到漠北關關口時，羅鍋子和兩名軍官打扮的男人已等候在那兒了。

「鄔郎中！」軍官對他行了個軍禮。

鄔居正有些恍惚。以前大家要麼叫他鄔大人，要麼叫他鄔太醫，叫他「郎中」，這還是第一次聽到。

「父親。」鄔八月喚了他一聲。

鄔居正才回過神來，還禮道：「有勞兩位軍爺。」

漠北軍人高大威武，離他們越近，鄔八月越要仰起脖子，方才能看到他們的臉。

「軍營處給鄔郎中的住處已收拾妥當，鄔郎中即刻便可入住。」

其中一位軍官面無表情地通知鄔居正。

鄔居正應了一聲，遲疑道：「那，小女……」

「鄔郎中，軍營之中不收留女子，還請鄔郎中自行為令千金擇住處。」軍官公事公辦地道。

鄔居正頓時愣住了。鄔八月也有些吃驚。這……這就把她給撇開了？

父親讓羅叔昨日來與漠北軍交涉，就是因為考慮到她，希望漠北軍中能行個方便——即便是不允許她留在軍中，那至少也要給父親一個建議吧。

漠北軍人還真是紀律嚴明啊！

鄔居正嘆了一聲，鄔八月對他笑道：「父親，我在關內小鎮上尋個地方住下來便是。漠北軍治軍嚴明，想必小鎮上的治安也不差，父親不用替我擔心。」

兩名漠北軍人倒是有些意外地看了鄔八月一眼。

羅鍋子道：「鎮上的地方我也看過了一些，條件是差了些，姑娘嬌貴，就怕受不得苦。」

「行這一路都過來了，又怎麼受不得苦了？」

鄔八月淺笑，對鄔居正道：「父親自去軍營吧，一路行來，聽說漠北軍又打了幾場仗，想必軍中將士正是需要父親的時候，別為了女兒耽擱了。」

鄔居正輕輕拍了拍鄔八月的肩。「父親先去熟悉一下情況，讓羅鍋子跟著妳。」

鄔八月點頭。

鄔居正又嚴厲地囑咐朝霞和暮靄，讓她們照顧好鄔八月。

目送鄔居正的背影漸行漸遠，鄔八月強撐起的那點堅強又鬆了下來。

人生地不熟，周圍的陌生人又都是高高大大的，鄔八月哪會沒有一點緊張？

「走吧。」鄔八月深吸一口氣。「最好在父親來尋我之前，將住處給落實。」

鄔八月沒有別的要求，只要不吵鬧、乾淨敞亮就行。

最終，她買下了一個臨街的獨門小院。

說是獨門小院，卻連京中鄔府下人房都比不上。

暮靄迭聲嘆息。「姑娘以後可要受苦了，住這樣的地方……」

朝霞不說話，她正忙活著打掃這簡陋的居處，想為鄔八月收拾整理出一個像樣的閨房。

羅鍋子辦完房屋出售的手續，又去附近探查了一番。

「附近兩家住的都是些婦孺，相互之間倒也好有個照應。」

羅鍋子道：「姑娘瞧瞧這邊還缺什麼，擬個單子，我好趁著日落之前去將東西都買回來。」

「暫時不需要什麼。要說缺什麼，大概只缺晚飯的食材吧。」

鄔八月低嘆一聲，望向窄小的新居。新生活要開始了，不知道是不是真能做到如儀修師太所說的那樣，富貴安樂？

鄔八月又想起了平樂翁主。這一路行來，她並沒有受到什麼襲擊或暗殺。

想來那些阻止平樂翁主傳信給高將軍的人，知道她沒有從平樂翁主手上拿到過信件，也明白她一介女子，無法進入軍營吧。

鄔八月自嘲一笑。當時她漏想了這點，然後跳進了平樂翁主設好的陷阱中。

玩心機，她果然欠缺火候。

漠北關的冬天來得比燕京城要早、要猛。

清晨時分，鄔八月仔細裹了身上禦寒的衣裳，送鄔居正出門。

她搓著手連連哈氣。「父親晚上想吃點什麼？」

風太大，鄔八月說話都有些灌風。

鄔居正替她緊了緊領口，笑道：「也不拘吃什麼，這北部寒關，想來也沒有那等豐富物資。妳挑妳喜歡的，能填飽肚子就成了。」

鄔八月應了一聲，遠遠目送鄔居正帶著靈兒離開。

「北蠻人上次接連幾次偷襲，傷了我們不少將士，老爺這會兒正是忙碌的時候，也無暇多顧及姑娘。」

羅鍋子蹲在小院門口對鄔八月道：「不過老爺吩咐了，讓我尋個能出面的老媽子，再找兩個護院。」

鄔八月頷首，頓了片刻問羅鍋子。「父親昨日去軍營就開始為將士們療傷，那他可有去跟高將軍打招呼？」

羅鍋子搖頭。「高將軍不在軍營當中。他還在漠北關外。」

鄔八月一愣。「漠北關外？」

羅鍋子點頭。「上一次北蠻入侵，高將軍率了一千人出漠北關迎戰。雖然沒有折損多少人手，但據回來的將士說，高將軍勘察地形的時候，帶著幾個親兵與他們走散了。」

「迷路了？」鄔八月有些哭笑不得。「堂堂一個將軍，怎會……」

羅鍋子道：「聽老爺說，高將軍倒是有飛鴿傳書回來，說他無意間找到了一處礦脈，正努力確定具體的位置。」

鄔八月皺眉。「若是遇上北蠻人，敵眾我寡，高將軍很是危險。」

羅鍋子淡淡道：「他是個將軍，沒那麼不堪一擊。我瞧著漠北軍裡其他的將軍都不怎麼擔心，想必那高將軍有幾分本事，方才得他們這般的信任。」

羅鍋子站起身拍了拍衣上的灰塵，道：「我去找找能洗衣做飯的老媽子，再尋兩個老實的護院來。姑娘仔細把門關緊了。」

鄔八月點頭應了，待羅鍋子走後，朝霞便關上了院門。

暮靄在地上不斷跳來跳去。

「姑娘，這邊可真是冷啊，咱們帶的衣裳會不會不夠禦寒？」

從燕京城鄔府帶來的冬日衣裳多是皮襖，雖談不上華而不實，但禦寒還是差了些。

這會兒鄔八月已經將能裹上身的厚衣裳都裹上身了，再隔段日子，天更冷，在屋外怕是更沒辦法忍受嚴寒。

鄔八月思索片刻便道：「等羅叔找了老嬤嬤來，我們問問哪兒有賣那種厚襖子的，每人買上兩件。」

暮靄點頭，半晌又嘆氣。「也不知道要在這邊待多長時候……」

朝霞擰了她一把，轉頭看向鄔八月，卻見鄔八月笑得淡淡的。

「姑娘，暮靄不會說話，姑娘別放在心上。」

朝霞寬慰了鄔八月一句。

鄔八月搖頭道：「暮靄說得也沒錯，的確是不知道會在漠北待多長時間。」

朝霞道：「不管姑娘在漠北待多久，奴婢都會陪在姑娘身邊的。」

意識到自己說錯話的暮靄也趕緊表忠心。

她們兩個丫鬟是賀氏精心挑選了送到鄔八月身邊做丫鬟的，主僕三人共處也有幾年光景。從前的鄔八月性子算不上好，但對自己身邊的人卻護得厲害，朝霞和暮靄自然願意跟著這樣的主子，更別說鄔八月現在的性子遠比從前柔和。

羅鍋子回來時，身邊跟了一個壯實的中年婦人和三個魁梧的北方漢子。

鄔八月有些意外。「羅叔這才去了半個上午，就將人都尋著了？」

朝霞給幾人倒上熱茶，暮靄直打量陌生的四人。

羅鍋子搖頭道：「我走了沒多遠就碰到了漠北軍的巡街小隊，我和他們的頭兒昨兒個見過，就寒暄了兩句。他得知我是要找老媽子和看守護院的，就帶我找了張大姊和他們三個。」

中年婦人上前來給鄔八月行了個古怪的禮。

「鄔姑娘好，我家那口子姓張，姑娘叫我張齊家的就行。」

「張大娘好，要是不嫌棄，張大娘就留在我這兒和我做伴吧。」鄔八月笑道。

「這三位分別叫洪天、方成和余元勝。洪天和方成受了傷，洪天左手使不上力，方成一隻眼睛瞧不見東西。余元勝是軍營裡的伙夫，和方成是好兄弟，他正好休假，過來瞧瞧。」

鄔八月分別給三人見了禮。

羅鍋子道：「都是軍裡出來的人，人品和能力我也都信得過，也正好不用再去找別的人了。」

羅鍋子問過鄔八月的意見，見她沒有異議，便道：「我去把屋子給收拾出來，今後你們就安心住在這裡。」

洪天和方成謝過羅鍋子，跟著他去了今後他們住的地方。

張大娘初來，單獨面對鄔八月，有些緊張。

「大娘不用拘謹，我初來乍到漠北關，還有很多事情需要大娘指點。」

鄔八月客氣地迎張大娘到西邊屋子，並介紹了朝霞和暮靄給她認識。

「這小院也不算大，屋子只那麼幾間，還要委屈大娘和朝霞、暮靄擠一間屋。」

張大娘忙道不敢。「是我占了兩位姑娘的地方。」

「大娘客氣了，我們可都盼著您呢。您來了，今後我們的一日三餐可才算是有了著落了。」

朝霞笑了一句，麻利地為張大娘騰出睡覺的地方。「大娘有什麼需要的，儘管和我提。」

張大娘連聲應了。

余元勝確定了兄弟安頓下來，與羅鍋子和鄔八月辭行後便趕回軍營，還特意找到鄔居正謝他。

兩人正說著，有小兵敲鑼嚷道：「大將軍回來了！」

第十九章

這不是鄔居正第一次見到高辰複。

身為蘭陵侯和靜和長公主的長子，高辰複從一出生便是眾人關注的焦點。若靜和長公主沒有因難產而亡，高辰複如今定是京城中世家子弟裡的第一人。

「鄔郎中。」余元勝見他怔著，忙出聲喚他。

鄔居正茫然地「啊」了一聲。

「鄔郎中來軍營報到還未見過大將軍吧？」余元勝笑道。「如今大將軍回了營，鄔郎中隨時都可去大將軍跟前露一面。」

鄔居正點了點頭，道：「余兄弟，多謝你提醒。」

鄔居正望著從遠處逐漸走近的一隊列兵，心裡五味雜陳。

若陵桃和高辰書的婚約沒有解除，他和高辰複也算是有一層親戚關係。

而如今，高家和鄔家算是結下了梁子，他與高辰複又成了隨軍郎中和大將軍這樣類似主僕的關係，說起來，還真有些諷刺。

但不論如何，鄔居正還是要去見高辰複一面的。

探得礦脈準確位置，悄無聲息地從漠北關外潛伏回來的高辰複正挑了燭芯，仔細地擦拭著劍身。

他身後站著兩名身形高大、面目恫人的親衛。

一位軍師打扮的中年男子站在他對面，低聲稟道：「將軍不在的這段日子，軍營當中沒有什麼異動。糧草近幾日就會到了，將軍看……是否這段時間便布防起來，以免北蠻人突襲？畢竟，一日比一日寒了。」

高辰複仍舊擦拭著劍身，淡淡應道：「布防圖既已繪製完畢，便照著布防圖上繪製的地方進行吧。」

「兵力多少？還請將軍示下。」軍師拱手道。

高辰複道：「人數大致和去年的一樣。」

他總算放下了手中的劍，站起身來。

「北蠻最近幾次偷襲都沒撈到好處，反而損失了一些兵力。即便再是偷襲，想來也不足為懼。當務之急是確保糧草能安全運抵軍營，待糧草安頓好了，再加強布防。」

軍師立即應是，捧了布防圖出了營帳。

主帳中並沒有安靜多久，便有小兵近前來稟。「京城前來的鄔郎中求見大將軍。」

高辰複眉頭微微一皺。「鄔郎中？」

小兵道：「稟大將軍，是鄔郎中，從京城來的。鄔郎中到軍中已有兩日。」

「傳。」

鄔居正搓著手，飲著寒風。

得到准進的通傳，他方才進去。

高辰複的營帳簡潔寬敞，最裡是一張地形圖，其側方放著一組案桌交椅，案桌上擺著文房四寶，東側放著一張床。除此之外，別無他物。

鄔居正愣怔了片刻，感覺到前方射來的視線。

他趕緊上前拱手施禮。「在下鄔居正，漠北軍隨軍郎中，見過大將軍。」

高辰複坐到了交椅上，打量了鄔居正片刻，方才客氣道：「軍中兄弟多有傷者，還要煩勞鄔郎中盡心救治。」

「豈敢。」鄔居正惶恐下拜，心中不安。

「鄔郎中請坐。」

高辰複一聲令下，身後其中一名親衛便端了椅子到他身旁。

鄔居正忐忑坐了。

高辰複又仔細看了鄔居正兩眼，道：「鄔郎中瞧著有些面善。聽說你從京城而來，不知和京城鄔家是否有親戚關係？」

鄔居正苦澀一笑。「回大將軍，京城鄔老乃是屬下親父。」

高辰複明顯地愣了一瞬。

「聖上降旨，派屬下前來漠北。屬下走得早，許是京城文書還未行到將軍手中。」鄔居正解釋道。

「原來是鄔世叔。」高辰複雖覺奇怪，但還是客氣地與鄔居正行了一個子姪之禮。

鄔居正連忙推卻不受。

高辰複這才開口問道：「小姪記憶中，鄔世叔乃是朝廷御醫。如何會……」

鄔居正嘆了一聲，看了高辰複一眼，遲疑片刻後問道：「大將軍自四年前來漠北關，就真未曾聽過京城中蘭陵侯府半分消息？」

高辰複臉色頓凝，表情沈沈，只點了點頭。

鄔居正坦誠以告，將鄔家和高家的淵源一五一十地說給了高辰複聽，乃至這次他被貶漠北關的原因，都沒有遺漏。

「原來如此。」高辰複聽後只淡淡點頭，道：「鄔世叔既已到了我這兒，那便安心待在此處。有我一日，漠北關定固若金湯。」

鄔居正有些動容地看著高辰複，提了提氣，猶豫地看向那兩名親衛。

高辰複道：「鄔世叔可是有話要說？」

鄔居正點頭。

「鄔世叔只管說。」高辰複道。

鄔居正這才從懷中掏出一封信件，遞給高辰複。

「我離開京城時，去玉觀山普度寺見到了鄭親王。這是鄭親王交給我，讓我轉交給大將軍的。」

鄔居正輕聲道：「鄭親王叮囑，讓大將軍看完信件後便趕緊燒掉。」

高辰複眉頭微皺，拆了信件閱過之後，果真以火引之，燒得乾乾淨淨。

「鄔世叔，鄭親王可還有說什麼？」高辰複看向鄔居正，眼中晦澀不明。

鄔居正搖頭。「鄭親王只讓我將信帶來，別的什麼也沒說。」

高辰複輕輕敲了敲案桌，又問道：「既是玉觀山……鄔世叔可有聽到濟慈庵的消息？」

鄔居正再次搖頭。「我與小女在玉觀山下分道，我往普度寺，她往濟慈庵。大將軍若問的是平樂翁主，還要待我回去問過小女之後，方才知曉。」

高辰複凝神沈吟，半晌後方才道：「這倒不用了。」

他臉上表情始終有些冷厲。

「鄔世叔，麻煩你千里迢迢將信送到。」高辰複拱了拱手。「軍營中的將士們今後就有勞鄔世叔了。」

「大將軍說哪裡話，這是我的本分。」

鄔居正站起身，拱手道：「大將軍若無別的事，我就不打擾大將軍休息，這便告退了。」

高辰複也起了身，親自送了鄔居正出營帳。

人已走遠，高辰複方才回了主帳。

光線昏暗之中，他一雙眼睛流光溢彩，與平樂翁主極為相似。

「將軍。」兩名親兵上前，一人蹙眉道：「那鄔郎中——」

高辰複抬手止住他說的話。

「鄔郎中是鄔郎中，鄔國梁是鄔國梁，不要混為一談。」

高辰複臉上淡淡的，坐回交椅，道：「軍中受傷將士人數較多，正是需要隨軍郎中的時候。皇上既然派他前來，他的醫術想必高明，且先觀察他一陣。」

兩名親兵對視一眼，齊拱手道：「是，將軍。」

高辰複望了望帳頂，輕輕嘆了聲氣。

半晌後，他合目輕聲道：「聽鄔郎中話中意思，他前來漠北還帶了個女兒。找人打聽打聽那女子的為人品行。」

親衛之一愣了一瞬。

「將軍打聽鄔家的姑娘，可是……」

高辰複閉了閉目。「舅舅信上說，讓我娶了那名女子。」

兩人頓時驚訝地張口。

「將軍，皇上有意對付鄔家，鄭親王讓將軍娶鄔家女兒是……」

高辰複沈聲道：「鄭親王這封信，是皇上的意思。」

打發走了親衛，帳中便只剩高辰複一人。

高辰複坐在交椅上凝思。

皇舅將鄔國梁的兒子貶到他這兒來，又讓他娶鄔國梁的孫女。

這招棋，倒讓他看不透了。

兩名親衛趙前、周武，在三天之內，透過暗訪鄔八月所居之處臨近的街坊，打聽到她的為人。

同時，京中的文書也下來了。

高辰複一邊看著隨文書下來的密信，一邊聽趙前的稟報。

「鄔姑娘前來漠北關，只帶了兩名自小伺候她的丫鬟，另請了軍中小兵張碩的娘在幫工，做飯洗衣。附近鄰舍皆言鄔姑娘為人謙和有禮、溫柔嫻靜，除買下房舍當日和次日，鄔姑娘親自上門給各家鄰舍送了見面禮，此外她都待在房院中，未曾出過門。」

高辰複點了點頭，看向周武。「鄔居正此人呢？」

「鄔郎中醫術的確卓絕，尤其接骨之術堪稱出神入化，救了好幾位弟兄，使他們免受斷腿之苦。」周武略顯激動。「摒除他是鄔家之人這一點，的確使人敬服。」

「此話怎講？」

「鄔郎中來軍中已有數日，對傷兵從無輕視之心，不管是小兵還是將士，他都一視同仁，積極救治，從天亮忙到天黑才返回小鎮。」

周武拱手道：「依屬下看來，他的確是個好郎中。」

高辰複頷首。

「將軍，可知皇上為何要安排這樁婚事？」

高辰複眸子頓時幽暗。「若要取之，必先予之。」

高辰複低聲喃喃唸了一句，低嘆一聲。「不過是個靶子罷了。」

趙前和周武對視一眼，兩人眸中盡是不解。

將軍投入軍營這四年來，人越發深沈，說的話也越發讓人猜不透意思了。

「那……不知將軍接下來打算如何做？」趙前硬著頭皮，上前問道。

「暫時不動。」

高辰複淡淡地道：「糧草這兩日就要運抵漠北關，最要緊的是這件事，別的都且放在一邊。」

趙前和周武聽令。

夜色已深，高辰複手撚著白玉菩提子佛珠串，以靜己心。

他已二十二，再不娶妻，也說不過去。這樁婚事雖令他意外，但來得恰是時候。過了寒冬，鎮守漠北關的將帥也要換了，到時他也要功成身退。

高辰複合上眼，心裡有淡淡的不捨。

他原以為自己的心已堅固不可摧，沒想到不過一場早已注定的別離，卻還是讓他心生悵然。

他不由想起當日在玉觀山濟慈庵外，妹妹派人傳達給他的話。

「若你我男女之身顛倒，我為兒郎，必不會如你一般心軟，聽人擺布。母親有子如你，黃泉之下也必不會安寧！」

因這話，他苦守濟慈庵一夜，第二日憤而前往漠北，再未同京中高家人聯繫。

挺過這個冬天，他便要回去了。

再次面對高氏一門，他該以何姿態、何態度與他們相見？

另一頭，清晨時分，鄔八月驚訝地發現天上竟然開始飄雪了。

連一向處變不驚的朝霞也被這雪給驚得叫了起來。

「四姑娘，下雪了！漠北飄雪可真早呀！」

暮靄噔噔噔地跑向朝霞，和她一左一右伴在鄔八月身側。

鄔八月伸手接了一朵雪花，靜靜地露出一個笑容。

「天更寒了，昨兒個暮靄不是說，晚上蓋被子還是有些冷嗎？」

鄔八月望望朝霞和暮靄。「指不定明、後日雪就下大了。今兒左右無事，正好趁著這時候去多買幾件襖子，順便也添上兩床棉被。」

朝霞和暮靄都說好。

鄔八月喚來了張大娘，請她帶路。

張大娘知道這三個女孩自從來了漠北關，還沒在鎮上逛過，也爽快地應了她們的要求。

洪天和羅鍋子隨行，方成則留下來看家。

鄔八月逛了一路，進了一家賣棉布的鋪子。有張大娘在旁，挑選棉襖棉被的事很快就辦妥了。

鄔八月裹了大氅從鋪子中出來，地面上已積了一層薄薄的雪。

鋪子門口，幾個小孩高興地在地上踩來踩去，留下一堆凌亂的小腳印。

鄔八月會心一笑，望了望澄明的天空。

「等到寒冬臘月的時候，這雪就能積到大腿那麼高了。」張大娘抱著兩床棉被走到鄔八月身後。

鄔八月未曾回頭，只笑說道：「那到時候，我們就待在屋裡不出門，整天烤火爐子。」這倒是提醒了朝霞。

「四姑娘，這邊有熱炕，屋裡倒是不會太冷。只是我們走的時候匆忙，忘記將薰爐帶來了。」

朝霞看向鄔八月。

「四姑娘冬日薰被用的香，也沒有帶上。」

鄔八月頓了片刻淡笑道：「薰爐可以去街鋪上瞧瞧，看有沒有得買。至於薰香……不用就是了。」

朝霞和暮靄面面相覷。暮靄搔搔頭道：「夏日就算了，冬日……四姑娘以前不薰香被褥都不睡的……」

「習慣總能改的。」鄔八月笑接了一句，招呼道：「東西都買好了，我們也差不多該回去了。」

洪天和羅鍋子將東西抱了滿懷，跟在幾人之後。

噠噠的馬蹄聲由遠及近，鄔八月起初沒注意，待聲音更近了，方才回頭去瞧。

細碎飄雪中，一人一騎快馬加鞭地往她這個方向疾馳而來。

因是頭一次出門逛街，鄔八月怕被凍著，穿得十分厚實。

而馬兒如離弦之箭，眨眼間竟然近在她眼前了。
鄔八月慌忙避開，但她動作笨拙，同行的朝霞、暮靄也好不到哪兒去。
「閃開！」馬上之人厲喝一聲，瞧著馬兒的前蹄就要踢上她們了。
驚險地向後一仰，鄔八月順手將自己身邊的朝霞和暮靄推倒，只覺馬蹄從自己臉上險險劃過。
她也悶哼一聲跌坐下去。
「嗞……」一股鑽心的疼痛讓她頓時臉色煞白。
「四姑娘！」朝霞和暮靄顧不得拍打自己沾上身的雪，忙朝鄔八月爬了過去。
張大娘也趕緊上前，緊張地問道：「姑娘可還好？」
鄔八月點點頭，手抱著小腿，勉強地齜牙道：「好像扭到腳踝了……」
電光石火的工夫，那騎馬之人也停了下來。
洪天將人從馬上拽了下來，羅鍋子上前察問鄔八月的情況。
「你怎麼騎的馬?!」洪天打量騎馬之人一眼，怒喝一聲。
騎馬之人作一身軍營將士打扮，聞言苦著臉道：「這位姑娘沒事吧？我這真是對不住，待我辦完事，定來給您賠禮道歉。」
他說著，又給洪天行了個禮，道：「兄弟，我有要緊消息上報，容我回頭領罪。」
話畢，他一個擒拿手就反扭了洪天的胳膊，迅疾地跨上馬背，掄鞭高聲一喝：「駕！」
眼睜睜看著罪魁禍首揚長而去，洪天氣得大罵一聲。「欺負老子一隻手使不上勁兒，你娘！」

「算了，洪師傅。」鄔八月額上滲出冷汗。「也是我們沒及早避開，倒不能全怪他……」

「四姑娘……」朝霞面色蒼白地詢問道：「我們接下來怎麼辦？」

「找家醫館，有接骨大夫的那種。」

鄔八月動了動腿，頓時抽了一口冷氣。

暮靄輕輕探手上去要掀開鄔八月的襪子，手還沒碰到就驚哭道：「四姑娘，這都腫了！」

「還愣著幹什麼？趕緊找醫館啊！」

還是羅鍋子沈得住氣，厲喝一聲，方才讓幾人定了心神。

找醫館也花了一番工夫，接骨大夫的手藝不好，又讓鄔八月受了一番罪。

「行行……」鄔八月推開大夫的手，長吐一口氣道：「就這樣穩著就行……」

羅鍋子上前道：「洪天已經去軍營通知老爺了。論接骨，想必還沒人及得上老爺。」

羅鍋子也不管身邊的大夫高不高興，付了銀錢，讓張大娘揹了鄔八月回去。

軍營中，鄔居正正給幾名傷兵察看用藥幾日後的效果。

洪天本就是漠北軍中出來的，守營士兵對他沒有懷疑，將他放了進去。

得知女兒出了意外，鄔居正頓時心急如焚。

他簡單收拾了下東西，囑咐了傷兵幾句，便和洪天一起往出營的道上趕。

半道上，卻是碰到高將軍點兵，領兵正要出軍營。

洪天眼尖，一眼就瞧見高將軍身後跟著一名勁裝打扮的男子，便是之前撞了鄔八月的人。

「是你！」洪天直指那人。

隊伍停下，那人驚了一瞬，上前低聲稟報了兩句。「屬下來前撞到了人。」

高辰複抬了手，讓手下將帥先帶兵出營。

「鄔郎中。」高辰複對鄔居正拱了拱手。

「高將軍。」鄔居正額上冒汗，不欲與高辰複多寒暄。「屬下有些事，先行告退。」

高辰複雖感疑惑，還是點了點頭。

鄔居正不多停留，快步朝營口走。

洪天跟在後面，忽然回頭對著「罪魁禍首」揮了揮拳頭。

高辰複蹙眉，微微側頭問道：「明焉，怎麼回事？」

「屬下急著前來稟告消息，馬兒跑得太快了，沒能收住，撞到了一位姑娘，那揮拳頭的兄弟當時正好在那位姑娘身邊。」

明焉苦著一張臉。「屬下解釋了原因，也說了待辦完事後會前去領罪。」

「一位姑娘？」高辰複驚訝地抬了抬眉。

明焉點頭。「她應當是個主子，身邊的人喚她『四姑娘』。」

高辰複頓時轉頭看向明焉。「人怎麼樣了？」

明焉縮了縮脖子，結巴道：「不、不清楚……不過、不過應當不嚴重，那姑娘沒哭也沒鬧……」

高辰複哼了一聲。「怎麼你次次做事都那麼莽撞？」

明焉哭喪著臉。「屬下也是趕著來給將軍送消息——」

高辰複打斷他道：「行了，你消息也送到了，還不去給人家賠禮道歉？」

明焉頓時立正應道：「是！」

可片刻後，他傻眼了。「將軍，屬下、屬下……」

「你忘記問人家姓甚名誰、家住何處了。」高辰複無奈地搖了搖頭。「怪不得人家對你揮拳頭。」

高辰複轉身抬腳往前走，明焉跟在後面焦急道：「將軍去哪兒？」

「帶你去給人賠禮道歉。」

「那糧草……」

「太史將軍去就行了。」

明焉「喔」了聲，又疑惑地道：「可是將軍怎麼知道我撞的是誰家的姑娘……」

高辰複沒回答他，只往前行著。

明焉懨懨地跟在他身後。

第二十章

高辰複讓趙前和周武調查過鄔八月，自然知道鄔家父女的住處。

行出軍營，高辰複也不牽馬，健步如飛朝鄔家小院而去。

明焉緊跟在後，行至半道，仍是忍不住問道：「將軍，你怎麼知道那姑娘的住處？」

高辰複沒有回頭，卻還是回答了他。

「那揮拳頭的人請走的鄔郎中，應當就是你口中那位被撞的姑娘的父親。」

明焉愣了片刻。「不是那麼巧吧……」

「怎麼，覺得自己倒楣透頂了？」高辰複輕哼一聲。「你撞了人，連個名姓都不留下，只說了兩句空話便跑，任誰都會對你火冒三丈。」

明焉自知理虧，懨懨不語。

終於趕到鄔家小院，高辰複伸腿踹了明焉一腳。

「叫門，賠禮道歉。」他冷眉一豎。「還等著我事事幫你出頭不成？」

明焉撓了撓頭，苦著一張臉上前敲門。

應門的是方成，他一隻眼睛有疾，今日鄔八月等人出門，也是他留在家裡守門。

「誰啊？」方成將門開了半扇，視線從明焉臉上挪到高辰複臉上時愣了片刻。「高將軍?!」

高辰複知道鄔家父女請的兩位護院都是漠北軍中出去的受傷兵丁，所以並不奇怪方成認識自己。

高辰複微微點了個頭，見明焉愣著，又伸腿踢了他一下。

「這位大哥……」明焉哭喪著臉上前道。「請問……你們家姑娘，是不是今兒在街市上被人騎馬撞了？」

方成頓時點頭，疑惑道：「你怎麼……」

「萬分抱歉，我、我就是騎馬撞傷那位姑娘的人。」

方成頓時怒視著明焉。

明焉尷尬地笑了笑。「請問……那位姑娘現在傷勢如何？嚴不嚴重？我、我是來賠罪的。」

方成本想罵他兩句，但想著高將軍親自帶了人來，想必此人與高將軍有些淵源；再者他已經親自前來賠罪了，倒也不好讓人難堪。

說著作了兩個揖。

方成臭著臉，拉開門，讓到一邊。「進來吧。」

明焉趕緊道謝。

剛進院門，便聽到一聲女子驚叫。「啊！」

明焉立刻站定，不敢再往前走一步。

高辰複見他那樣又想踢他一下，到底忍住了，伸手推了他一把，率先往傳出聲音的屋子走去。

明焉反應過來，緊隨其後。

高辰複推開屋門，屋內的人齊唰唰地望了過來。
他的視線很容易地就落到了床炕處的鄔居正身上。
然而……鄔居正旁邊，正露出一隻潔白如瑩的女子腳丫出來。
高辰複頓時收回視線，側過身。
鄔居正也趕緊扯過被子，將那隻腳丫給蓋住。
他站了起來，既尷尬又狐疑，問道：「高將軍怎麼……」
高辰複咳了咳，一個眼風掃向明焉。
明焉慢慢挪了出來，低聲道：「鄔、鄔郎中，今日令千金在街上被一個騎馬之人所撞，那……那騎馬之人是我，小子明焉，是、是特意來給鄔郎中和令千金賠罪的……」
鄔居正怔了怔，又看向高辰複。「高將軍，這……」
高辰複點點頭。「明焉心急往軍中送消息，他也知曉自己行事莽撞。不知令千金傷得是否嚴重？方才在屋外似乎聽見令千金驚叫。」
鄔居正立刻道：「小女無礙，方才只是因屬下替她正骨，她一時疼痛，所以才驚叫出聲。」
明焉吁了口氣，忙問道：「鄔郎中，照你的話，鄔姑娘是沒什麼大礙了？」
鄔居正道：「休養半月便好。」
明焉這才大大地鬆了口氣，豪爽地道：「那鄔姑娘這半個月所需的補品，都我一個人包了！」
候在一邊的暮靄頓時出聲道：「本來就該你一人負責，你倒說得好像施恩似的。」

明焉自覺失言，尷尬地縮了縮脖子。

「暮靄，不得無禮。」鄔八月坐在床炕上，輕斥了暮靄一句。

明焉忙朝她望了過去，只是她被鄔居正擋著，只聞其聲不見其人。

「明公子不用負疚，今日明公子所騎的馬並未撞上小女子，小女子受傷也只是跌坐時自己沒注意腳下濕滑，方才扭了筋骨。」

鄔八月聲音很溫和，聽在明焉耳裡如沐春風。

「補品之事，明公子無須記掛。軍中事務繁忙，就不多耽誤明公子了。」

明焉忙道：「不耽誤、不耽誤。」

他摸了摸頭，望向高辰複，那眼神的意思是：鄔姑娘是不是在送客了？

高辰複睨了他一眼，轉而對鄔居正道：「令千金無甚大礙便好。軍中還有急事，我先走一步。」

「高將軍慢走。」

鄔居正前去相送，行走間，鄔八月的臉便露了出來。

明焉正好和她的眼睛對上。

但很快，就見一個氣呼呼的丫鬟擋在了前面。

明焉趕緊轉身跟上高辰複，有些狼狽地落荒而逃。

當晚，太史將軍押運了糧草入營，並向高辰複稟告已剿滅意圖染指軍需糧草的劫匪的消息。

高辰複點了頭，傳令下去加重邊防。

一應軍中事務處理告一段落，高辰複閉眼休息。

睜眼卻見明焉趴坐在自己對面，雙臂交叉相抵，頭枕在上面出神。

高辰複順手抄起案桌一本兵書敲上他的腦袋。

「累了便去休息。」高辰複見他坐直起來，道：「這幾日你也辛苦了，趙前、周武，給明焉安排個營帳。」

「小叔。」明焉卻顧不上這茬，他雙眼晶晶亮，對高辰複的稱呼也變了。

「小叔你今日看到那鄔家姑娘的相貌了嗎？」他略興奮地問道。

高辰複身形微頓。

正要去給明焉安排營帳的趙前和周武也是一頓。

「我看到了。」不待高辰複回答，明焉便嘴角上揚笑了起來。「她長得真好看，聲音也如黃鸝鳥一樣好聽……」

趙前和周武不約而同地低頭。

鄔姑娘將來多半是將軍的人，明公子這模樣……莫非是戀上了鄔姑娘？

「小叔你說，我從小學騎射，策馬揚鞭那麼多次，也沒有撞到過誰，可偏偏就撞到了鄔姑娘……這是不是說我跟鄔姑娘有緣分？」

明焉望著高辰複，笑得有些傻。

高辰複緩緩看向他。

「明焉。」他輕聲道：「英雄氣短，兒女情長，不要沈迷於男歡女愛當中。你來漠北，是來掙前程的。」

當頭棒喝，明焉如被澆下一桶涼水，心裡那點旖旎情思頓時消散得無影無蹤。

明焉生母出身微賤，是高門中不被承認的外室之子，論輩分，勉強能稱高辰複一聲叔。來漠北，算是他出人頭地的唯一機會。

高辰複簡單幾句訓誡，便將明焉才生出的那點心思給打消了。

只是他受挫，心情不佳，離開主帳時無甚精神。

高辰複望了他的背影一眼，吩咐趙前道：「明日別給他安排別的事，讓他好好歇上一日。」

趙前點頭應下。

翌日清早，高辰複帶人巡視邊防，回來時正遇到鄔居正探完傷兵。

鄔居正對他行了禮，道：「高將軍，將士們身體都不錯，凡有傷者，恢復得都很快。」

高辰複謝了鄔居正，言說他已替明焉備好了補品，稍後便會讓人送去給鄔姑娘。

「小女的確沒什麼大礙，有勞高將軍費心。」鄔居正卻是有些受寵若驚，但也不好推卻，只能尷尬地委婉表達謝意。

高辰複笑笑，道：「鄔郎中客氣了，本就是明焉的過錯，鄔郎中即便不怪罪明焉，也讓明焉為鄔姑娘做一些事，好安他的心。」

鄔居正只能點頭。

寒暄完畢，高辰複回了主帳。

趙前給他倒茶，一邊笑道：「這鄔郎中醫術高明不說，還謙和有禮，咱們漠北軍這次可是撿到寶了。」

周武接過話問道：「將軍可知，鄔郎中是因何理由才被派到咱們漠北來的？」

高辰複微微抬了眼。「據說是因為救治嬪妃懈怠，以致嬪妃身歿。」

周武頓時驚異。「屬下瞧著，鄔郎中不是那等怠忽職守之人。」

高辰複嘆笑道：「塞翁失馬，焉知非福。鄔郎中若是被人陷害，那至少這結果，我們漠北軍是喜聞樂見的。」

周武嘿嘿笑道：「那是，這鄔郎中來還帶了如花似玉的姑娘來。」

趙前思量片刻後道：「將來將軍真同鄔家提親，難免有要補償鄔家的意思……」

周武當即道：「什麼補償！咱們將軍英明神武、用兵如神，真要放話娶妻，哪會少了姑娘往上撲？那鄔郎中是不錯，可鄔姑娘倒也不過是沾了她父親的光……」

趙前和周武就這個問題開始持續「探討」了下去。

高辰複坐在交椅上，一手撚著佛珠，一手輕輕揉按著鼻梁兩側。

他不由得想起，昨日前往鄔家的屋子時，無意間看見的那隻腳丫。

白皙、幼嫩，讓人有些想入非非……

高辰複頓時瞪了瞪眼，強迫自己將腦子裡閃現出的畫面揮開。

然而心不由己，他越是努力不想，那畫面就越是要跳到腦海中。

甚至變本加厲地，女子軟糯溫和的聲音也開始在他耳邊盤旋。

雖然只是短短幾句話，且她對話的人是明焉而不是他，可他仍舊把那兩句話給牢牢記在了心裡。

還有那雙眼睛……

高辰複微微閉上眼。

當時的她看到的是明焉，她和明焉的視線剛好對上，不過就是一眼，明焉就對這女子上了心。

而他，獨立於他們之外，他也看到了那女子的眼睛。

平靜而毫無波瀾，似乎就連扭傷腳踝筋骨也不會讓她生出太多的心情波動。

這是一個沈靜內斂的女子，高辰複心想。

鄔家小院中，鄔八月忽然打了個噴嚏。

張大娘正端了煎好的藥進來，聞聲忙關切問道：「姑娘，可是還覺得冷？要不再添床被子？」

鄔八月接過藥一口喝下，擺手道：「不用了，大娘，這剛剛好，我只是鼻子有些癢癢。」

擱下碗，鄔八月笑著攏了攏棉被，屋外的朝霞搓著手走了進來，道：「姑娘，有位軍爺敲門，他說是高將軍命他來送補品的。」

鄔八月頓了頓，道：「妳去把東西接了，請送補品來的軍爺進屋歇息一會兒，再請他喝口熱茶。報酬什麼的就不用給了，軍中將士，給了反倒辱沒了人。」

朝霞應了一聲，照著鄔八月的吩咐去接待上門之客。

鄔八月則好奇道：「大娘可否跟我說說，為何漠北一帶的百姓對高將軍如此推崇？據我所知，高將軍擔任漠北軍主帥也不過才一年而已。」

漠北軍因是常年駐守漠北關，抵禦北部蠻凶侵襲的軍隊，將帥兵士換得很勤，為的就是防止駐紮邊關的軍隊中人和北部蠻凶勾結。

張大娘嘆息一聲道：「燕京城想必是一片繁華，姑娘沒來漠北，不瞭解在漠北生存的艱難。要說為何崇敬高將軍比任何一任將軍都要多，要從四年前高將軍來漠北說起……」

從張大娘的娓娓講述中，鄔八月對高辰複這個蘭陵侯長子的印象更加鮮明豐滿。

高辰複四年前前往漠北關投軍，身邊只跟著幾名外祖母趙賢太妃派給他的親信侍衛。他從小兵做起，以一年時間坐上了一個小營隊營長的位置，然後便致力於改善漠北軍將士們的環境。

在此之前，漠北軍的將士們生活得很苦，被動地等著朝廷的糧餉，糧食斷缺的時候只能忍飢挨餓。

漠北本就苦寒，一年有近半時間都處在風雪交加的季節，將士們多半都有凍傷、裂傷。

高辰複身先士卒，率領他的小營隊開闢土地、種植作物，以確保朝廷的糧草未能及時續上時，漠北軍的將士們不會挨餓。

同時，他拜訪所有漠北軍的隨軍大夫，希望他們能夠合力研製出防寒、防凍的藥膏，能夠有效預防將士們的凍傷和裂傷。

打仗是隨時可能發生的事情，高辰複所做的，便是為隨時準備為國捐軀的漠北戰士們提供更好的條件和環境。

他的做法得到了上級的認可。

在他的帶動和上級的默許下，整個漠北軍變成了半軍半農的狀態。閒時可以拿起鋤頭下地，戰時可以扛起長槍對敵。

這樣的漠北軍，非但沒有損失了戰力，反而因為能吃得飽而有了動力。

隨軍郎中也將防凍藥膏研製出來，效果雖然只是差強人意，但對漠北將士們來說也是必需品。

第三年，高辰複位居副將之位，有了領軍迎戰的資格，他以少勝多，將侵襲的北蠻趕回了漠北關外。

第四年，他坐上了漠北主帥之位，但這也預示著，今年冬天一過，他便要功成身退了。

張大娘目含崇敬。「以前漠北軍糧草不夠時，百姓不管情不情願，都會將自家的糧食貢獻給漠北軍。如今老百姓不用將糧食給漠北軍，單就這一點來說，老百姓就極為感激高將軍。」

鄔八月緩緩地點頭。「不只老百姓，漠北的將士們也因為高將軍對他們的愛護而崇敬他，對吧？」

張大娘忙不迭點頭。「在漠北百姓的心裡，高將軍是天神一樣的人物，是白長山神派來拯救他們的使者。」

「白長山神？」鄔八月疑惑地看向張大娘。

「漠北關所在的這山，就是白長山。」張大娘笑了一聲。「我們這會兒待的地方，就是白長山山腳呢。」

鄔八月沒有見過漠北關雄關漫道的全景，也不能體會那種豪邁壯闊的心情。

她只頷了首，心想著等養好腳上的傷，定要去看看漠北關全景。

前去鄔家小院送補品的小兵回了軍營覆命。「屬下已將補品悉數送到了鄔家。」

高辰複送的補品並不是軍中所供，而是趙賢太妃讓人給他捎來的。

趙賢太妃一生只有靜和長公主一個孩子，靜和長公主也只有高辰複和高彤絲兩個兒女。

自從高辰複前來了漠北，趙賢太妃每隔一段時間都會讓人往漠北送東西。

高辰複內心微有愧疚。他覺得自己長年在外，未能定時去給趙賢太妃請安，是自己的不是。

出了半會兒神，高辰複方才恢復了精神，問小兵道：「可見到鄔姑娘了？」

小兵老實答道：「回將軍話，不曾。鄔姑娘讓她身邊的一位姑娘來招待屬下，倒了一碗熱茶給屬下解渴，寒暄了兩句，屬下起身告辭，那姑娘便客氣地送了屬下離開。」

「沒有給你銀錢，犒勞你的辛苦？」高辰複微微眯眼問道。

小兵道：「回將軍，沒有。」

高辰複點了點頭，讓小兵下去。

他屈起手指輕輕敲了下案桌。

鄔八月沒有拿錢打發送禮的小兵，這讓他很是滿意。大戶千金出手一般都很闊綽，遇到這樣來人送禮的情況，多半都會以銀錢相贈，慰勞辛苦。

然而這鄔八月卻是極懂分寸，沒有行類似「賄賂」之舉。

看來她對人對事認得極為清楚，也算是通曉人情事理。高辰複暗自點了點頭。

他離開燕京城時已是成婚之齡，而他這一走，婚事便只能擱下。

趙賢太妃也曾寫信來催過幾次，但高辰複都是沈默應之。

娶妻成家對高辰複而言，只是不得不走的人生一步。

然而靜和長公主的離世、蘭陵侯的薄情、蘭陵侯繼妻淳于氏的偽善，成為高辰複排斥婚姻的理由。

所以他若要娶，定會娶自己滿意之人；一旦娶了，他只會有這一個妻子。

他不會步上自己父親的後塵。

或許這一點，鄭親王不知道，宣德帝也不知道。

但這是他從小就下定的決心。

第二十一章

休養半月後，鄔八月的腳傷也好了，走動已無任何問題。

而白長山一帶也確實變成一條又白又長的山脈。

狂風呼嘯，才出屋一會兒，眉上就黏了一層冰霜。

鄔八月手捧著手爐取暖，身子蜷縮著站在院門口。

偶爾有路過的臨近街坊都友好地詢問：「鄔姑娘，又等鄔郎中回來呢？」

鄔八月都報以微笑。

朝霞撐著厚重的油紙傘跑了過來，在院廊下收了傘，抖了抖上面的落雪，憂心道：「姑娘，先回去吧，老爺肯定是有事在軍營裡耽擱了。」

鄔八月將手爐抱在了小腹上，騰出一隻手收攏了大氅的領口，道：「妳們先吃吧，別陪我餓著。我等父親回來。」

朝霞知道自己勸不住姑娘，只能返了回去，催促張大娘等人趕緊先用飯。

天色將黑，鄔居正仍舊未回。

家裡人都陪著鄔八月在院廊下等著。

方成道：「聽說昨兒個晚上，北蠻人又來了一番偷襲，想必軍中多了些傷兵，鄔郎中準是在忙著診治傷員。」

開身。

洪天勸道：「姑娘腿傷才好，別又餓出病來，先吃點吧，我去軍營那邊探探消息。」

鄔八月不想他們為自己擔心，只能勉強用了些飯，等洪天的消息。

果如方成所說，北蠻偷襲致使漠北軍傷了數十人，鄔居正正在軍營中為傷員醫治，根本脫不開身。

「鄔郎中很忙，連飯都顧不上吃。」洪天嘆了一聲。

鄔八月怔道：「父親連晚膳都沒用？」

「豈止晚膳，連午膳都是隨意吃了些。」洪天道：「漠北軍中的郎中本就不多，昨兒個被偷襲，一位郎中正在關口處，給守關的將士送防凍藥膏，這不就倒楣地死於非命了。還有一位郎中吃壞了肚子，自個兒都虛脫了，壓根兒沒辦法照料傷兵，什麼都只能靠鄔郎中。」洪天說著就搖了搖頭。

鄔八月站起身道：「朝霞，拿食盒盛了飯菜，我們去軍營給父親送飯。」

朝霞愣了愣，坐在角落抽葉子菸的羅鍋子聞言望了過來。「姑娘要去軍營？」

鄔八月點點頭。

「妳去豈不是添亂？」羅鍋子不贊同地道：「不僅添亂，還分老爺的心。姑娘還是早點睡吧，別多想了。」

鄔八月搖頭。「父親正餓著肚子，我哪能睡得著？」她又喚了一聲。「朝霞！」

朝霞唯鄔八月的命是從。

羅鍋子又道：「妳去了也白去，守營的將士不會讓妳進去的。」

「別人讓父親用飯，父親顧不得，我給他送去，他一定吃。」鄔八月淡淡地笑了一聲。「軍營不許女子出入，我還沒那麼不惜命。」

家中除了鄔居正，那便是鄔八月的身分最高。

羅鍋子不好再忤逆她，只能由著她帶了朝霞往軍營趕，他充當馬夫。

天色已晚，四周一片漆黑，羅鍋子摸索著趕了小半個時辰的路，方才到了軍營。

尋到守營將軍說明來意，鄔八月搓著手等在營外。

走得太急，她忘了將手爐一併帶來了。

朝霞抱著被棉被包裹著的食盒，倒是不覺得有多冷。

瑟瑟寒風中站了足有半炷香的工夫，方才看到有人往營口這邊來。

鄔八月趕緊踮腳，伸長了脖子往前望，一邊試探問道：「父親？」

然而她失望了，來的是那日造成她腳扭傷的明焉。

「明公子怎麼來了……」鄔八月有禮地對他點頭示意，打了個招呼。

明焉撓了撓頭。「傳話的人去的時候，鄔郎中正在救治一個傷得很重的兄弟，也沒敢打斷鄔郎中，我剛好聽到，所以就……」

鄔八月點點頭，看向朝霞，朝霞將棉被包裹著的食盒塞到了明焉懷裡。

「我聽說父親一直忙著救治傷兵，顧不得吃飯。軍營中想必沒有多準備飯菜，還望明公子待我父親忙過一陣後，讓他用一點，別餓著身子。」

鄔八月對明焉笑了笑。「有勞明公子了。」

明焉的臉頓時脹得通紅，抱緊懷裡的食盒。「不、不客氣。」

羅鍋子道：「姑娘，事情辦完，差不多也該回去了。」

鄔八月點頭，正要同明焉告辭，明焉卻鼓足了勇氣問道：「鄔姑娘難得來一趟要不要進軍營中看看？」

他這話說得又快又急，鄔八月一愣，只以為明焉是覺得她來一趟辛苦，想給她個機會親自為父親送晚膳。

鄔八月遲疑道：「這樣……會不會不大好？」

明焉忙道：「不會、不會。」

鄔八月思考了下，又問道：「軍營不許女子進出，明公子帶我入軍營，會不會讓你受到責罰？」

明焉又是搖頭。

鄔八月就放了心，謝過明焉，隨他踏進了軍營。

守營的將軍注意到明焉一直給他打眼色，撇了撇嘴，睜隻眼閉隻眼讓他帶人進了。

一個簡易的大帳內，有數十名傷兵，鄔居正在正中央的地方忙碌，周圍圍了一圈傷者，面上皆是一片沈重灰敗。

「父親……」鄔八月喚了一聲，他都沒有聽到。

「有一名校尉傷重，恐怕是——」明焉剛開口，便聽見小兵在帳外高呼。

「大將軍來了！大將軍來了！」

眾人齊齊望向帳口。
高辰複大踏步而來，眼中只有擔床上的傷者。
他按住傷者的手，聲音中有一絲哽咽。「挺著。」
「將軍……」校尉艱難地吐出一口濁氣。「屬下，多想再、再和將軍，浴、浴血奮戰……」
高辰複深吸一口氣。「以後有的是機會……」
「沒有……這樣的機會了……」
校尉搖了搖頭，忽然釋然一笑。「但，能跟將軍並肩……作戰，屬下已經、已經沒有遺憾了，將軍要、要擊退北蠻，揚我、揚我大夏國、威……」
他的瞳孔驀地睜大，身體僵硬一瞬後，頭微微歪向一邊，雙目已然合上。
鄔居正俯身探了他的鼻息，檢查了他的脈搏後，微微搖了搖頭。
帳內一陣靜默。高辰複緩緩合眼。
鄔居正嘆了口氣，往外一看，卻看到不遠處的女兒。
「八月？」鄔居正一驚，瞪大眼道：「妳怎麼在這兒？」
他一邊說，一邊朝鄔八月走去。
鄔八月下巴一點，示意鄔居正看她懷裡的東西。
「父親久未回家，也沒有讓人捎個信，我擔心父親不吃飯，餓著身子，所以便帶了些簡單的飯菜來了……」
鄔八月此時已意識到自己給父親添了麻煩，話中含著愧疚。

「父親，我立刻就走，你多注意自己的身體。」

鄔八月將食盒遞了過去。「要是涼了，父親讓人幫忙熱一熱。」

鄔居正接過食盒，嘆了一聲。「這裡很亂，妳趕緊回家吧。」

鄔八月點點頭，剛要回話，就有小兵喚道：「鄔郎中！這兒有人又開始發疼了！」

鄔居正揚聲應了，伸手拍了拍鄔八月，擱下食盒放在一邊，又忙著去診治傷兵。

鄔八月望著他的背影，無奈地嘆了一聲。

四周受傷較輕的傷兵知道鄔八月是鄔郎中的女兒，都表示會幫忙給鄔郎中熱飯。

鄔八月謝過他們，轉身要走，卻注意到一道不可忽視的視線落在自己身上。

她望了過去，對上的是高辰複犀利的目光。

鄔八月頓時一驚。

明焉正和幾名小兵將那校尉的遺體搬離營帳，他已經將鄔八月忘在了腦後。

高辰複幾步走了過來，面無表情問道：「誰讓妳進來的？」

朝霞嚇得一縮。

鄔八月強自鎮定道：「是……」她欲搜尋明焉的身影，卻沒見著他人。

一時間，鄔八月也不敢貿然將明焉給說出來，生怕給他招禍。

她沈默著。

高辰複道：「軍營重地，女子不可進出，這是鐵律！妳能進來必是有人前去將妳帶進軍營。那人是誰？」

鄔八月咬了咬唇，朝霞想要開口，也被她給拉住。

羅鍋子轉身出去找明焉。

姑娘不肯說，定然是怕高將軍怪罪那明公子，只能讓明公子自己來高將軍面前承認了。

明焉被羅鍋子拽進了營帳。

他本是不知道羅鍋子為何這般「暴力」，直到見到高辰複居高臨下地盯著鄔八月，方才反應過來。

明焉急忙跑到二人中間，臉上堆笑道：「小叔……不是，將軍，鄔姑娘是屬下帶進軍營的，她不過是給鄔郎中送個飯……」

高辰複瞪了他一眼，問道：「此話當真？」

「當、當真……」明焉答得越發小聲。

高辰複不帶感情地道：「趙前，帶明焉下去，領十記軍杖。」

趙前應聲道：「是！」

明焉一驚，卻也只能任由趙前將他帶下去。

他知道，自己要是開口辯駁，那就不止是十記軍杖了。

可是他不為自己辯駁，鄔八月卻不願意別人因為她而受苦。

「慢！」

鄔八月轉身往前一步，攔住了趙前。

「高將軍。」她緩了緩氣。「入軍營一事是我強行的，明公子總不能對我動粗，只能一直跟在我旁邊，想第一時間送我出營。此事與明公子無關，高將軍若是要怪罪責罰，也絕對怪罪不到明公子身上。」

高辰複看向鄔八月，鄔八月毫不妥協地同他對視。

明焉想否認鄔八月的說辭，但他一旦否認，就證明鄔八月先前說的都是欺騙之語。

場面僵持，鄔八月始終不肯示弱。

良久，高辰複方才出言道：「難道鄔姑娘想代替他領十記軍杖？」

鄔八月咬了咬唇。「冬日嚴寒，小女子可替漠北軍傷兵無償提供五十床棉被，以抵消十記軍杖責罰，不知高將軍意下如何？」

高辰複板著臉。「一百床。」

鄔八月咬牙。「成交。」

鄔八月離開軍營，忍不住停下腳步，回頭望了戒備森嚴、燈火通明的漠北軍軍營駐紮地一眼。

她沒有面對過兩軍交戰的景象，但見到整個帳子裡傷殘不一的士兵，也能體會得到那樣的殘酷。

「姑娘……」朝霞輕喚了鄔八月一聲，指了指不遠處。「馬車就在前方了。」

「走吧。」鄔八月低嘆一聲，無奈道：「還要去想辦法籌集一百床棉被呢。」

鄔八月特意給鄔居正送來的晚飯，鄔居正沒有用。

等飯菜被端到跟前時，他已經餓過了頭，不覺得飢餓了。

鄔居正讓傷兵將飯菜端給受傷嚴重的幾位將士，他則埋頭寫藥方，囑咐靈兒抓藥。

若說漠北士兵以往對鄔居正還有兩分不信任，經過此役之後，都對他這個從京城派下來的隨軍郎中佩服萬分。

時隔三天之後，鄔居正才和其他隨軍郎中一起，將此次於與北蠻戰役中受傷的將士全都包紮、救治完畢。

萬幸，己方並沒有損失太多人。

而太史將軍帶領了漠北精兵追剿偷襲的北蠻子，殲敵三百，可謂大功一件。

鄔居正將傷亡情況呈上了高辰複的案桌。

「高將軍。」鄔居正行禮道。「受傷士兵共計兩百七十九人，其中重傷有八十四人。」

高辰複靜默片刻後問道：「亡者多少？」

鄔居正輕嘆一聲。「五十七人。」

高辰複眼盯著案桌，久久不語。

打仗必有傷兵亡兵，這並不稀奇，高辰複也早已習慣了聽隨軍郎中稟報傷亡情況。但每一次，他都覺得無比痛心。

高辰複無聲地嘆了口氣，看向鄔居正道：「還有勞各位郎中，繼續救治傷兵。」

「屬下遵命。」

幾位郎中正要退下，趙前撩開帳簾拱手稟報道：「將軍，鄔姑娘籌集一百床棉被，已經著人送來了，正在營外等候將軍示下。」

鄔居正腳下動作一滯，狐疑地看了趙前一眼。

高辰複也是抬眉，道：「既送來了，你就讓人幫忙搬進來，分發下去。」

趙前應是，又匆匆離開了營帳。

落在所有隨軍郎中最後的鄔居正轉向高辰複，遲疑地問道：「高將軍，方才趙侍衛所說的鄔姑娘……」

高辰複點點頭。「正是鄔郎中的女兒。」

「這是……」鄔居正疑惑不解。他已三天未回家，一直忙著診治傷兵，自然不知道家中情況。

高辰複解釋道：「當日令嬡擅入軍營，有違軍規，令嬡自願以一百床棉被抵十記軍杖，今日她正好送來。」

鄔居正目瞪口呆。

高辰複起身道：「鄔郎中，傷兵還等著你給他們換藥。」

鄔居正忙應了一聲，又遲疑地看了高辰複兩眼，方才掀了帳簾離開大營。

拐過兩個營帳，卻是碰到了匆匆而來的明焉。他沒留神，差點撞到鄔居正。

鄔居正扶住他笑道：「明公子，何事這般急切？」

明焉見是鄔居正，臉上卻是露了兩分窘迫羞澀之意。

「鄔郎中怎會在此處？」明焉順口問了一句，道：「我、我是有事要同將軍說。」

「既是有事上稟將軍，那我就不耽誤了。」

鄔居正拍了拍明焉的肩，正要繞過他——他還想趁著這會兒得閒去營口瞧瞧，到底是不是八月來了。

明焉卻又喚了他一聲，待鄔居正回頭，明焉面上又遲疑起來。

「鄔郎中……」他猶豫半晌，還是實言告知道：「鄔姑娘正在營口，鄔叔要是想見她，可別耽擱了。」

話畢，明焉微微紅了臉離開，鄔居正望著他的背影，更覺離譜。

匆匆趕到營口，正看到趙前指揮著幾名士兵將營外的棉被往推車上搬。

冰天雪地的露天場地上，鄔八月身著一件火紅色的狐狸皮大氅，渾身上下包裹得嚴嚴實實，只露出一張白瓷般細膩的小臉。

她眼睛很尖，一眼就看到了鄔居正。

鄔八月興奮得上前幾步，卻又停了下來。

她沒忘記這一百床棉被的教訓——她才不會再踏進軍營「重地」。

鄔八月伸手揮了揮，高聲道：「父親！」

鄔居正遠遠地應了一句。等他走近，那一百床棉被已被趙前命人全拉走了。

鄔八月已幾日未見鄔居正，能在今日見到他，很是開心。

「父親這幾日在軍營中過得可還好？」鄔八月關切地望著。

鄔居正自然說一切都好。

父女倆寒暄一陣後，鄔居正方才問起鄔八月這一百床棉被的事。

鄔八月也都照實說了。

「高將軍有敲詐我之嫌，不過棉被也是為保家衛國的將士們所用，我也不覺得虧。」鄔八月笑道。

鄔居正點點頭，沈吟片刻後問道：「高將軍倒也罷了，那明公子……妳今日見過他？」

鄔八月道：「見過，父親來前不久他才剛走。」

鄔居正若有所思。

鄔八月忍不住問道：「怎麼了？父親。」

鄔居正微微笑了笑，道：「沒什麼，天寒，別在外待久了，趕緊回去吧。」

「父親什麼時候能回來？」

鄔八月巴巴地望著鄔居正問道。

鄔居正思量片刻，果斷道：「最遲後日，父親一定回去。」

鄔八月這才開心一笑。「那我就等著父親回來，父親可不能說話不算話。」

「君子一言九鼎，父親怎會失信於妳？」鄔居正笑道。「營中還有事，父親先走了。妳快些回去。」

「知道了，父親。」

第二十二章

天，越發涼了。

鄔八月想過漠北天寒，卻不知竟冷到這般地步。

一夜之間，積雪都能沒過人的小腿，直逼膝蓋。呼嘯的寒風像鬼哭狼嚎，不到萬不得已，鄔八月都不願意出屋。

距離上次北蠻偷襲已有月餘，鄔居正已無太多事情纏身，那次戰鬥負傷的傷兵康復了大半，還在養傷的都是當初傷重之人，無須他時刻盯著。

但礙於這寒風凍雪，鄔居正在答應鄔八月回家不過幾日後，又無奈地告訴女兒，他得留在軍營之中。

畢竟這般每日來回奔波，他也吃不消。

鄔八月理解父親的辛苦，雖然傷懷，卻還是吩咐朝霞和暮靄幫著鄔居正和靈兒收拾衣物鞋襪，讓羅鍋子送鄔居正前去軍營。

鄔居正擔心女兒，同她說好，每隔十日回來看她。

鄔八月欣然答應。

兩日前，鄔居正回來歇息了一日，又回了軍營。

鄔八月在他走後兩日卻收到了燕京來的家書。

賀氏字跡秀美，將他們父女離京之後兩府的情況娓娓道來。

當日段氏前去東府，被鄭氏和金氏以言辭相傷，段氏氣急臥床；而後忠勇伯夫人裘氏來訪，又酸言酸語諷刺了段氏，段氏身子越發不好，將養月餘方才有好轉的跡象，賀氏這才給鄔居正和鄔八月寄來一封家信。

賀氏信上寫道：「府中一切皆好，除母親神傷之外，各項事均井井有條。陵桃婚事正在籌辦之中，只是陳王態度遠不如之前積極。良梧的親事也已準備就緒，御史中丞顧大人對良梧讚許有加。年後府中便有此兩件喜事，正可沖沖濁氣。」

鄔八月讀到這兒，不由有些為鄔陵桃擔心。

陳王態度有變，自然是因父親遭貶之事。人還沒過門，陳王就已開始輕視她，將來過了門，陳王府中各色鶯燕，三姊姊又該如何應對？

鄔八月嘆了一聲，接著往下看。

「尚有一事，也可淺說一二。東府陵柳之終身大事已訂，大嫂將之許給一方巨賈，收受對方不菲聘金，婚後陵柳將隨之離京千里。田姨娘出言反對，大嫂斥其僭越，命人上了家法。大伯母對此頗有微詞，但看在聘金數額可觀之分上，未曾作主替陵柳周旋。」

鄔八月從賀氏的語氣中讀到了濃濃的不屑。

在世家大族的眼中，即便是庶女，相配商賈也是讓人恥笑的。士農工商，商者居末，商人一身銅臭之氣，為世家大族所不齒，世家女兒相配商戶，往往被人稱為「賣女」。

金氏此舉，委實太露骨了些，畢竟，鄔陵柳嫡姊的「夫君」，乃是大夏第一人，當今帝王。

鄔八月想，依鄔陵柳的性子，不管嫁了誰，她都會在自己夫君面前炫耀，說他與當今聖上乃是連襟。

將一國之主與一介商戶相提並論，落到有心人耳中，恐怕又要多生事端。

或許也正是因為如此，金氏才找了一戶能帶鄔陵柳遠遠離開京城的商戶。

鄔八月揭過此事，繼續讀信。

「修齊甚有出息，三年前府試奪魁，奈何因病未能前來燕京參選殿試，甚是遺憾。兄長來信，言道年後會攜帶家眷前來燕京，住上大半年，讓修齊在京中參試，以彌補三年前之遺憾。」

賀修齊乃是鄔八月的大表兄，舅父賀文淵長子，從小便聰穎，舅父對他寄予厚望。

鄔八月看罷信，將之妥帖摺好收回信封之中，只等鄔居正下一次返家時予他閱看。

「聞說漠北天寒地凍，冬日竟凍死牛羊無數，寒冬遠比燕京時長，肌膚皸裂者十有八九。身邊無多人伺候，夫君與八月可要萬分注意身體，防寒保暖，當務之急。」

賀氏寫在末尾的諄諄叮囑看得鄔八月眼濕。

朝霞見她出神，忽地出聲道：「姑娘，奴婢瞧著明公子對您挺好的，他……應該對您有意。」

鄔八月怔了下，方才搖了搖頭，道：「明公子乃是高將軍身邊親近之人，年後高將軍將要返京，明公子定然會跟他一同返京。」

她認真道：「我不能回燕京城。」

朝霞不解。「為何？姑娘到時可以不再與宮中有任何牽連，在京中總能見到二太太和三姑娘她們，這不好嗎？」

鄔八月看著朝霞，欲言又止了半晌，還是嘆氣道：「那當然好，可……算了，妳不會明白的。」

朝霞無言地望著她。

心裡的大秘密，她能告訴誰？如今唯一一個也知道這個秘密的，是玉觀山上濟慈庵中的靜心師父，同時也是高辰複的親妹。

但即便是她，所知的也不過是姜太后有個情夫。

鄔八月很清楚，她若是回去，頭一個忌憚她的便是祖父。

她也清楚地記得，祖父是如何評斷她和姜太后的。

「妳撒謊成精，她卻言出必諾。」

祖父相信姜太后遠勝過她。

她回京的消息，祖父若是毫無芥蒂地告知姜太后，或許又是她下一個危難的開始。

鄔八月重重地嘆了一聲。

正要說話，暮靄卻慌張地趕來，說話都帶了哭腔。「二老爺回來了，可他被一隻下山的狼崽子咬了，高將軍……」

鄔八月腦子裡轟的一聲，沒聽完話便跳下床炕，連鞋都來不及穿，只著了一雙薄薄的布襪便往前廳衝。暮靄連聲喚了兩句，鄔八月卻已經拐過了屋角。

剛跑到前廳門口，鄔八月便愣住了。

她只著一件月白單衣，因午睡而散著頭髮，一頭青絲因她劇烈的跑動而凌亂地披散在兩肩、前胸和後背，襟口處的肌膚裸露了出來，泛著瑩白的微光。

她面前站著一個高大的身影。

高辰複神色嚴肅，嘴角緊抿，眼中卻有兩分詫異——他的眼裡倒映著鄔八月嬌弱堪憐的模樣，她身後簌簌而下的白雪襯得她更加冰肌雪膚、眉目如畫。

兩人同時怔愣了片刻，然後齊齊動作。

高辰複背過身去，將她擋在自己身後，免得她被前廳屋中其餘人看見。

鄔八月也下意識地背過身去，正好看到抓著大氅、拎著毛靴跑來的暮靄。

鄔八月心裡止不住暗罵道：這死妮子，怎麼不說前廳中還有旁人？

暮靄也知道自己犯下大錯，顧不得認錯，只趕緊伺候著鄔八月裹上大氅，再將腳套進毛靴。

「姑娘……」暮靄哭喪著臉道。「奴婢話還沒說完，您就跑了……二老爺沒什麼大事，只是腿被小狼崽子咬撕裂了一塊肉，二老爺自己說只需要休養一段時日……」

「門外是誰說話？」

鄔居正的聲音傳來，許是因受了傷，所以說話聲音有些虛弱。

鄔八月攏緊身上的大氅，低垂著頭回頭，待見到眼前地上之人的腳挪開之後，她方才抬頭，怔怔地看向前廳之中坐著的鄔居正，戚戚然地喚了一聲。「父親……」

鄔居正已有幾日未見到女兒，乍一看到她那副擔憂焦急的模樣，也不禁惻然。

「八月莫哭。」礙於有旁人在場，鄔居正也只能按捺自己的情緒，端出長輩的姿態道：「父親無甚危險，並無性命之虞。」

鄔八月朝他走了過去，鄔居正這才瞧見女兒身形單薄，只胡亂裹著一身大氅，鬢髮凌亂，顯然是匆匆而至。

若是只得他們父女倒也罷了，可這屋中還有外男，女兒這副模樣確實有些荒唐。

「八月且去換了衣裳，再來同父親敘話。」鄔居正微微蹙了眉頭，看向鄔八月。

鄔八月自然是聽話地返回去換了家常衣裳，將自己裹得嚴嚴實實的，整理妥當後才又回到了前廳。

鄔居正的右小腿肚子處包裹了紗布，上面隱隱露出殷紅，必是血跡無疑。

他與高辰複正在談話，鄔八月不便打擾，走近鄔居正身邊只微微福了禮，便乖順地站在了他身側。

她的視線卻膠著在鄔居正的腿傷上。

高辰複望了她一眼，方才收回了視線。

鄔居正還在輕聲說著什麼，高辰複的思緒卻飄得有些遠。

他活了這麼多年，並非沒有見過女子衣著單薄的時候，早在他情竇初開之年，繼母淳于氏就安排過兩個通房丫鬟予他，他忌憚，所以冷落了二人。丫鬟不甘心，嘗試勾引之事層出不窮。

昔日在京中，他也曾有過三兩好友，相約前往風月之地聽風塵女子撫琴弄曲。風月場上的姑娘遠比府中丫鬟更加風情萬種、百媚千嬌。

他見過的女子雖不算頂多，但他自認為也不少了。

但自從四年前離京到此，他便沒再和任何女子有過接觸。

偶然之間，得見鄔八月這般形象，由不得他心中不生綺念。

但他也只是冥想了片刻，便又被鄔居正的話拉回了心神。

「那狼……不知將軍要如何處置？」鄔居正問道。

高辰複雖有些神遊，但鄔居正的問話他還是聽見了。

高辰複沈吟片刻，看向鄔居正。「鄔叔，今日你受傷，也是小姪照看不周之過。近段時日鄔叔盡可好好養傷。至於傷你之小狼，自然也該由鄔叔處置。」

「將軍說哪裡話，是我自己不小心……至於那狼崽子，雖是咬傷我之元凶，但牠到底不過是隻走失小狼，放歸山林也就是了。」

鄔居正一邊說著，一邊朝西南角望了過去。

鄔八月也跟著望了過去，但見一名侍衛打扮之人腳邊放置著一只鐵籠，籠中蜷縮著一隻似乎只有一、兩個月大的小狼。

鄔八月眼前一亮。

這雖是咬傷父親的元凶，但鄔八月還是忍不住在心中嘆道：這小狼可真漂亮！

鄔八月眸中的神采毫不意外地被高辰複盡收眼底。

「鄔叔，這小狼出生不過月餘，若是妥善馴養，或許也能擔當看家護院之職。不過狼性難馴，鄔叔要養之還是放之、殺之，全憑鄔叔決斷。」

高辰複面向鄔居正拱手道：「軍營中還有事，小姪就不久待了。鄔叔好生休養，軍中還是不能缺了鄔叔。」

鄔居正趕忙道：「將軍慢走，屬下傷勢好轉，定立刻回營。」

高辰複點了點頭。

待出了屋，他隱約聽到身後女子道：「父親，小狼咬傷了你，讓牠留下來給咱們做活抵罪……」

高辰複微微彎了彎唇。

鄔家小院裡，鄔居正憐愛地看著女兒蹲在鐵籠子面前，逗弄那隻昏昏欲睡的小狼。

這是漠北一帶才有的雪狼，皮毛光亮潔白，在一片雪域之中，白毛皮對掩藏行蹤極為有利。也不知這小狼怎麼會下山，正好遇到鄔居正，將他給咬了。

「八月喜歡小狼？」鄔居正輕聲問道。

閨中女子都愛這些個小玩意兒，像什麼小貓小狗，富貴人家多少都會養上幾隻，打發時間。想著自己常住軍營，女兒身邊雖然有人陪伴，但到底主僕有別，她難免覺得沒個說話的對象。雪狼生性並不算凶殘，馴養起來倒也不擔心牠會噬主。

只是這東西怕也是養不熟的，等牠大了，興許就逃之夭夭了。到時候女兒和牠有了感情，豈不是又要傷心？

「嗯，父親，我喜歡這小狼。」鄔八月側過頭，有些期待地看著鄔居正。「這小狼，父親打算怎麼處置？」鄔八月眨眨眼。「按女兒說的，讓牠留下來給我們做活抵罪可好？」

鄔居正沈沈地笑了兩聲。

「妳但說妳想留牠陪伴便好，還扯那謊做什麼？為父沒有意見，只是少不得要提醒妳，雪狼難以抓獲，為父也未曾聽過有誰人養牠做寵物的，且雪狼天性喜藏匿，即便妳養牠長大，或許有一日妳也不見牠蹤影。到時候，妳若是傷心難過如何是好？」

鄔八月愣了愣，看向小狼。這小傢伙正安心地呼呼大睡呢。

鄔八月彎唇一笑。「無妨，父親，要是牠想念家園，想要尋找同類，放牠走便是。牠這般小，如此放回山林雪地，恐怕也活不下去。」

「妳這孩子倒是心善。」鄔居正輕嘆著搖了搖頭，道：「也罷，妳既然喜歡，那便養著吧。興許這畜牲得了妳諸多照顧，今後死心塌地跟在妳身邊護衛也不一定。」

父女倆都笑了起來，鄔八月小跑著到鄔居正跟前道：「謝謝父親。」

「謝什麼。」鄔居正頓了頓，卻是數落起鄔八月來。「倒是妳方才來前廳時那身穿著，委實不像話。」

垂頭候在一邊的暮靄頓時一個哆嗦。

鄔八月撓了撓頭。「我聽說父親受了傷，有些失了魂，沒注意到……」

鄔八月現在想起來也有些懊惱。那副模樣被高辰複給看了去，那可是父親的頂頭上司……這可多尷尬？

「罷了，下次注意，幸好無人看見什麼，高將軍是正人君子，自不會亂說。為父這幾日就在家休養，待腿上的傷口結痂了便回軍營。」鄔居正道：「也多陪妳一段時日。」

鄔居正要在家多待一段日子，鄔八月自然是歡欣的。

高辰複回到軍營處理妥當了一些軍機要事，難得有了空閒的時間。

明焉到了高辰複的營帳，磨著他說話。

「小叔……」旁無外人時，明焉總是以親輩之間的稱呼喚高辰複。

「何事？」高辰複從案桌上抬起頭來，沈聲問道。

明焉手上抱著一床新棉被，高辰複認得出來，這是今年的新棉被，是鄔八月允諾的一百床棉被的其中之一。

「小叔，這床棉被可否讓我領了去？」明焉望著高辰複，滿含期待。

高辰複皺眉。「衣食之物都有軍需將領分管，你抱著一床棉被到我跟前來討要是何道理？何況新棉被多緊著前線的將士和立有戰功的傷兵，你這般做，幾令人反感。」

「我知道……」明焉搔了搔頭，頗有些難為情。「可是，這床棉被是鄔姑娘送來的……」

「她送了一百床，難道這一百床你都要拿去？」高辰複聲音更嚴厲了幾分。

明焉連忙搖頭，也許是知道在高辰複這兒得不到應允，他的語氣有些沮喪。

「我、我拿兩床來換行不行……這棉被，聽說鄔姑娘送來時，手上抱的就是這床……」

高辰複的眉頭緊緊鎖起。

「明焉。」他揮手讓帳中其餘人等都退了下去，帳中只剩下他們二人。

「你與鄔姑娘，絕無可能。」高辰複將話挑明，厲眸射向他。「所以，不要再花心思和情感在鄔姑娘身上。」

「為什麼？」明焉頓時驚愕地張大嘴，一臉不可置信。「小叔，我知道我如今不該想男女之事，可是——」

「沒有可是！」高辰複厲聲喝斷。「正該你掙前程的時候，你怎可花費心思在兒女私情上？」

明焉面露兩分煩躁。「掙前程同我喜歡哪名女子有什麼衝突？待年後回了京，你安排我做何事我便做何事，這又不礙什麼，何況……」

他語氣有些恍惚。「何況，我是真的喜歡鄔姑娘。」

「你見的女子太少，哪懂什麼喜歡不喜歡。」

高辰複聲音軟了下來。「等你回了京，多見些風情不一的女子，你就會忘了她。」

「忘不了……」明焉喃喃地低語。「我與鄔姑娘相遇後就問過小叔，我騎射多年，從未撞到過人，偏偏撞到她，這是不是說明我們有緣分……小叔當時便斥責過我，讓我不要英雄氣短兒女情長……我也確實收了心，不再想此事。可……可那次她送棉被來，又被我看見……」

明焉似乎陷入了美好的回憶中。

「她披著一件狐狸皮的大氅，那衣裳火紅火紅的，在一片白皚皚的雪裡顯得尤為奪目。我眼裡只瞧得見她，再瞧不見別人，我覺得她美得不像是人間之人，我甚至覺得，她有勾魂攝魄的能力……小叔，我怎麼可能把那麼美好的她給忘掉……」

高辰複深吸一口氣，舉起案桌上的硯臺朝著明焉的肩頭砸了過去。

明焉吃痛，驚呼一聲，愕然地看向高辰複。

「你必須把她忘掉。」高辰複沈沈地說道。「忘不掉，也得忘。」

「小叔……」

「因為，她將來會是你的小嬸。」高辰複眉眼沈沈，望定明焉。

明焉的表情恍若聽到了驚天之秘密，他不可置信地張大嘴，雙目瞪得如銅鈴。

「不、我不相信……」明焉驚叫道。「小叔你、你要跟我搶女人？你喜歡她?!」

高辰複搖頭，很平板地直述。「你只需知道，你同她絕無可能。其餘的，你不需要知道。」

他微頓。「這是為你好。」

皇上的密信只有他與身邊幾個親近之人知曉，他再是看好明焉，也無法將事情和盤托出。

明焉會誤會，已是高辰複意料之中。

明焉連連後退幾步，看上去似乎要奪門而出。

高辰複喚住他。「明焉。」

明焉腳下一頓，在原地停留了片刻，還是大踏步離開了主營。

此後幾日，他未曾在高辰複身邊出現，但據趙前稟報，該他做的事，他還是兢兢業業地完成，對軍中之事並未有所耽誤。

高辰複微微鬆了口氣。

鄔家小院裡，鄔八月正逗弄著新夥伴月亮。

小狼到鄔家的當天，鄔八月便給牠取了這個名。因小狼渾身雪白，只額上有一彎月牙狀的紅色毛髮，所以鄔八月便叫牠月亮。

洪天和方成都看過了月亮，說這是一頭公狼崽子，牠長大後前肢立起，定然比鄔八月的身量還高，到時候帶出門去定然十分駭人。

鄔八月驚奇地握住月亮兩隻前肢，盯著牠圓溜溜、烏漆漆的眼睛。

「長大後的月亮肯定特別威猛。」鄔八月笑得一臉自豪。「妳看牠小時候就這麼威風凜凜了。」

朝霞和暮靄都笑起來。暮靄湊上前去要摸月亮的頭，被朝霞一掌拍下。

「朝霞姊，人家知道錯了嘛！」暮靄忍不住對朝霞撒嬌。「姑娘也沒說什麼，妳就別老是板著個臉了，容易老的。」

鄔八月好笑地朝二人望了過去。

暮靄右手三指伸直併攏，指天道：「我發誓，當天姑娘著裝不雅，真的就只有高將軍瞧見。高將軍總不是那長舌婦，會到處嚼舌吧？」

朝霞狠狠地瞪她。

「若是別人瞧見姑娘衣著不整，我看妳怎麼跟二老爺二太太交代。」朝霞伸手狠戳了下她的前額。「死妮子，一點都不穩重！」

暮靄揉了揉額頭，朝鄔八月靠過去告狀。

第二十三章

兩個丫鬟拌嘴，鄔八月不會參與其中，但她們話中提到的人，卻讓鄔八月有些在意。

與平樂翁主見面之事一直沈甸甸地壓在鄔八月心裡，她見到高將軍並沒有傳達平樂翁主的話，有她的考量。

她覺得平樂翁主為人似乎有些瘋狂，而高將軍瞧上去卻是正人君子。

平樂翁主騙過她一次，讓她不得不聽了平樂翁主所謂的「天大秘密」，將她拉入了平樂翁主的陣營。

平樂翁主說有人在阻斷她和高將軍之間的聯繫，但就鄔八月自己忖度，這話裡也有些虛假。

這樣一個虛虛實實的人，她說的話，鄔八月都要仔細思索兩回才行。

讓她給高將軍傳話的事，鄔八月至今都沒辦到，就怕又是平樂翁主的一個陰謀。

鄔居正是個盡職盡責之人，到了漠北關後，少有藉故休息的時候。

此番因月亮將他咬傷，鄔居正也只歇了兩日，覺得走路沒什麼大礙了，便又回了軍營。甫一回到軍營，便拖著還有些瘸的右腿去見高辰複，謝他讓他休養這段時間。

他在外邊候著，守營士兵說，帳內幾位將軍在商討機密要事。

鄔居正搓了搓手。寒冬天，呼呼狂嘯的寒風吹裹著雪，颳到人臉上就凝成了冰碴子，凍得人眼睛都不怎麼能睜開。

守營兵於心不忍，讓他到旁邊的營帳內去等著，裡面好歹有個火爐能取取暖。

將軍主帳內，高辰複正和幾名手下將軍商討禦敵之計。

這個冬天，北蠻已經前來偷襲過好幾次了。眼瞧著天越來越冷，難保北蠻人不會再大舉強攻。食物短缺是北蠻屢次進犯大夏的根本原因。

漠北關依仗著白長山天險，很好地據守著這道大夏邊防的口子。自大夏建朝起，漠北關守將就從來沒有讓此處被北部蠻凶撕開過。

北蠻疆域遼闊，草原一望無垠，高辰複在草長鷹飛的春季，曾經騎著良駒在北蠻疆土上馳騁過。水草豐美時，北蠻從不會進犯大夏；只有在寒凜的冬季，北蠻缺乏食物，才會冒著喪命的危險強行進犯，搶奪糧食。

高辰複有時候會想，若是北蠻冬季不缺食物，是不是就能一直與大夏保持相對平和？

漠北關外、北蠻疆土上，有一條綿長的礦脈帶。

此事北蠻人不知，即便北蠻人知道，恐怕也無法利用它。

北蠻太落後，冶煉之術遠遠及不上大夏，鍛造出來的兵器粗劣而蠢鈍。

大夏冶煉鍛造之術為人稱頌，卻沒有純而精的原料，正緊缺這樣的礦品。

所以高辰複發現此條礦脈帶時，顧不得自己身在漠北關外北蠻的地界，冒著危險也要在當地多待上一段時間，仔細估算這條礦脈帶的儲礦數量。

而他回來時便修書往京，向宣德帝稟告此事。

高辰複覺得，這也是他離開漠北關前，能為大夏、漠北軍做的最後一件事了。

每年漠北軍都要在北蠻人手上折損一萬左右兵力，趕上某年天氣太過寒冷，北蠻人為了食物齊齊壓上邊境，損耗五、六萬人數也是有的。

若有可能，高辰複希望大夏能和北蠻休戰。大夏可以這條礦脈帶為契機，與北蠻達成交易，以換取邊界和平。這樣，漠北軍每年因抵抗進犯而傷亡的人數也能銳減。

但那些都是以後的事。此時高辰複要做的，還是要積極布防，謹防北蠻人再度侵入，讓這一年年尾、下一年年頭能安穩地過去。

商量妥當後已過去一個多時辰，將軍們陸陸續續地離開主帥營帳。

高辰複鬆了口氣喝了口粗茶，剛擱下茶盅，守營兵就來報，說鄔郎中等他很久了。

高辰複立刻讓人請鄔居正進來。

鄔居正給高辰複行了禮，高辰複問道：「鄔叔的腿傷可好多了？」

「好多了。」鄔居正點點頭，抬腿動了動笑道：「多謝將軍關心，無礙。」

高辰複便頷首，又道：「鄔叔才歇了幾日便回來了，我漠北軍能有鄔叔這樣盡責的隨軍郎中，是我軍的福氣。」

鄔居正自然謙虛地擺手道：「哪裡哪裡，這都是我該做的，還要感謝將軍讓我這段時間可以休息休息。」

高辰複微微笑了笑，伸手請鄔居正坐了，自己也坐了下來，雙手交叉在案桌上，與鄔居正相對，兩人閒談了起來。

鄔居正望著高辰複，心裡忍不住讚嘆。

蘭陵侯爺和靜和長公主都是人中龍鳳，他們的兒子，相貌堂堂自不必說，難得的是他雖是將軍，氣質中卻透著一股儒雅，冷臉時固然讓人膽寒，但真心笑時卻也讓人如沐春風。

這年輕將軍能爬到如今位置，雖也有他自己上進努力之功，但他本有的身分總是給他省了不少麻煩，予了他不少助益。

鄔居正自然知曉這一點，但即便如此，他還是覺得這個後生當得起守衛漠北大關的重要之職。

鄔居正在軍中待到天色開始黑起來，便急匆匆地返家了。

鄔八月見到他回來很高興，一邊道：「今兒東市那邊宰了頭母豬，張大娘去買了兩扇新鮮豬肉和兩根筒骨，熬了骨頭湯，父親喝正好。」

鄔居正只是被月亮咬傷了腿上的肉，倒是不礙筋骨，但鄔八月想著這也聊勝於無，喝骨頭湯總沒有壞處。

鄔居正卸下頭上的氈帽，脫下夾了冰雪的外罩，點了點頭。朝霞和暮靄已經將晚膳擺上了桌。鄔居正揮手讓所有人都出去，就連黏在鄔八月腳邊的小狼月亮也給攆了出去。

月亮一邊被趕一邊衝著鄔居正齜牙，發出低沈的警告聲，門闔上後還能聽見月亮撓門的聲音。

鄔居正坐了下來，道：「這狼還挺護主的。」

他笑了一聲，給鄔八月挾了一筷子菜。「先吃飯吧。」

鄔居正輕聲道：「今日為父回軍營，倒是和高將軍閒聊了些許時候。」鄔居正微微蹙了眉心。「八月，為父總覺得，那高將軍似是看上妳了。」

鄔八月一愣。「父親說什麼呢……難不成是因為那日父親受傷，高將軍看到我衣衫不整的模樣，所以父親生了些心思？」

鄔居正搖頭。「今日為父和高將軍閒談，高將軍總會提到妳一、兩句，話中暗含關切……」

鄔八月下意識張口。「不會吧……」

高將軍也有二十來歲年紀了，見過的女人怕也不少，怎麼會看上她？

但鄔八月又想起自己三次見到高辰複的情形。

第一次是明公子騎馬衝撞她，她扭傷了腳踝，高將軍帶著明公子來瞧她，那時父親正給她正骨。雖然高將軍沒表現出來，但她眼角餘光還是看到了，高將軍是瞧見過她光腳的。

第二次是她去軍營給父親送飯，明公子放了她入內，卻遭到高將軍斥責。那一百床棉被是她為抵責罰的交換之物。

第三次便是在幾日前，高將軍送被月亮咬傷的父親回來。

這般說來，三次之中倒是有兩次讓高將軍瞧見了本不該瞧見的……難道高將軍是因為如此，方才覺得該對她負責？

鄔八月想到這兒，頓時有些哭笑不得。

這種事情，她又不能直白地告訴父親，只能自己悶在心裡，低聲道：「女兒覺得……高將軍只是感念我給軍營送了一百床棉被吧。」

鄔居正想了想，也覺得女兒說的有幾分道理。解了一樁心事，鄔居正心情也輕鬆了許多。

鄔八月也瞧了出來，趕緊從懷裡掏出燕京來的家書。之前是父親不在，她將此事給忘了。後來父親回來，又是受了傷，她也沒想起這事。今兒下晌時她猛地想起，便將家信給找了出來揣在身上，想等父親回來便給他瞧。

接過妻子寄來的家信，鄔居正如獲至寶，就著燈光從頭到尾仔細地看了好幾遍。

鄔八月撐著下巴笑。

待將信妥帖收好，鄔居正方才尷尬地咳了一聲，故作正經地板了臉。「這都多少天了，妳才把信給父親瞧。」

鄔八月掩面告了個罪，笑道：「父親什麼時候給母親寫封回信？」

鄔居正一臉不在意。「待得空了再寫，也不急於一時。」

鄔八月見他仍舊這般偽裝，輕輕捂嘴笑了兩聲。

鄔居正沈吟片刻，卻是說道：「因為父之事，陳王對與鄔家的婚事上態度有變，陵桃將來嫁過去，恐怕過得不會太稱心如意。」

說罷，他默默地嘆了一聲。

離家千里，鄔居正最關心的自然是家中諸人，其中又尤以鄔陵桃的婚事最為著緊。

雖是板上釘釘的未來陳王妃，但如今鄔居正逢難，對鄔陵桃自然也有很大的影響，陳王又是慣會見風使舵之人，鄔居正早就料到他的態度會有所轉變。

但真的聽到消息，鄔居正還是覺得略有些心寒。這樣的女婿，不是他想要的。

鄔八月柔聲寬慰他道：「父親不用擔心，母親一定會好好教導三姊姊的。三姊姊也不是蠢笨之人，進了陳王府，也會審時度勢為自己謀劃……」

鄔八月說到這兒，卻是想到年後鄔陵桃出嫁，她和父親都不能送她出門，便有些傷感。

三姊姊雖然性子高傲，說話還有些刻薄，但與她之間的姊妹之情卻不是假的。她在她面前會使小性子，也是將她當作親近之人方才如此。

鄔八月停下了話頭，看向鄔居正。「我會為三姊姊祈禱的。」

鄔居正哂然一笑。「好，得妳祈禱，陵桃的路也會走得順些。」

這也不過是互相寬慰之話。鄔居正怕繼續談及陵桃，他也生了感傷之心，便將鄔陵桃之事放在一邊。

「倒是妳二姊姊，這門親……」鄔居正提到鄔陵柳，頻頻搖頭。「便是要將庶女打發走，大嫂做得也過火了。」

鄔陵柳相配商賈，在鄔居正眼裡也是有些不屑的。當然不屑衝的是金氏而非鄔陵柳。好好一個姑娘，讓嫡母給毀了。這是鄔居正和賀氏心裡共同的想法。

鄔八月倒是不這麼覺得。

蒙羞的是鄔家，是大伯母，得益的說不定是二姊姊呢？

商賈之家若是家底厚，吃的穿的用的哪一樣及不上世家勛貴？不過就是地位被人看得低了些而已，但生活的享受卻和世家勛貴沒什麼區別。

不過依著鄔陵柳那性子，怕是不能隨遇而安。

鄔八月不好對鄔陵柳的婚事進行評斷，只聽鄔居正說。

「鄔家庶出的兒女不多，二丫頭也算是獨一份，昭儀娘娘只有這一個親妹子，這般打發了，說起來也是落了昭儀娘娘的臉面。」

鄔居正搖頭嘆氣，對金氏此舉大大的不贊同。

鄔八月卻品出了別的味道。

父親和母親都知道大伯母此舉不妥，大伯母怎麼會不知道？而照大伯母之前的舉動，即便不給二姊姊找門好親事，也不至於將她如此下嫁才對。

大伯母這般匆匆給二姊姊訂下親事，將她送得遠遠的，田姨娘因反對還被打了一頓……其中莫不是有什麼不為人知的秘密？

鄔八月絞盡腦汁想了半晌，理不出個頭緒，也只能將這事放到一邊。

母親的信上內容不多，憑藉這些，她和父親都無法推測出京中的具體情形。

鄔居正輕聲一嘆。「若是如今還在京中，這時候兩府都應該開始準備起過年節禮了。」

是啊，時至年關，燕京應該已經開始忙碌起來過大年了。

反觀他們這個小院，到此時也還是冷冷清清的。

鄔八月算了算日子，問鄔居正道：「父親，過大年要準備些什麼？您列個單子，我也好讓張大娘準備起來。」

鄔居正笑著搖搖頭。「就我們倆，也不需要刻意準備些什麼。買了紅紙裁了寫幾副對聯，貼貼窗花，布置一下就行了，圖個意思。」

鄔八月點頭，一一記下來，又問他：「那年三十晚上呢？」

「比往日做得豐盛些就行，也別刻意去準備些什麼菜。咱們簡簡單單地過一個年就好。」鄔居正頓了頓，輕聲道：「漠北還有些將士們沒有家，除夕也只能啃饅頭。」

鄔八月靜靜沈默下來。

相比起漠北寒關的冷清，京中各家各戶卻是熱鬧的，紛紛開始採買年關所需物品、年節器具，緊張忙碌地準備辭舊迎新。

就連宮中禮部也開始奉上諭，準備祭天祈年。

同時，禮部還分出一部分官員，鄭重準備大皇子大婚之事。

九曲胡同西府裡，段氏半坐在燒得暖烘烘的炕床上，下邊坐了她三個兒媳。

賀氏是早就掌了西府的中饋，即便是鄔居正遠走漠北，段氏也沒有收回給賀氏的鑰匙，仍舊讓賀氏當著家。

四老爺和五老爺對自己的長兄也頗為敬重，裴氏和顧氏對賀氏這個嫂子亦是心悅誠服，沒想過要趁著二房落魄的時候來爭權奪利。

是以西府雖然走了一位老爺和一位姑娘，但運作還是沒有出什麼紕漏。

賀氏正低聲向段氏彙報準備過年節的情況，自然也不會漏了同陳王府、御史中丞顧大人府上的有禮往來，畢竟這年後，陳王府、顧府便都會成為鄔家的姻親。

段氏點了點頭，問賀氏道：「給居正和八月那邊送東西過去了嗎？」

「回母親話，送了。」賀氏輕聲回道。「這會兒已經在半道上了，兒媳怕時間趕不及，提早讓人將年貨往那邊運。」

段氏滿意地頷首，示意身邊的陳嬤嬤端上一個錦匣，捧到賀氏跟前。

「這段日子妳辛苦了，居正和八月那份，算我這個做母親、做祖母的。裡頭的東西妳拿著，年節前後還有得妳忙的，可要當心身子。」

巧蔓忙伸手接了過來，輕輕打開錦匣蓋子給賀氏瞧。

裡頭倒也不是什麼銀兩俗物，段氏知道自己兒媳也不缺這點銀子，她給兒媳的是一點補身用的珍貴藥材。

賀氏蹲禮謝了，段氏又看向裴氏和顧氏。「妳們二嫂忙著的這段日子，妳們也幫了不少忙，待會兒都讓人去帳房那兒支二十兩銀子，也給自己和孩子們做兩身新衣裳。」

裴氏和顧氏趕緊起身對段氏福禮。

待妯娌三人坐了下來，段氏又詢問起鄔陵桃和鄔良梧的婚事準備情況。

年後鄔家要辦兩場喜事，一是鄔陵桃出嫁，二是鄔良梧娶親。

鄔陵桃出嫁的事有禮部鄭重相待，鄔家要做的多是配合。除了給鄔陵桃準備嫁妝之外，賀氏這段日子都在教鄔陵桃一些內宅手段。

賀氏因嫁給略有些清心寡慾的鄔居正，這些從自己母親那兒學到的爭鬥從來沒有施展的機會，如今輪到她的女兒，賀氏恨不得讓鄔陵桃將這些都學了去，好一點虧都吃不著。

陳王府不是安樂窩，賀氏能為鄔陵桃做的，也只有這些了。

而鄔良梧娶親，卻是西府目前最費心的一件喜事。

三爺鄔良梧是西府的長孫，娶的又是御史中丞顧大人的嫡次女，西府諸人都想借此機會將這門婚事辦得妥妥帖帖，給今後鄔府的嫁娶之事開一個好頭。

段氏仔細地問了裴氏種種問題，裴氏都一一答得仔細。

段氏很滿意，誇讚道：「妳們都是辦事仔細牢靠的，哪怕某天我撒手去了，這府裡交給妳們管著，我也安心。」

「母親！」妯娌三人同時出聲喊道。

「母親緣何說這話？大夫說了母親只是偶感風寒，休養上一段時日便好。這府裡諸事，很多還要靠母親決斷……」

賀氏前傾了半個身子，柔聲規勸段氏不可胡思亂想。

段氏只幽幽嘆了口氣。

「我的身子我自己清楚，活了這大半輩子，也差不多到頭了。別的我也不擔心，我就是想著八月……」

段氏說著便抹了淚。「我的八月從沒去過那麼苦寒的地方，那孩子走前還強裝堅強，對我一直笑。可我知道她心裡苦，被人誣陷辯駁不得，回了家，那東府的人還這般侮辱於她……」她說起東府就是一臉恨意。「攀高枝的時候想著我們，出了事就撇得遠遠的。今年過年，老太君定要我們過東府去，到時候一個都不許去！」

段氏已和東府鄭氏、金氏鬧翻，狠話也說了，以後但凡東府有求到她面前的一天，她定然會置身事外。

她是這般說的，也是這般做的。

這短短兩、三月的時間裡，她沒有和東府有過任何往來。即便是老太君相請，她也藉口臥床養病，沒有過去。

她連東府的門都不肯踏進去。

賀氏抿了抿唇。她同段氏一樣，厭惡東府至深，但理智還是告訴她，照段氏這般行事，不行。

「母親……」賀氏輕聲勸道：「即便母親和大伯母、大嫂有嫌隙，老太君總沒有對不起您的地方。上次老太君相請，您沒有過去，老太君怕是心裡也有點疙瘩……何不趁著這次過節和老太君修好，也好讓老太君給大伯母施施壓──」

段氏伸手打斷賀氏的話。

兒媳婦的意思，段氏當然知道，但要她以客人之姿前往東府，段氏只覺這是對她的侮辱。

「不用了。」段氏道。「老太君不是糊塗人，是非曲直她自然有個判斷。但老太君也不是管事的人，東府妳大伯母還恭敬供著她老人家，為的是什麼？大家都心知肚明，不就是老國公留給老太君的那點東西嗎？」

賀氏低聲道：「可往年過年都去東府，今年不去，老太君總也會察覺到的。到時候老太君問起，東府那邊的說辭定然是向著他們，老太君豈不是誤會母親更深？」

段氏合目道：「我說了，老太君不是糊塗人。妳大伯母在她跟前陽奉陰違的，妳當她不曉得？她起了疑心正好，讓她查個清楚，也好知道知道他們府裡頭的人辦的是些什麼事。」

段氏抬手止住這個話題。「都別再勸，我這一把年紀了，還不能有點自己的脾氣？老二媳婦。」

賀氏忙恭敬道：「母親儘管吩咐。」

「尤其是妳，可要記住了，老太君要見陵梅，仍舊不許讓人帶她過去。」

老太君最喜歡鄔陵梅，段氏讓賀氏扣著鄔陵梅不給老太君瞧，老太君自然會著急。

前面這幾月，段氏便已讓賀氏找了無數藉口不把鄔陵梅送去東府，老太君倒也沒說什麼。如今要過年了，還不讓她見她最寶貝的曾孫女，老太君不起疑心才怪。

賀氏應了下來，心裡卻擔心，母親這般吩咐她們都應了，若是父親又來一道吩咐，到時候她們聽誰的？

彷彿知道賀氏擔心什麼，段氏斬釘截鐵地道：「若是妳們父親開口讓妳們過去，到時候妳們聽誰的？還是得聽我的！這內宅到底還是我說了算！」

賀氏、裴氏和顧氏連忙福禮道：「是，母親。」

段氏交代完三個兒媳，讓裴氏和顧氏下去了，單留了賀氏。

「翻過年，八月可就十五了。」段氏面露憂色。「漠北那地方怎是她那種嬌滴滴的姑娘家能久待的？居正在那邊待長一些時候也罷了，八月可不能一直待在那邊。到時候渾身上下都被那地方的風給吹糙了，肌膚不細膩，以後怎好說婆家？」

賀氏黯然道：「可這也是沒法子的事，大皇子後日大婚，有關於八月的謠言在這陣子甚囂塵上……她若是回來，恐怕會被流言所傷……」

賀氏說到此事也不禁憤怒。「宮中到底什麼骯髒人物，竟然這般害我八月……」

段氏胸口狠狠起伏了兩下，方道：「那個宮女是何名總算是知道了，要替八月洗清冤屈，還得慢慢來。八月回京是早晚之事，我們要做的，是在此之前做好所有準備。」

段氏雖是病臥床榻，卻也不是毫無建樹。她動用所有能用的人脈，打聽當日誣陷八月的那個宮女，想以此為突破，查出真相，還八月一個清白。

但宮中的人總是不好查的，過了兩、三個月，也不過只查出那個宮女名菁月，別的一概不知。

「居正那邊，他父親也正在找證據。」段氏皺了皺眉。「只是當時寧嬪身邊的人都因她的死而盡數杖斃，居正的事情也不好翻案，這事拿著也是頭疼。」

賀氏對此卻是看得開些。「母親不用焦急，總有一天會真相大白的，父親也不會讓居正一直待在漠北。」

「話是如此說，但他們父女倆會受多少罪……」

段氏心疼兒子和孫女，說著說著便又傷心抹淚。賀氏陪在一邊寬慰。

婆媳二人相對飲泣了兩刻鐘，陳嬤嬤來報，說是東府老太君過來了。

第二十四章

賀氏對郝老太君一向敬重，聽了陳嬤嬤的傳話便立刻站起身。

段氏也要起身，甫踏進門來的郝老太君剛好看見。

「妳坐著吧，甭下床了。」郝老太君擺了擺手，上前按住欲起身的段氏，眉頭微微皺著，一副不忍的模樣。「妳這都病了多少時日了……」

賀氏給郝老太君行了個禮，郝老太君也一把將她扶了起來。

郝老太君一向不拘小節，也不用丫鬟婆子伺候，自己用腿勾了把凳子來，就挨著段氏的床邊坐了。

段氏一臉慚愧。「勞累母親了。」

「勞累啥？」郝老太君瞪了段氏和賀氏婆媳二人。「我自己過日子沒數著，今兒突然想著怕是有一陣子沒見著妳們才過來了。咋的，妳病了，妳三個兒媳婦全都病了？」

段氏不語，賀氏站在一邊裝柱子。

郝老太君也不是糊塗人，瞧她們婆媳的模樣，就知道這裡頭定然有事。

「啥事，說吧。」郝老太君也懶得廢話。「妳這還生著病，心裡再裝了事，更虧身子。但凡我這個當娘的能給妳作主的，我就給妳作主了。」

段氏略有些動容，嘴皮子動了動，卻還是沒開口。

賀氏則是想著，興許這是個好機會——夫君的事老太君管不著，八月的事，老太君總能管一管。

賀氏還是想讓女兒回來。她年紀不算小了，回京之後可就得準備說婆家，要是繼續待在漠北，她能許個什麼樣的人家？

賀氏想都不敢想，從小嬌滴滴的女兒要去過那般的苦日子。

正尋思著怎麼開口，巧珍卻領著鄔陵梅來了。

鄔陵梅是來瞧段氏的。自從段氏臥床後，孫子孫女裡就數鄔陵梅來得最為勤快。見到郝老太君也在這兒，鄔陵梅十分高興。

「祖奶奶！」

鄔陵梅親切地喚了她一聲祖奶奶，像一隻快活的鳥兒一般撲到郝老太君的懷裡，郝老太君頓時一陣心肝兒地喊了一通，摟著鄔陵梅就不撒手。

趁郝老太君的心思放在鄔陵梅身上的時候，段氏給賀氏使了個眼色。

賀氏斥責道：「陵梅，不要在老太君身上撲騰，快下來。」

鄔陵梅趕緊鬆開抱著郝老太君的手，濕漉漉的眼睛望著郝老太君，規規矩矩地說道：「曾孫女給老太君請安。」

郝老太君連連笑了兩聲，說了幾個「好」字，又埋怨賀氏道：「妳姑娘活潑，訓她做啥？」

鄔陵梅眨眨眼睛。「祖奶奶，母親一直心情不甚好，說話時帶了點脾氣，您別跟她置氣。」

但凡是鄔陵梅說的，郝老太君都認，她連連點頭。「好好，不置氣，不置氣。」

可頓了頓，郝老太君就覺得不對了。

她看向賀氏。「妳心情咋不好了？馬上過年了，過完年陵桃也要嫁了，那陳王再是不好，也是妳頭一個閨女的親事，妳就該歡歡喜喜的，怎麼還心情不好了？」

賀氏低垂著頭不語。

鄔陵梅拉著郝老太君的袖子，嗚咽兩聲。「祖奶奶，不怪母親……陵梅心情也不好。三姊姊被拘著學規矩，四姊姊又不在，陵柚妹妹悶得很，我跟她也說不上話……」

「妳等會兒！」郝老太君本認真聽著，琢磨著這話卻是覺得不大對勁。「妳四姊姊怎麼不在了？這要過年了，宮裡還不放她出來？」

東府瞞得可真好，老太君對於鄔八月的消息也止於她進宮一事。

這話，賀氏可不能說。

既然鄔陵梅說起了頭，她索性也不插嘴，任由女兒將事情的前因後果倒了出來。

賀氏覺得驕傲。她雖然只有一個兒子，卻有三個各有千秋的女兒，陵桃清傲有主見，八月敦厚，陵梅雖然年紀小，但賀氏瞧得出來，她算是她們三姊妹中最聰慧的一個。況且陵梅最得老太君的喜歡，她在老太君跟前說的話，老太君定然會信個八、九成。

「真是荒唐！」

郝老太君聽完鄔八月的遭遇，頓時怒上眉梢。「宮裡的人就這麼欺負我們家八月？老二呢！他也任他孫女被人欺負?!」

郝老太君點到鄔國梁，段氏就不得不開口了。

「老太君息怒，這事事關宮闈，又有礙八月的名聲，他也不好插手管……」

「胡說！」郝老太君怒得一拍桌子。「什麼叫做不好插手管？他這會兒位高權重、門生遍地，就只顧那點虛名了？自己家人受了委屈都不敢問人討個公道，以後誰還看得起他?!」

段氏抿嘴不說話，賀氏也不言語。

「那八月人呢？」郝老太君又問道。「她出了宮，怎麼又不在你們府裡？」

她看向賀氏問道：「莫不是妳怕她受名聲所累，怕她壓力大，把她送去她舅家去了？」

賀氏強忍著情緒搖了搖頭。

鄔陵梅哽咽了一聲，代替賀氏回道：「四姊姊跟著父親去漠北了……」

「妳爹？」郝老太君瞪大眼睛。「妳爹又是怎麼回事？好端端的去什麼漠北？」

鄔陵梅一抽一搭地又將鄔居正的事情說了一遍。她到底年紀小，知道的也並不清楚，賀氏在一旁幫忙補充。

鄔陵梅待賀氏說完，從郝老太君懷裡直撲到段氏床邊。

「這都算了，父親和四姊姊走的時候也都還笑呵呵的，父親說當是去歷練，四姊姊也說藉此機會看看別的山河景色……就是祖母，想要幫四姊姊洗刷冤屈，求到大伯母和伯祖母那兒去，希望能求昭儀娘娘幫忙查查事情真相……她們不幫忙也就算了，還羞辱四姊姊，害得祖母氣狠了，這些日子都臥在床上……」

鄔陵梅抱著段氏的手臂。「祖母不要生氣了，四姊姊走的時候說希望您能身體康泰，定然不希望您繼續憔悴虛弱下去……」

郝老太君臉色陰沈。

鄔陵梅一直在勸說著段氏。

提起八月，段氏就止不住悲從中來，忍不住淚盈於眶。

賀氏抹了抹淚輕聲對郝老太君道：「老太君，陵梅小孩兒心性，您別放在心上……」

郝老太君哼了一聲。「那倒是，陵梅是小女娃娃，她說的不都是平時從妳們嘴巴裡聽來的？」她站起身。「我來的時候就說了，但凡我能作主的，我就作主了。她們再厲害，也越不過一個孝字去。我這就回去問問她們，看看她們又是個什麼說法。」

郝老太君要走，段氏頓時掙扎著要起身送。

她這病也並非全是裝的，郝老太君瞧得出來。

對郝老太君而言，兩個兒媳婦裡，她更喜歡段氏。至少，老二媳婦瞧她的眼神裡從來沒有輕視，讓她自在許多。

「妳別起來了，臥著吧，免得我來一趟還累得妳再病一場。」

郝老太君心一軟，口氣也鬆乏了些。「我也知道妳喜歡八月得緊，要是讓陵梅也離我遠遠的，我也受不了……放心，我保證幫妳把八月給接回來，我看誰敢動八月一根寒毛！」

郝老太君許了承諾，段氏心裡的一塊大石頓時落地。

早知如此，她一早就該求到郝老太君跟前去的。

但段氏又想起自己丈夫，不免一陣黯然。

鄔國梁曾同段氏說過，八月去了漠北便不會再回來了，也讓她勿要主動去替八月周旋。

段氏心裡默默想，她並未主動替八月周旋，家中女眷都替八月抱屈，郝老太君知道此事也不是她透露的，算不得主動。

賀氏代送郝老太君離開，鄔陵梅也跟了過去。

老太君很久沒見到這個曾孫女兒了，想念得緊，一見著了就不想撒手，定要將她時刻帶在身邊，段氏也沒法阻攔。

等賀氏回了屋，段氏坐直了身子。

「妳是個有福氣的。」段氏看向賀氏，幽幽一嘆。「老太君最喜歡的晚輩，是從妳肚子裡生出來的姑娘。」

賀氏淺淺地笑道：「是，兒媳有福，八月得母親這般喜愛，陵梅又得祖母這般喜愛。」

段氏抬了手，賀氏忙將手遞了過去。

段氏輕輕拍在她的手背上。「有老太君插手，最遲年後，八月也會回來了。妳父親素來孝順，不會違拗老太君的意思。只是——」

段氏頓了頓，嘆道：「即便是將八月接了回來，她的婚事也是件棘手的事。我自私，不想讓八月離我太遠，但讓她在這京中尋夫家，恐怕那些權貴世家，都會受那些流言影響。這……真是難辦哪！」

段氏看向賀氏。「我上次聽妳說，妳娘家兄長要舉家來京，為的是妳姪子科舉之事。若他們能在京中立足，就此住下來，妳那姪子……倒是不失為一個好歸宿。」

「母親，這……怕是不妥。」賀氏輕輕搖頭。「修齊與八月乃是姑表兄妹，夫君曾說，血脈太近，子嗣不豐，多有不如意處。夫君不會應允的。」

段氏便是幽幽一聲長嘆。

郝老太君去西府走了一圈，並沒有花太多時間。

回來時，卻被得知消息匆忙趕來的鄭氏給攔住了。

鄔陵梅素來是個乖巧孩子，立刻蹲身給她伯祖母請安。

鄭氏不大搭理她，微微舔了舔唇，對郝老太君笑。「母親這去西府，原來是去帶陵梅過來了啊……母親要是想見陵梅，同兒媳說一聲就好，兒媳讓人去把五姑娘給帶過來便是……」

「我還指望妳？」郝老太君冷哼了一聲。「我跟妳說過多少次了？前前後後加起來數得上的也有四次了！妳哪次把陵梅給帶過來了？還不如我自己去。」

郝老太君不耐煩，牽著鄔陵梅繞過鄭氏要去田園居。

鄭氏還要攔，想問郝老太君有沒有見別的人。

「妳每天這麼閒？」郝老太君不客氣地鼓著眼瞪鄭氏。「要真有這麼閒，我交代個事妳去辦了，要再辦不好，我看這國公府妳也甭當家了。」

鄭氏頓時睜圓了眼。「母親有何吩咐？兒媳一定辦得妥當。」

郝老太君道：「待會兒讓陵梅她爺爺、她伯爺都到我這兒來一趟，我有話要說。」

郝老太君撂下話，撥開鄭氏，帶著鄔陵梅就離開了。

留下鄭氏在原地抓耳撓腮——這老太婆去西府到底都見了誰？都聽了些什麼話？還有，她見國公爺兄弟倆做什麼？

這會兒天冷，郝老太君也不去地裡忙活了。

她拉著鄔陵梅爬上燒得暖烘烘的炕，讓人從灶爐裡扒了紅薯，親自挑了一個剝了皮給鄔陵梅吃。

「那會兒穀子也是跟妳一樣，有這吃的，嘴巴撮著，一小口一小口地抿，軟綿綿的薯肉就讓她一點點抿進嘴裡去……」

郝老太君每每看到鄔陵梅，都會想起早夭的女兒，也總是會在這時候感慨幾句。

鄔陵梅的已經吃完了，她不敢多吃，怕積了食，便在一邊看丫鬟們吃。

二丫本就不講什麼規矩，小丫鬟也是還沒學什麼規矩，一夥人湊在一起說話十分隨意。

便有一個小丫鬟說：「自從二姑娘訂了親，都沒瞧見過她了，以往二姑娘挺喜歡串門子的。」

二丫哼了一聲。「她不出來才好呢！一出來就誆騙人。」

二丫頓時向郝老太君和鄔陵梅道：「之前她送我絹花，跟我說是京中最時興的樣式，我高興得很，一直把絹花簪在頭上，逢人就炫耀，還連帶著誇她大方。要不是後來三姑娘瞧見了，跟我說絹花的樣式已經過時了，說送我兩朵時興的，我還不知道我被人騙了還鬧了許多天的笑話。」

郝老太君也聽了無數次了。「行了行了，這事妳要說多久？我耳朵都聽出繭子來了。」

二丫憤憤不平道：「可見她不是個什麼好人，嫁得遠也好，省得再被她騙。」

提起鄔陵柳的婚事，郝老太君也是一副十分不滿意的樣子。「許個商戶我倒是沒啥意見，可幹麼把她嫁那麼遠去？以後都不想她回娘家了？」

郝老太君不大喜歡鄔陵柳，對她的婚事雖然瞧不上，卻也沒說什麼，畢竟嫡母料理庶女的婚事，她要是插手了，那就是打金氏的臉了，這道理她還是知道的。

一眾丫鬟吃完了紅薯，紛紛離開了。鄔陵梅陪著郝老太君小睡了一會兒，醒來時，正好見二丫來報說：「郝奶奶，您兩個兒子都在外頭候著了。」

鄔陵梅趕緊起身。

郝老太君穿了鞋，穩穩當當地坐在炕桌上。「二丫，讓他們進來。」

鄔國棟和鄔國梁前後腳進了茅屋，躬身給老太君行了禮。

老太君叫他們站直了，卻沒讓他們坐，只把腿盤了起來，指指大兒子又指指小兒子。「二孫子和八月去漠北的事，我是一點風聲都沒聽到。你們媳婦兒、兒媳婦都瞞著我也就罷了，你們居然也瞞著我？你們這是打算瞞多久，啊？這眼瞧著要過年了，年關我要是見不著他們，我難道不會問？」

老太君指指自己的腦袋。「我是老了，可我眼沒花、耳沒聾，腦子也是清清楚楚的！怎麼著，以為我不當家，我連過問家裡事的資格都沒有了?!」

鄔國棟直了直背。「母親，居正和八月的事……都是西府的事，兒子不好置喙。」

「說得冠冕堂皇的，你乾脆就說這是你弟弟的事，跟你沒關係得了！」郝老太君哼了一聲。「你等著，還有你的事！」

老太君看向鄔國梁。「老二，二孫子犯了錯遭貶，這事我一個婦道人家，我管不著，但是八月，你得給我把她弄回來。」

鄔國梁臉上一凜，低聲問道：「聽說母親今兒去了西府，母親可是……從雪珂那兒聽到什麼了？」

郝老太君頓時黑了臉。「你還有臉提你媳婦？她因為八月的事一直悶悶不樂、臥病在床，要不是我今兒去瞧她，這事我還不知道。八月怎麼了？宮裡的人說她勾引大皇子她就勾引大皇子了？女兒家的聲譽何其重要，你們就任由她這樣被人誣陷！不幫著她辯駁就算了，你們居然還落井下石！你們可是她的親人，這樣做真是太讓我傷心了！」

郝老太君重重地往地上啐了一口。「老二，你也別辯解，我還不信那宮裡能借著這事要了八月的命，你把八月給我弄回來——」

「母親不可！」鄔國梁還沒說話，鄔國棟倒是著急先開口了。「八月名聲有損，連帶著整個鄔家的女兒都損了閨譽……」

「你不是說這是西府的事嗎？」郝老太君罵道。「你還有臉說！你媳婦、你兒媳婦雪上加霜的時候，你倒是一聲不吭，這時候你也沒說話的資格！」

鄔國棟不敢說話了，鄔國梁這時沈沈開口道：「母親恕罪，兒子……不能讓八月回來。」

郝老太君瞪眼。「為什麼？你總得給我個理由。」

「誠如大哥所言，今後陵梅、陵柚的婚事，都會受八月的事情影響。不管她是否真的做出那等逾矩之事，污名是早已傳出去了的。她不在京中，這流言總會少些——」

「你這都是什麼歪理?!」

郝老太君驀地站了起來，伸手就從炕桌上拿了個玩意兒砸在鄔國梁身上，待東西落地方才看到，那是一方燭檯。

「你這做祖父的保不住自己的孫女，出了事，就只知道把孫女兒送走好息事寧人，你這一家之主就是這般當的?!」

鄔國梁垂首不說話——無論如何，他都不可能把鄔八月從漠北弄回來。

——未完，待續，請看文創風329《一品指婚》2

2015年9月出版

一品指婚

文創風 328～332

一場看似皇室恩寵的際遇，卻惹來驚濤駭浪般的劫難！
她本是世家千金，為了保護家人和自己，
不得不放逐邊關，但這樣就能逃過殺身之禍嗎？

最大器的宅門格局 最細膩的兒女情長／狐天八月

鄔八月受太后召見，卻撞見了驚天的宮闈祕辛——
那祕密如濤天巨浪擊毀了八月平靜的生活，但無論怎麼小心、忍讓，
她還是落入有心人設下的陷阱，只能含冤吞下勾引皇子的罪名，
甚至一向備受敬重的太醫父親也受連累，落得要流放邊關；
為求自保並護著心愛的家人，她選擇和父親一起離開是非之地……

2015年8月出版

嬌寵小妻

文創風 322～327

一個被情傷透、哀莫大於心死的女人，
再次遇上這個男人，
他一步步溫暖她冷透了的心，義無反顧地全心愛上……

醇愛如酒．深情雋永／千江月

為了能多看心愛的男人一眼，顧錦朝嫁入陳家，成為心上人的繼母。
然而在陳家的日子讓她心灰意冷，遭人誣陷卻百口莫辯。
就連娘家新抬的姨娘都說，若她是個知道羞恥的，
就該一根白綾吊死在屋樑上，還死乞白賴著活下去幹什麼！
就這麼的，未到四十她便百病纏身，死的時候兒子正在娶親。
她覺得這一生再無眷戀，誰知昏沈醒來正當年少，風華正茂，
許是上天念她一生困苦，賞她再活一遍。
當年她癡心不改，如今她冷硬如刀，情啊愛啊早已拋得遠遠。
前世所有她不管不顧所失去的，她都要一一找回來、好好守著，
就連她的心，也得守得緊緊，再不許為誰丟失……

流浪貓狗介紹所

為流浪貓狗加油 和貓寶貝 狗寶貝

廝守終生(一定要終生喔！)的幸福機會

對人來說，貓寶貝狗寶貝只是生活的一部分，
但妳（你）對牠們來說，卻是生活的全部，領養前請一定要考慮清楚——

▲ 可愛虎斑等待著你

性　　別：男生
品　　種：都是可愛的虎斑
年　　紀：派克3歲多，QQ5歲多
個　　性：派克親人溫柔，QQ溫和貪吃
健康狀況：皆已結紮，打過預防針，健康狀況良好
目前住所：新北市永和區

本期資料來源：台灣認養地圖

『派克&QQ』的故事：

愛媽從派克小的時候就開始餵養牠，由於自家已有20幾隻貓咪，所以沒辦法帶牠回家。之前愛媽沒試過摸摸抱抱派克，派克也只在每次餵飯時出現。直到牠快1歲時的冬天，感染了嚴重感冒，病得幾乎快死掉。

愛媽趕緊帶牠就醫，即使經濟有限，卻仍是拜託醫生寧願分期付款都要救這些貓咪們。於是派克住院了一個多月，期間完全不挑食，甚至只會撒嬌討抱抱，也從不攻擊人。然而醫院通知可以出院後，愛媽又面臨了收留與否的難題，醫院助理得知派克只能放回馬路上也莫可奈何。

派克年輕漂亮，個性又好，實在非常希望能為牠找個好人家，後來便籌錢帶牠到中途那裡去住。中途目前照顧派克的感想只有「乖死了」三字評語，貼心至極，和QQ一樣完全不搗蛋、不惹事也不挑食。

QQ雖不像派克流落街頭，但故事卻一樣坎坷。牠曾被惡質中途收容，後因居住環境太惡劣，有一天遭鄰居檢舉，於是和其他同伴被清潔隊全數帶回收容所。其他貓咪由幾位志工分批領養出來，QQ和部分貓咪則送到動物醫院。原來的中途想帶QQ回去繼續養，但被我們攔住，勸他讓我們另外找中途照顧。

現在QQ則在新中途家中健康生活著。QQ比較沒有派克黏人，但也不具攻擊性，而且牠十分有個性。貪吃的牠當肚子餓了卻沒有吃的時候，還會遷怒，去打路過的貓XD不過這打當然是小打小鬧，畢竟牠個性還是溫和的～～兩隻可愛的虎斑貓，如果有意認養，歡迎來信cats4035@yahoo.com.tw(李小姐)，主旨註明「我想認養派克/QQ」。

認養資格：

1. 認養者須年滿20歲，有獨立經濟能力，並獲得家人與同住室友或房東的同意。
2. 學生情侶或單獨在外租屋的學生，須提出絕不棄養的保證。
3. 須同意簽認養切結書。
4. 同意送養人日後之追蹤探訪，對待派克/QQ不離不棄。

來信請說明：

a. 個人基本資料：姓名、性別、年齡、家庭狀況、職業與經濟來源等。
b. 想認養「派克/QQ」的理由。
c. 過去養寵物的經驗，及簡介一下您的飼養環境。
d. 未來預計帶貓咪到何處就診？為何選擇那家動物醫院？
e. 若未來有當兵、結婚、懷孕、畢業、出國或搬家等計劃，將如何安置「派克/QQ」？

文創風 328

一品指婚 1

國家圖書館出版品預行編目資料

一品指婚 / 狐天八月著. --
初版. -- 臺北市 : 狗屋, 2015.09
冊 ; 公分. --（文創風）
ISBN 978-986-328-497-0（第1冊：平裝）. --

857.7　　　　104013461

著作者　狐天八月
編輯　戴傳欣
校對　黃亭蓁　蔡佾岑
發行所　狗屋出版社有限公司
地址　台北市104中山區龍江路71巷15號1樓
電話　02-2776-5889～0
發行字號　局版台業字845號
法律顧問　蕭雄淋律師
總經銷　知遠文化事業有限公司
電話　02-2664-8800
初版　2015年9月
國際書碼　ISBN-13　978-986-328-497-0
原著書名　《香闺》，由起點女生網（http://www.qdmm.com）授權出版

定價250元
狗屋劃撥帳號：19001626
網址：love.doghouse.com.tw　E-mail：love@doghouse.com.tw